W'
万榕

传播新知 优美表达

我有一个朋友，她长得特别美

蔡要要 ——

著

北方联合出版传媒（集团）股份有限公司
万卷出版公司

图书在版编目（CIP）数据

我有一个朋友，她长得特别美 / 蔡要要著. — 沈阳：
万卷出版公司, 2022.2

ISBN 978-7-5470-5874-9

Ⅰ. ①我… Ⅱ. ①蔡… Ⅲ. ①长篇小说—中国—当代
Ⅳ. ① I247.5

中国版本图书馆 CIP 数据核字（2021）第 254322 号

出版发行：北方联合出版传媒（集团）股份有限公司
　　　　　万卷出版公司
　　　　　（地址：沈阳市和平区十一纬路 25 号　邮编：110003）
印 刷 者：河北赛文印刷有限公司
经 销 者：全国新华书店
幅面尺寸：145mm×210mm
字　　数：190 千字
印　　张：8
出版时间：2022 年 2 月第 1 版
印刷时间：2022 年 2 月第 1 次印刷
选题策划：王会鹏
责任编辑：李　明
版式设计：任展志
封面设计：任展志
责任校对：佟可竟
ISBN 978-7-5470-5874-9
定　　价：38.00 元

联系电话：024-23224481
邮购热线：024-23224481
E－m a i l：wanrongbook@163.com

目　录

Chapter 1　　做最好的朋友，一辈子◎ 001

Chapter 2　　那就一起恋爱吧◎ 017

Chapter 3　　更要一起面对心碎◎ 031

Chapter 4　　最好的爱，是陪伴◎ 047

Chapter 5　　被珍惜是这么幸福啊◎ 065

Chapter 6　　会做……那件事吗◎ 077

Chapter 7　　美丽不会让生活更容易吗◎ 091

Chapter 8   他们……都在离我而去◎ 103

Chapter 9   喜欢总是后知后觉◎ 125

Chapter 10   都会过去的◎ 153

Chapter 11   独一无二的漂亮◎ 181

Chapter 12   时间还很长呢◎ 209

Chapter 13   做普通人才是最难的◎ 227

Chapter 14   我有一个朋友，长得特别美◎ 245

Chapter 1　做最好的朋友，一辈子

　　每个雨天，都如此让人难熬，而突如其来的暴雨尤其让人讨厌。

　　也不知道从什么时候开始，我是这么不喜欢下雨，繁杂的雨云，溅在裤腿的泥点，还有带着一点儿土腥味的潮湿感，都可能是原因，又好像都不是。站在公司的落地窗前，看着乌云逐渐聚拢，手里已经半凉的咖啡渗出尴尬的温度，大厦的中央空调开得太足，我今天又忘了带一件外套，只觉得脖颈处凉飕飕的，不停蹿出寒气。想起今早出门的时候，精挑细选半小时终于穿了一件烟灰色无袖丝质上衣，是为了搭配周末新做的同色指甲，却也无人真的在意这些细节。

　　终于，雨似小时候吃的那种细挂面般落下来，密密麻麻的，什么都看不清了。我心里生出厌烦，却又一直站在窗前不愿离开。背后有同事在大声讨论着方案，一个年轻的女同事声音沙哑地说："我们应该主打女孩的友谊，哪个姑娘没有闺蜜，现在的女孩子啊，看重闺蜜比看重男朋友还多呢。"我没有回头，但我想起来了。我不喜欢下雨，是因为蜜薇说过，最

不喜欢这种缠绵暧昧的天气，淅淅沥沥的，没完没了，一点儿也不爽快。我会因为指甲，早上花半小时选衣服，也是因为蜜薇，因为她说不管别人怎么看，要在自己心里时刻都是漂亮的。蜜薇是我曾经的闺蜜，但蜜薇现在何处，过得如何，我早已不知，那些话是否真的是她说的，也不一定，但她肯定存在过，正因为有过她，才有此刻的我。

我终于转过身，走到那几个刚刚讨论着方案的同事身边，微笑着说："那就定闺蜜主题吧。"那个声音沙哑的姑娘顿时开心起来："董总，那我们今天就加班把方案赶出来。"我轻描淡写地回答："没事早点下班吧，这么大雨，你声音都哑了，不用加班了。"我拿出手机，"为了做这次的方案都辛苦了，我请大家喝奶茶。"年轻的同事们一阵欢呼，另一个女同事讨好地说："董总，你知道吗，你可是我们几个的学习目标。"

我不禁一呆，有点错愕："我？我有什么可学的。"几个同事争先恐后地说着："董总这么能干，是公司最年轻的总监，但我们最佩服的，是这么忙，你却每天都能把自己打扮得漂漂亮亮的，一定是一个对自己要求很严格的人。"那个声音沙哑的姑娘犹豫了一下，也补充了一句："我就想以后能和董总一样。"我有些不自在起来，只能淡淡地回答："行了，只是今天不加班，别猛夸了。"年轻同事一阵嬉笑就去工作了，我走回办公室，却只想着一件事，已经开始会有人想成为我呢。

我独自发了好一会儿呆，雨还在一直下，空调也还是那么凉，等缓过神来，几乎是下意识的，我登录了很久没用的一个QQ号，密码已经不记得了，甚至我的QQ号是哪些数字，都回忆了一会儿才能想起。最终我是通过保护问题找回了密码，其中一个问题我试了五六次才写对答案。你最喜欢的男明星是谁？谁呢？五月天？吴彦祖？还是林俊杰？全都不对，最后终于试对了一个匪夷所思的答案，是韩庚。我想起来了，是2008年，那时我大一，Super Junior（韩国男子演唱组合）正当红，我还和蜜薇去买了海报贴在宿舍里。第二个问题我没有迟疑，因为当时的我，只可能写下这一个答案：吴蜜薇。问题是，你最好的朋友是谁。我打下这三个字，即使是现在，如果有人坐在我对面，可以是认真，也可以是不经意地向我发问，你最好的朋友是谁？我还是会告诉对方，我最好的朋友，叫作吴蜜薇。

我认识吴蜜薇的时候，她就是南阳大学闻名的大美女，而更出名的，是她对自己美貌的自信和张扬。我们都去参加了大一新生的演讲比赛，十多个灰头土脸的新生挤在闷热的后台，每个人都在紧张地背着自己的演讲稿，双目无神，都穿了自认为最好看的衣服，却都丑得令人发指。这当然除了蜜薇，她光彩夺目地站在我们中间，穿着漂亮的白衬衫和卡其裤，一双看起来很柔软的平底皮鞋和我们的脏球鞋拉开了一个太平洋的距离。蜜薇傲慢地背着手在每一个即将演讲的学生面前走过，仿佛她不是来比赛而是来当评委的。最后她站在我面前，像是选妃一样露出稍稍满意的笑容，最后坐在我旁边，低声说："这里也就你看起来最顺眼了，剩下的都是土豆。"说完她就扬了扬下巴，自我介绍道："我叫吴蜜薇，南大校花。"那是我第一次也是人生中唯一一次听人自称校花，不过蜜薇确实漂亮，她的美貌只要不是瞎子就不能忽视。我没有见过比她更媚惑的眼睛，长而且大，卷曲上翘的睫毛在她的眼睑下投出一道美丽的阴影，当她对我微笑的时候，两个小小的梨涡在她的腮边形成一个神秘的旋涡，让人情不自禁就被吸引住，再也不能逃脱。蜜薇对我努了努嘴巴，她盯着一个脸上长满了青春痘的男生，语气里的厌恶溢于言表："为什么不能去看看医生，让自己显得得体一点儿？连自己的外表都不能收拾得好看，还参加什么演讲比赛？"她翻了一个巨大的白眼后掏出一枚小镜子，悉心地整了整自己的头发，然后回头对我灿烂地一笑："我是不是很好看？"我情不自禁地点点头，由衷地夸奖道："你真的很美。"她满意地点点头，完全相信我的话是发自肺腑。她又把我上下打量了一番，皱着眉，说："你要是换件浅色的衣服，然后别留这么丑的刘海，还是不错的。"她对我眨眨眼，似乎是在鼓励我："信我，我在美丽这件事上比你们经验丰富多了。"她终于像想起什么事情来一样，向我展现了又一个迷人的微笑："你叫什么？我们认识一下。"我呆呆地告诉她："我叫董乐，南大的普通人。"她哈哈大笑起来，没有那种美女惯有的矜持，但这样更加活色生香，整个人灵动得如一只百灵鸟那么可爱。即使我是一个女孩，也没有办法把眼睛从她的脸上挪开。她拍了拍我的肩膀，用故作老成的口吻说："你真是很好笑，我们就是朋友了哦。"她掏出手机来，是一只漂亮小巧的摩托罗拉，和她非常合衬，"你有手机吗？我们交换一下电话号码吧。"我只有一只笨拙的诺基亚，方方正正，但此刻即使我在蜜薇面前感到自卑，却还是忍不住也把手机掏出来，和她互留了电话。她热情地说："我们要多发短信哦，不能像很多人那样说了以后联系就没有下文了。"这时负责的老师来喊蜜薇准备上台了，她丢给我一个"没问题"的眼神，就挺直了腰板，婀娜又自信地走向台前。即使隔着厚重的幕布，我也知道，蜜薇出现时的掌声，要比我们其他人都响亮。

　　我就这么认识了蜜薇，虽然我以为她不会记得我这么一个普通人，但是她显然不是说说而已，第二天就给我发来了短信：你们系最好看的人，长什么样子？我在脑海里快速搜索了系里的女生名单，再一次老实地告诉她："没有比你美的女生。"蜜薇非常满意，对我大肆夸奖，立马认定我是她的灵魂朋友，并约我周末就去逛街。我有点诧异，蜜薇为什么要选择我这样一个普通到不能更普通的女孩做朋友。如果为了找人衬托她，她应该选一个更近一点的；如果要找一个性情相投的，又为什么是我呢？我百思不得其解。直到多年以后，蜜薇才告诉我原因，她说我是第一个对她的美丽不拒绝、不羡慕又真心赞美和希望她一直美丽的人。她那天喝得微醺，面若桃花，双眼含娇，和我刚认识她的时候一样美，蜜薇轻柔地说："我那时候觉得非常孤独，每个人都以为我是在炫耀我长得漂亮这件事，其实我只是真心地认为，长得美有什么好害羞的。"而当她告诉我这一切的时候，即使已经和她成为了好朋友，我还是会想，长得美的蜜薇，到底会有多孤独。不过虽然是好朋友，我还是要说一句，千万不要和蜜薇逛街，那不是一项好差事。她是一个说到做到的人，一到周末就马上给我连环 call 要我赶紧出来和她吃饭逛街。她有点兴奋地说："女生要巩固友谊最好的办法就是一起买衣服，然后互相赞美。"她顿了一下，又补充道："不过我不是这种人，我觉得你也不是。我们还是真诚相待，觉得不好看的一定要坦诚相告，你说好不好？"我除了点头也不知道说什么好，然后就被她扯着开始了那场旷日持久的逛街大战。我们所在城市一共有四个大商场，那天我们俩全部逛了个遍，所有能看上眼的衣服她都试了，每一件都要问我"好不好看，要不要买"。我如果没有给出一百字以上的意见，她就会瞪大了眼睛逼问我："你怎么那么不上心，要给我最认真的意见啊！"最后她一口气买了十件，为了补偿我，蜜薇也贴心地给我选了一件直身长裙，她是这么说的:"你没有什么腰身,大腿又太粗,穿这种裙子比较适合。"我揉着已经麻木的小腿,决定到家就给她发短信告诉她我此生再也不想陪她逛街。

我们好不容易结束了购物回到学校,她非要拉我去小吃街吃饭,刚坐下就进来几个女生,蜜薇的眉头在看见她们之后立刻皱了起来,她小声对我说:"这几个人是我们宿舍的,和我不太对付。"我看过去,是几个长相清秀的女孩子,都穿的粉红色衣服,看起来温温柔柔的,不像是很坏的样子。我刚想说点什么,那几个女孩也看见了蜜薇,她们本应天真可爱的脸上浮现出一种莫测的表情,我在很久之后才明白那种表情叫作刻薄。她们晃过来坐在我们旁边的桌上,也不和蜜薇打招呼,只是用我们可以听得到的音量说:"真是个骚货,买那么多衣服,也不知道又要去勾引谁。"蜜薇的脸色变得刷白,她扯了扯我的衣袖,低声说:"别吃了,我们走吧。"她低身去拿放在桌边的购物袋,有一只口袋靠在那几个女生的桌边,其中一个留着齐刘海的女生看见蜜薇去拿,却伸出脚使劲踢了一下,她的声音尖利难听:"谁的东西,小心点,别弄脏地板。"我忽然鼓起莫大的勇气,在那一刻我感到前所未有的愤怒,站起来对着那几个女生吼道:"如果吴蜜薇的这袋衣服被弄脏了,我马上就拿桌上这杯可乐泼在你脸上。"我拿起那袋衣服递给蜜薇,"蜜薇,你看看有没有弄脏?"蜜薇也被我的山海气势所震慑,呆呆地打开查看了一下,对我摇摇头表示衣服没有问题。我一把把蜜薇又按回座位:"吃的都点了,不吃完我们不走!"那几个女生交头接耳地嘀咕了几句,终于什么也没点就走了。蜜薇像看着一个陌生人一样看着我:"董乐,谢谢你。"我的心里涌起不少的柔情:"你平时在宿舍也经常被人欺负吗？"她的眼眶有点红，但是眼泪始终没有掉下来："我从小就知道我长得美，也知道外表不是最重要的事。可我一点儿也不想隐藏这件事，美就是要被人知道的，不然有什么用。"她轻轻地握住我的手，"我倒是不怕被人议论，但有人支持，总是件好事。"她终于又笑起来，像之前那么自信："美的人，也需要朋友对不对？"我看着蜜薇粉粉的脸蛋，心中豪情涌动，第一次做出了人生最重要的承诺："蜜薇，我做你最好的朋友，一辈子。"蜜薇美丽的笑容终于猛烈地释放出来："好，一辈子。"

女孩子的友谊，有时就是开启得这么莫名其妙，却异常汹涌。

蜜薇和我都是南阳市本地人，虽然不在同一个地方读高中，却有很多共同的回忆。小时候去过的游乐场，哪里的冰沙店便宜美味还能坐一下午，市里的批发市场哪家价格公道，都成了迅速拉近我们距离的话题。每次聊到这样的事，蜜薇就兴奋地皱起鼻子，挽住我的胳膊，大喊："董乐，我怎么没有早点认识你！"

很快，蜜薇就在周末邀请我去她家做客了，而我回去后真的震惊了太久太久。当然，有一部分是因为她超大的衣橱和家里无处不在的镜子。蜜薇坐在她漂亮的白色雕花大床上，翘着她好看的小脚。这里要说一句，美人儿真的是上帝的偏爱，蜜薇不仅是脸蛋好看，她连手指甚至脚趾都非常美丽，她的脚趾一颗颗小小的，有一只脚趾上还戴着一只细细的银环，那种视觉冲击让人看了之后很难忘记。话要说回来，蜜薇家最使我感到震惊的是她父母的长相差异竟然如此巨大。她的爸爸是一个不折不扣的美男子，高大挺拔，像是蜜薇的哥哥那么好看。他坐在沙发上看报纸，和蜜薇一模一样的长睫毛在脸上打出一模一样的阴影。而蜜薇的母亲，则是一个有着蒜头鼻、小眼睛的矮胖中年妇女，她和蜜薇的父亲形成了鲜明的对比，我看得目瞪口呆，也忽然替蜜薇感到庆幸，她出生的那天应该占尽了天时地利，这样她才没有一点地方像她的母亲，而且在她父亲的基础上更上一层楼，成了一个完美的大美人。我虽然内心澎湃，但是表面上不敢流露出惊讶的神色，毕竟这是蜜薇的父母。她的父母都很和蔼，给我拿饮料和水果，她妈妈笑着说："这是蜜薇第一次带同学回家来玩，你们一定是很好的朋友。"我忍不住看向蜜薇，她对我点点头，脸上居然有点落寞的神色。我忽然懂了，这是蜜薇第一次交到好朋友，我的鼻子一阵发酸，有点心疼这个美丽的女孩。虽然她拥有如此傲人的外表，但是她收获到的东西，在那时不见得比我这个普通的女孩多。我也对蜜薇的妈妈说："是的，我们是很好很好的朋友。"我们在客厅坐了一会儿，蜜薇的爸爸出门去了，她的妈妈也回自己房间去看电视。于是我们就进去蜜薇的房间，刚关上门，蜜薇就说："我知道你在想什么。我爸爸好看我妈妈难看，我也不知道他们是怎么结婚的，但至今为止他们俩都非常和睦，或者是当着我的面非常和睦。"蜜薇一口气说完这些，忽然又过来靠在我的肩膀上，她嘘出一口气，轻轻柔柔地说："董乐，我们如果喜欢上同一个男孩，你还会做我的好朋友吗？"我仔细想了一会儿，才回答她："还是好朋友，不过我也会和你抢一抢的。"蜜薇笑起来："你尽管放马过来，谁敢抢我蜜薇的男朋友，找死。"我很庆幸我没有和蜜薇爱上过同一个男孩，我也没有信心如果有这么一个人会选我不选蜜薇，不过我说要和蜜薇抢一抢，是因为我知道，她不认为她的美丽是用来对付朋友的武器。

我和蜜薇躺在她的床上胡乱地说话，一会儿讨论一下最近的电影明星，一会儿又一起唱一段周杰伦的新歌，对了，我还没有告诉你们，蜜薇这个宠儿，她唱歌也非常好听。她的声音非常甜美，但是并不甜腻，细细的，柔柔的，有点像邓丽君，是那种略老派但怎么也不会听腻的好声音。蜜薇就是在那个我们并排躺着的下午告诉我，有一个男生喜欢听她唱歌。我问她："所以你打算和他谈恋爱了吗？"蜜薇幽幽地叹了一口气，她并没有回答我这个问题，只是说了一句似是而非的话："我以为我能得到一切呢，其实并不是。"蜜薇有心结束那个话题，于是扯开问我别的："董乐，你毕业想去哪个城市？"我一点想法也没有，于是反问蜜薇："你呢，你想去哪里？"她认真地说："我想去北京，做一个女明星。"蜜薇说到这里就爬起来，站在她房间里一面巨大的穿衣镜前摆出一个曼妙的姿势，她大声地说："这么好看，不去当巨星天理不容吧！"我虽然不明白长得美是不是就一定做明星，也不明白做明星和去北京有什么联系，但也认为如果蜜薇做明星是很合适的，她那张有着完美比例的脸，如果能出现在大荧幕上，一定非常好看。蜜薇告诉我，北京是长得好看的人一定要去的地方，因为在那里好看的人才不会觉得不自在。她忽然又说："我不想像我爸爸那样，明明有一张好看的脸，却要装作不知道自己好看。"蜜薇又在我身边趴下来，她一脸神往地说："要买最好看的裙子去北京，然后让我爸给我找些关系，混进剧组演几个不重要的小角色，等到积累了一段时间，就会有大导演看中我，让我去演一个美丽但是邪恶的女二号。"我打断她："为什么不是女一号？"蜜薇对着我的头重重地拍下来："笨呢，一般这种女二号最惹人关注，大家都只会忙着看美丽的我而忘记看女主角。"说完她忽然又沉思了一下，然后问我："你说如果女主角也很漂亮怎么办？"我回答她："如果女主角比你还漂亮，那么那部戏我们不要演好了。"我们哈哈大笑起来，以为生活中能想到的最大的困难也就是女主角比我们漂亮这种小事了。

但其实远远不止。

我告别蜜薇回家，她送我到门口，我忍不住问她："蜜薇，你们家是不是很有钱?"她坦白地告诉我："是还挺有钱的，但是没有到过分的程度。"那天的夕阳红彤彤的，用它最美的光辉打在站在门口送我的蜜薇的脸上，她皮肤紧致，青春正好，而我也并不觉得她有什么不妥，只希望这个美丽的朋友能够得到她想要的一切，虽然她说光靠美丽不可以，那么希望她还有别的一些什么东西，可以让她心想事成。我走在回家的路上时，看见一家小首饰店的橱窗里展示着一枚漂亮的胸针，镶着好看的珐琅，我看了看价格，又掏出身上所有的钱，发现正好可以买下。我走进店打算买下送给蜜薇，就在我抬头的时候，我看见蜜薇的爸爸和一个高挑且气质出众的女人一起，正在试一条项链，蜜薇的爸爸脸上浮现着幸福的笑容，他伸手揽住那个女人的腰，显然，他们是一对儿。我默不作声，从店里退出来，当我跌跌撞撞地继续走到家门口的时候，才发现我的脸上全是泪痕。我不知道怎么告诉蜜薇我所看到的一切抑或是闭口不提，但我知道的是，我的蜜薇，恐怕正要迎来她人生中第一个艰难的时刻，这个艰难的真相，远比我们刚刚讨论过的电影学院要可怕得多。而对这一切，蜜薇是真正的一无所知。

回去后我躺在床上想到底怎么办，是该告诉蜜薇，还是不告诉她。这简直是太难办了，我无法开口对蜜薇说出这么残酷的事情，可不告诉她，这个秘密实在是太大了，大到足以把我压垮，大到我再也不敢去见蜜薇。

就在我纠结到几乎要咆哮起来的时候，我的小灵通响了起来。是一个陌生的号码。我接起来，对面是一个稳重温和的声音："董乐，你好，我是蜜薇的爸爸，我们可以出来谈谈吗？"我握着电话的手立刻渗出汗来，对方停顿了一下，继续说："今天我在店里看见你了。我想恳求你，先不要把你看到的事情对蜜薇说，好吗？"我放下电话后心脏还狂跳了好久，不知道蜜薇的爸爸会找我谈些什么，大概是会要求我一直保守这个秘密吧。我想了想，决定无论蜜薇的爸爸说什么，我都要采取一个最能保护蜜薇的做法。但是到底说还是不说，哪种才是真的可以保护蜜薇的办法呢？我真的不懂。终于迷迷糊糊地睡着了，做了一个一生都不会忘记的噩梦，梦里蜜薇一直在哭，她被那几个我们碰见的女孩在不停地打着耳光，我想扑过去拉开那些人，却发现和蜜薇之间隔着一堵厚厚的玻璃墙，我使劲地捶着玻璃，却无济于事。

我和蜜薇的爸爸约在我家附近的肯德基里见面，我到的时候蜜薇的爸爸已经到了，他穿着西装，坐在狭窄的位子上喝可乐，他也给我买了一杯，见我到了就递给我。他似乎也不知道怎么开口，于是我们两人一言不发地坐着喝可乐，这个场面真的是非常诡异。终于，作为成年人的蜜薇的爸爸还是先开口说道："董乐，昨天我是从蜜薇的电话里找到了你的号码，很冒昧，但是我不得不联系你。"我不吭声，听他继续说："我想再一次恳求你，不要告诉蜜薇这件事。这对蜜薇是非常严重的伤害，我不想她过早地了解到这些。"我抬起头，终于问道："你会告诉蜜薇吗？如果你不打算告诉她，那么就永远不要让她知道。"蜜薇爸爸的眼睛里流露出令人害怕的忧思，他告诉我："这背后有很复杂的情况，复杂到不能让蜜薇知道，你相信我，我是很爱蜜薇的，请帮我保守这个秘密，我一定会找到一个适合的时机告诉她。"

我答应了蜜薇的爸爸，但这个秘密对当时才上大一的我来说太大了，大到我必须用力做点什么，才能强压住心里要咆哮的感觉。我和蜜薇认识不久，但这不代表这件事对我而言不重要，学过的课本里，根本没有提到过如何处理这样的情况。但蜜薇的爸爸就坐在我的对面，他的表情很真挚，我艰难地开口："吴叔叔，我不愿意骗蜜薇。"蜜薇的爸爸低着头，他是儒雅和英俊的，但这一刻他没了气势，反而有些佝偻着背，看起来很可怜。蜜薇的爸爸再次向我祈求："蜜薇从来没有受过什么挫折，我不想让她生命的第一个挫折来自我。"他又抬起头向我保证，"我会处理好的，先瞒她一段时间，好吗？"

我终于点了点头。

那天告别了蜜薇的爸爸，我又走到那家首饰店去，那只胸针还躺在橱窗里，我趴在玻璃前又看了很久，认为这种美丽的东西必须买给蜜薇。我进去付钱，吩咐店员用一只漂亮的礼盒包起来，我想我在做这些的时候对蜜薇充满了愧疚，不是因为我答应了蜜薇的爸爸不把这一切告诉她，而是因为我没有能力让她逃离这些困境。我唯一能做的，只是买一个美丽的小物件，拿去讨她片刻的欢喜。

蜜薇的电话在这个时候打来了，她欢天喜地地对我说："今天陪我去剪头发吧，小乐，你那个发型也真的是够了，赶紧出来，让我给你新生。"我笑着说："好。"我揣着这个秘密和给蜜薇的礼物，跳上一辆公交车，去奔赴和她的这个约会。在公交车上我睡着了，睡得非常香，以至于到站的时候我迷迷糊糊的，下车后才惊觉，给蜜薇的胸针，掉在了公交车上。我怅然地站在路边，看着已经远去的公交车，心里知道，这份礼物是再也找不回来了。我决定永远不告诉蜜薇我给她买过一只漂亮的胸针，和不告诉她我曾经看见过她的爸爸搂着一个女人在买项链一样。

我在蜜薇说的理发店里又足足等了一小时，她才姗姗来迟。蜜薇给我买了奶茶，是桃子味的，她对我解释："你快喝，我专门跑了很远去买来的，是我最喜欢喝的珍珠奶茶，在别的地方都喝不到。"我喝了一大口，忽然发现这种味道非常熟悉，好像是和蜜薇身上的香气一样。我好奇起来，凑到她身上嗅了嗅，发现真的是一样的味道。蜜薇得意起来："我用了一点香水。"我忽然明白了美女和普通女孩的差别，就是她们不光是脸蛋美，她们的美丽更是一种天赋异禀的自觉。我啧啧赞叹的同时，也明白当一个美女真的除了先天条件还需要付出非常多的努力。比如现在，蜜薇就被按在理发店的椅子上被上了一头发卷。她决定要烫一个新潮的发型，据她说这是日本最流行的。蜜薇也热情地帮我选了一个发型，同样的，我也被按在椅子上被上了一堆儿发卷。在烫头的过程中我俩百无聊赖，而女生在一起打发时间最好的办法就是聊八卦，我和蜜薇当然也不例外。蜜薇告诉我，她们系里已经迅速分为了两种女生：一种叫作吴蜜薇，一种叫作讨厌吴蜜薇。而男生也分成两种：一种叫作暗恋吴蜜薇的，一种叫作明恋吴蜜薇的。她云淡风轻地对我说："你是不是觉得我在吹牛？但事实真的就是这样。"我听得目瞪口呆，不过不是觉得她在吹牛，而是觉得这种被瞩目的感觉我真的无法想象。蜜薇冲我摆摆手，哈哈大笑："这你也信，骗你的啦。"

她解释给我听，从高中开始，就一直有很多人不喜欢她，而且以女生居多，原因除了觉得蜜薇是个自大狂、臭美精之类的，更重要的原因是因为学校最受欢迎的男生都会追求蜜薇。我听完蜜薇的叙述，问了极其丢脸的一个问题："这么多人追你，会不会忙不过来？"蜜薇愣了一下，然后开始狂笑不止："董乐，你真的是太可爱了！"我也愣了一下，忽然意识到我问了一个极其愚蠢的问题，哪有忙不过来这种事，我可谓是传说中臆想皇帝吃烧饼必须一个甜的一个咸的农夫了。

　　我们就这样，顶着满脑袋的发卷儿，坐在理发店的一个角落，没心没肺地笑个不停。这是我印象中蜜薇第一次对我提到陈松霖，这个男生是南阳大学大一最受关注的男生，连我这样的土豆都知道他帅名远播。蜜薇说："他当然很优秀，我也知道他对我挺关注的，但恋爱可是女孩子的大事，而且按理说，我这样的美女似乎都应该爱上一个浪子才行啊。"蜜薇想了想，做了一个非常重大的决定："我要带他来见见你，如果你说可以，我就给他一个机会。"我慌乱起来，我怎么可以负担这么大的事情啊，连忙拒绝，但是蜜薇一口咬定了就这么办。她温柔地对我说："我信任你，你知道谁是真的对我好。"我被蜜薇说服了，因为我也认为如此。这时候理发师来给我们拆发卷儿了，等全部处理好，我们盯着镜子里的自己差点哭出来。我不知道大家有没有看过一部电视剧叫作《风云雄霸天下》，我俩的发型活似里面的步惊云。蜜薇还好，她底子好，再难看的发型也不会丑到哪里去。而我简直丑到令人发指，蜜薇一边和理发师发火，一边只要看我一眼，就会抑制不住地狂笑。最后理发师让我们过几天再来处理一下，但是这几天我们俩都必须顶着这个发型了。回去的路上，蜜薇都不能直视我，她说从来没见过比我烫头更好笑的人。路过一个卖小饰品的店铺，蜜薇进去买了一只宽发箍戴上，立马让那个有点失败的发型化腐朽为神奇，她又变成了一个复古、甜美的女孩，整个人像一颗苹果，可爱得发出香气。蜜薇高兴地看着我，宣布她的结论："幸好还能挽救，我想不出比烫了个难看至极的发型更倒霉的事情了。"而我，也试了试那个发箍，除了变得有点像男扮女装的怪人之外，丝毫起不到任何作用。我对蜜薇说："以后你要是想打扮自己的话，请千万千万，不要再拉上我。"

那天回到寝室我看着镜子里烫坏了头的自己，竟也觉得没有那么难以接受，我在心里做了个决定，当头发重新长好的时候，我一定要把这个秘密告诉蜜薇，即使她责怪我，我也不能再隐瞒。

Chapter 2　那就一起恋爱吧

　　回忆纷纷而至，我坐在办公室里对着电脑发了不知多久的呆，等抬起头发现天已经黑透了。雨还没停，反而下得更加缠绵，若是喜欢雨天的人，现在倒是可以好好待在家，把窗户打开一条缝儿，伴着雨声依偎在沙发上喝一杯酒，应该是极其放松的事情。可我就是不喜欢下雨，是蜜薇告诉我的，下雨是隐藏自己的好时候，但只有在一览无余的日光下，你才能做自己真正想做的事情。我收拾了一下东西准备回家，却发现那个声音沙哑的年轻女孩还在公司，人都走光了，灯也都关着，她的电脑发出一些惨白的光线，桌上还放着吃到一半的盒饭。我走过去询问："怎么还不下班？"那个女孩看到我倒是一愣："董总。"我瞄了瞄她的电脑，她还在做 PPT，我尽量温和地告诉她："不着急这一天，先回家吧。"女孩羞赧地告诉我："没有带伞，干脆在公司再干会儿活。"我点点头准备先走，但走到门口我又回过头对那个女孩说："一起走，我送你。"

　　那个女孩坐在我的副驾上，她显然有些不安，一直把背挺得很直，用余光看我的表情。我试着轻松地问她："马上周末了，一般做些什么?"女孩稍稍松弛了一些，来了兴致，向我说："我要和好朋友去逛街，她总说我不会打扮，要陪我买衣服。"我笑了笑，看到那个女孩脸上明显露出一点期待，不禁鼓励道："打扮自己是好事。"女孩有点羡慕地看着我："董总，你就很会打扮自己啊。您是一直这么会打扮吗?"雨刷在不停地晃动，我停下来等红灯，两个漂亮的女孩子撑着一把伞嬉笑着走过我的车前，我仿佛看到了曾经的自己，那个不是很起眼甚至有些土气的自己，是蜜薇拨开我的头发对我说："董乐，女孩子就应该漂漂亮亮的，我不是指你应该多么在意自己的外表，而是要你明白，每个女孩都是好看的，你要找到你喜欢自己的方式。"

红灯变绿了，我轻轻踩下油门的同时也对坐在我车上的女孩说："我以前也不爱打扮，我甚至不太喜欢自己的长相，你看，我眼睛太小，下巴太短，皮肤也很黑，我甚至觉得这样的自己要是还每天费尽心思打扮，这不是丑人多作怪?"女孩忍不住笑了，我继续说道："也是我的好朋友告诉我，无论什么样的女孩，都可以变美。"我看见女孩点点头，她小声地说："不过，一直就很漂亮的人，她们的人生应该更容易一些吧。"我坚定地回答她："她们的人生也会有很多问题，也有她们的患得患失。她们的人生和我们的人生，既不一样，又很相似。"

就像那时蜜薇非要拖上我去见一见那个陈松霖，她说陈松霖已经明确向她表达了好感，而且蜜薇显然也不讨厌陈松霖，是时候让我见见他了。但这一拖也是我们烫头一个月之后的事情了，她的原话是说希望我的发型稍微能见人一点儿，这样不会让那个男孩子被她奇奇怪怪的朋友吓坏。不过我知道，她是因为紧张，蜜薇虽然总是嘻嘻哈哈的显得什么都不怕，但她内心深处其实有很多不确定的因子，她不确定世界上有没有无缘无故的爱，也不确定爱是不是肤浅的、不可持续的。这种不确定导致的不安一直困扰着蜜薇，从她的过去到现在，不过也正因为这种不安，让她更加迷人可爱。

要见面的那天蜜薇和我打了招呼，要我收拾一下自己，她一直强调，虽然不可能人人都美，但是一个漂亮姑娘带出来的朋友要是太邋遢，那这个女孩肯定是一个心机很重的人。蜜薇紧张地说："你要是不喜欢他，也不要当场说哦。"我只能向她一再保证——我会洗脸，我会梳整齐发型，还会穿一件她夸过不错的衣服，如果有意见，我也一定会闭嘴，至少当着他的面闭嘴。蜜薇终于满意了，告诉我见面的地点，当然最后还再三叮嘱了几句不要迟到。

结果路上堵车，我迟到了。

等我匆匆赶到的时候，他们俩已经坐在同一张沙发上，喝着一模一样的奶昔，穿着一样的条纹毛衣，让任何路过的人都眼前一亮。这个男孩，就是蜜薇生命中出现的第一个重要的异性——陈松霖。我轻咳一声，陈松霖马上站起来，落落大方地对我伸出手："你好，董乐，蜜薇总是提到你。"蜜薇丢给我一个眼神，我马上心领神会地说："你好，蜜薇也和我提过你。"蜜薇甜甜地说："不要假客气了，快坐下来点个饮料喝。"陈松霖给我点了一杯蜂蜜茶，点完后他又侧过头去问蜜薇："你觉得可以吗？"蜜薇笑起来："可以，她喜欢喝甜的。"他们的眼神热烈地交织在一起，浓得能把对方淹没。我当时就想，蜜薇并不是真的需要我的意见，她只是希望得到我的祝福，因为在她的环境中她无论和谁恋爱都是得不到祝福的，太多人因为嫉妒而对她恶语相向，太多人不相信她其实和自己一样，只是想找到一个喜欢的人。我相信蜜薇，她选择这个可能是非常优秀的男孩子不是因为和他恋爱会得到瞩目，而是她是真的喜欢这个人。

我的眼睛热热的，看着这对好看的男女并肩坐在一起，这种感觉会让人也很想能找到一个喜欢的人，去顺顺利利地恋爱。他们俩安安静静地坐了一会儿，视我为无物般说了一些悄悄话，我恨不得自己不要在现场，虐待单身女孩也不能是这么残忍吧。为了报复，我只好又点了一大块松饼狂吃，这种食物蜜薇是不会碰的，我拼命化尴尬为食欲，吃得异常香甜。等我吃完一整块松饼的时候，陈松霖站起来，说："要去陪老妈买东西，我必须先走了，你们好好聊。"他又深深注视了一会儿蜜薇，然后才依依不舍地走了。当然，这个年纪的男孩子好看的也很多，但是陈松霖除了好看还很干净，他就是那种真正意义上的好家庭出来的男孩子，有礼貌，穿衣服整齐，鞋子白得发亮，身上散发着阳光充分沐浴了衬衫的好闻味道。我想他一定很喜欢蜜薇，因为那种眼神，我只在那种很感人的电影里才看到过，炙热且专注。

等陈松霖消失在视线里，我对蜜薇说："真好，你们俩真好。"蜜薇的眼睛像是在发光一样明亮："你快说快说，你喜不喜欢他？他好不好？"我坦白地说："特别好。他和你很衬，虽然没有你那么好看，不过也很好看。"蜜薇跳起来抱住我："我就知道你也会说他好！"她赶紧拿出手机给陈松霖发短信，告诉他我也说他好，蜜薇的嘴角噙着笑意，此刻她的样子是那么天真，她的喜欢绝不是伪装。我知道蜜薇此刻正处在巨大的甜蜜里，但我心里终究有点不安，我希望她能一直这么顺利，感情顺利，学业顺利，以后婚姻顺利，工作顺利。我想，上帝既然在外貌上偏爱蜜薇，那么希望他也能在其他方面，一并偏爱下去。蜜薇又开心地告诉我一些关于陈松霖的事情，比如他篮球打得很好，他喜欢王力宏，所以还自学了一点吉他。蜜薇在说这些的时候，脸上是自豪的，不亚于她第一次告诉我她是校花的时候的光辉。我认真地听着，等她说完，我总结道："那他真的很优秀，和你的美貌可以并驾齐驱。"蜜薇眯着眼看了我一会儿，坏笑着说："董乐，你知道我最喜欢你什么吗？最喜欢的就是你这种面不改色拍马屁的能力。"说完她又思索了一会儿，改口说："不对，你说的只是事实，我最喜欢的是你的诚实。"

我们一起哈哈大笑起来，为这种小快乐感到幸福，蜜薇还告诉我，她爸爸建议她这个暑假去北京住一段时间，她可以去上一个表演培训班，这一直是蜜薇的心愿。我问蜜薇："那么你是一定要去当女明星了吗？"蜜薇说："即使不是当女明星，我毕业也要去北京生活。"她又仰着头开心地说："陈松霖也要去北京的，他想去北京考研，做记者。"蜜薇忽然想到什么似的："董乐，你以后来北京吧！这样我就能天天看见陈松霖，然后每个周末也能看见你。"我问道："为什么我是每个周末？"蜜薇坦然地回答："因为我还没有那么想每天看见你，毕竟朋友还是比男朋友差一点儿。"我怪叫道："现在你承认自己有男朋友了啊！"蜜薇居然害羞起来："我一直也没有否认啊！"她拉住我，以前所未有的开心姿态说："今天不管了，我们去吃火锅好不好，反正也有男朋友了，胖一点点也没关系！"不过蜜薇还是补充道："只能胖一点点。不能胖很多点儿。"

告别蜜薇回去的路上，电话又响起来，居然是蜜薇的爸爸又给我打电话。他在那头说："董乐，我还想拜托你一件事，也是关于蜜薇的。"我心里一沉，这段时间我面对蜜薇总有种难以平息的负罪感，我当然知道，这不是我能管的事情，可海面下的冰山，我既然目睹了真容，总不能坐视巨船撞上去。我硬着心思告诉蜜薇的爸爸："吴叔叔，我不能答应你任何事了。"蜜薇爸爸的声音听起来带着一丝歉意："我知道让你保守秘密很难，但我确实还需要一些时间。这个暑假我给蜜薇报了一个去北京的表演培训班，不过我实在是不放心她一个人，所以我想恳请你和蜜薇一起去，费用我来出，你们就当去过一个假期，两个人也互相照顾一下对方，好吗？"我一时愣住，不知道该不该接受这个建议。蜜薇的爸爸继续劝服我："就当陪蜜薇过一个无忧无虑的假期好吗，你们是好朋友，应该多留一些回忆。"我沉吟了一下，决定接受蜜薇爸爸的提议，但我还是问道："吴叔叔，你到底什么时候告诉蜜薇。"蜜薇的爸爸沙哑着嗓子告诉我："等蜜薇从北京回来，我和她妈妈就会告诉她一切。"可怜的蜜薇啊，你以为你得到了一切，但你却不知道自己即将失去的。我一定会陪在你身边，给你我所能及的力量。那天回去后我失眠了，不是因为要陪蜜薇去北京，而是我一直在思考，真正的朋友之间，能否保有秘密。但我无论如何也没有办法开口把事情告诉她，如果要做一个残忍的人，我希望那个人不是我，就好像亲手砸碎一个美丽的花瓶，谁都不想自己做那个坏人。

　　那次见面后，马上要到期末考了，我和蜜薇的宿舍隔了一些距离，又都要忙着复习就没有时间经常见面了。虽然不能见面，但蜜薇每天下了晚自习都会给我发短信说她和陈松霖的事情。有时候吵架了，蜜薇就赌咒发誓再也不理他，有时候他们俩又好得可以上天下海，那时候蜜薇就会给我说真的很想时时刻刻都见到他。我有时候会回，有时候不回，但无论什么时候，我都觉得这是属于蜜薇快乐的时刻。虽然我没有恋爱过，但我心中的恋爱和蜜薇一样，会吵架，会甜蜜，这就是一份感情应该有的样子。一天晚上已经很晚了，我正在书桌前和该死的高数死磕，忽然想起蜜薇一晚上都没有给我发信息。我刚想问问她在干吗，她的电话就来了："董乐，你不准笑我好不好。"蜜薇的声音有一点点颤抖，不知道是因为什么，但她听起来和平时有一点不一样。"陈松霖刚刚送我回家，在我宿舍楼下，我们……"蜜薇忽然停住了，她深深吸了一口气，才继续说道，"我们接吻了！"我啊呜了一声，想蜜薇现在一定脸颊红红，她其实蛮老派的，觉得初吻是一件大事，不过对每一个少女而言，初吻都是一件大事。我们曾经讨论过，一定要那天吃了柠檬味的口香糖，穿着漂亮的裙子，在路灯下轻轻地接吻，然后踮起脚尖。蜜薇说，接吻的时候一定会浑身发麻手心出汗，然后大脑一片空白。她信誓旦旦地告诉我，每一个女孩第一次接吻都是这样的感受。我压低声音问她："所以你踮脚尖了没有？"蜜薇这才咯咯地笑起来："没有，完全忘记了，我感觉我就变成了一块软糖，差点融化在他的身上。"她轻叹了一声，"恋爱真好啊，真是太快乐了。董乐，你也快一点恋爱好不好？"我听蜜薇这么说，于是快速地在脑海里扫了一遍学校里我熟悉的男同学的名字，名单着实有限，我很快就能得出结论："不要。"蜜薇在电话那头轻轻地说："不行，你是我的好朋友，我要你和我一样快乐。"蜜薇挂了电话，我继续和我的高数题搏斗，在杀死一大片脑细胞后，我发现这道题我是解不出来了。我放下笔，静静地坐在书桌前想，其实这也是我所面对的困境。蜜薇的困境是孤独，但是她找到了我，然后又找到了陈松霖，这是她积极搏斗所赢得的局面，于是她就有了对抗生活其他不如意的砝码。而我，也因为找到了蜜薇，把我从枯燥和永远解不完的数学题里拉了出来，我看到了很多不一样的情感，比如友谊，比如爱情。

我是认识蜜薇之后，才开始对这些情感有了渴求，才知道自己原来也如此孤独。于是我做了一个极其傻逼的决定：我也要去找一个男朋友，和蜜薇同时恋爱。这是我在当下所能想到的最简单的使得友谊更稳固的办法。我在很久之后，才懂得那一晚我到底是因为什么做了那个脑残决定。我和蜜薇，曾经是彼此感知和进入这个世界的入口。蜜薇使我明白了热情、美丽和有生命力的世界是什么样，而我让蜜薇感受到的是温和、信任和永远无条件被支持的感动。这就是我们交换自己的方式，蜜薇当时恋爱了，她所获得的爱又多了一些，于是我也希望自己能和她一样，我们一起被爱，一起再把爱反哺给对方。

蜜薇需要我和她一样快乐，这样我们就能交流更多的话题。她也无须对我感到愧疚，在她快乐的时候，我如果有了不快乐的可能性，蜜薇会觉得不踏实。在我做了也要恋爱的决定后，忽然脑内一片清明，唰唰动笔开始解题，刚刚的困难迎刃而解，看来我的确是应该找个男朋友了。可是男朋友这种东西，不可能说有就有，加上我的确不是一个被瞩目的女生，不像蜜薇那样可以接到无数的情书和告白短信。我搜肠刮肚也找不出一个可能喜欢我的人，而我，也想不到我似乎是喜欢过谁。就在我一筹莫展的时候，我忽然想到，有这么一个人，大概是愿意做我男朋友的。

他叫王德振，是一个暴发户的儿子，以爱花钱和品位奇差闻名全系。

请原谅我这么说我的初恋，但是他的确如此，他经常掏钱请一层宿舍的男生喝汽水，但是转头那些男生还是会说他穿的有多么多么难看。也不怪那些男生，他穿的也的确是难看，而且他还是我见过最年轻的戴金链子的人。而我走投无路一心想找个男朋友的时候，想到的第一个人选，居然只有他。我发现王德振似乎是有那么一点喜欢我，虽然我还没想明白为什么他喜欢我。有次体测我痛经，一个人坐在操场边疼得死去活来，王德振经过看见我面色苍白地趴在那里，本来只是路过的他，又转头回来问我："董乐，你不舒服吗？"我没力气回答他，只能从牙缝里挤出一个"嗯"字。他忽然脸就红了，飞快地跑走了，过了一会儿，他拎回来一大袋子热饮料，奶茶、咖啡、豆奶什么都有，他把袋子放到我的身旁，小声地对我说："喝一点热的。"说完他就要走，又好像想起什么似的回头对我说："不用告诉别人说是我买的。"他又飞快地跑走了，我呆呆地看着他做这一切，觉得不可思议极了。

　　我把这件事告诉过蜜薇，蜜薇得出结论就是王德振肯定暗恋我，我极力否认了一番也就把这事忘了。现在我想起来，说不定他真的是暗恋我。我找到刚入学的时候系里发的通讯录，上面果然有他的手机号。我想了一会儿，即使已经很晚了，我还是拨了过去。响了很久，王德振才接起来："谁啊？"我尽量客气地说："我是董乐，你睡了吗？"他似乎很震惊，半天才回答我："没有没有，你找我有什么事情吗？"我决定直抒胸臆，如果被拒绝，那也只能认了："没什么事，我只是想问问，你愿意当我男朋友吗？"那边传来王德振猛烈咳嗽的声音，似乎是被什么呛到了。他咳了好一会儿，才缓过来，问我："你说什么？"我叹了口气，看来是要被拒绝了："不愿意也可以的，我只是随便问问。"我正要说晚安，然后挂掉电话躺到床上去想想明天还能和谁告白一下，王德振清晰地对我说："好啊，我愿意。"他又补充了一句："你真的是董乐吗？还是谁在整我？"我被他逗笑了，不知道为何忽然有点感动，我轻轻地说："我是董乐，今天太晚了，明天见。"我挂掉电话，上床准备睡觉，闭上眼的时候，我想如果我的一生只需要一个重要的朋友，那就是吴蜜薇，如果我的一生不止需要一个朋友，那么最重要的那个，也是吴蜜薇。我们即将同时恋爱，很快也要同时有初吻，同时度过美妙的大学生活，顺利毕业，同时找到生活中值得纪念的一切。这就是友谊的意义吧，让一个人有了尝试做任何事情的勇气。我这么想着，终于沉沉睡去，梦里什么也没有。

　　第二天起来的时候，我在想等一下如果见到王德振，要怎么才能不尴尬地和他打招呼，并确定昨天晚上他说的话要算话。我有一点慌神，莫名其妙地就开始了我的初恋，和一个莫名其妙的人，虽然我还不是很喜欢他，但也并不讨厌他。我想爱情应该是有多种形式的，有蜜薇和陈松霖那种，两个互相喜欢到不行的人，因为在一起了，然后越来越喜欢。可能也会有我这样的，开始的时候并不喜欢，但是结果谁知道呢，也许会很喜欢，也许就会无疾而终。但是我最害怕的，是蜜薇父母那样的，他们显然不相爱，或者有一方绝对不爱另一方，可是因为某种原因，硬让两个人走在一起，到最后实在坚持不下去了，只能散伙。但如果要散伙，我也希望不要伤害任何人。感情的世界真的太复杂了，是那个年纪的我根本不能想明白的大事。我只是决定要好好地恋爱，决定了，就不能轻易放弃。是我主动找到王德振，让他做我的男朋友的，既然男朋友是自己选的，那么就一定要认真。我在去上课的路上给王德振买了牛奶和面包，似乎给恋人送早饭是一件必须做的事情，我打算从送早饭开始，正式踏上我的恋爱之路。我颠颠地晃到了学校，进班级门之前还对着走廊的玻璃窗整理了一下我的刘海，毕竟是有男朋友的人了，得注意一下形象。王德振已经坐在位置上了，他紧张地看我一眼，似乎想说点什么，但是又闭上了嘴。我走过去，把早饭放在他桌子上，轻声说："给你买的。"他似乎是不敢相信一般看着我，我没好气起来："看什么看，快吃啊！"王德振如梦初醒，马上拆开面包吃起来，这时候班上的同学终于发现了这个诡异的画面，我和王德振，居然不知道什么时候搅在了一起。有人好奇地看过来，一个经常和王德振走在一起的男生阴阳怪气地喊起来："董乐，你和王德振好上了吗？"王德振的脸红得不得了，他张口骂过去："滚，少掺和。"我有点生气，为什么不能承认呢，昨天他可是答应了要做我男朋友的啊。我平静地转过头对那个男生说："是啊，我们在恋爱。你有什么意见吗？"我声音不大，但说完这句话，全班鸦雀无声，似乎所有人都被我惊呆了。我对王德振笑了一笑："放学我们一起回去好了。"他似乎也愣住了，大概是没有想到我会这么直白地说出这句话，不过他还是点点头，傻傻地说："好。"我坐回自己的位置，打开书包，发现有五个蜜薇的未接来电。我赶紧拿上电话到走廊去，电话刚一拨通，蜜薇就接了："我在你们教学楼门口，你能出来一下吗？我现在要见你。"我一下也没有迟疑就答应她："我马上到。"我挂了电话就朝楼下飞奔，心跳得怦怦的，蜜薇肯定是出了什么事情，不然不会在这个时候要见我。我跑到教学楼门口，她正站在门边，依然站得直直的，蜜薇看见我，第一时间就对我喊道："跑慢一点，不要着急。"她的头发被一点点风吹得扬起来，露出她的脸颊，上面有五个鲜红的指印。我惊叫起来："蜜薇，你的脸？谁打了你！"我走过去，伸出手去摸她的脸，她的半边脸上都是肿肿的，仔细看起来有点憔悴，就更惹人心疼。她有点惨淡地笑了一下："我在上学路上被你见过的那几个女生拦住，挨个扇了我几巴掌。"我张大了嘴，不敢相信我听到的一切。蜜薇接着说："没什么，就是有点疼。她们嫉妒而已，嫉妒我和陈松霖在一起了，但是又没有办法，只能打我。"蜜薇很轻松地说完这些，她并没有哭，甚至也没有愤怒。她轻轻靠在我的肩膀上，小声地说："我没事，就是很累，很想来见见你。"我的心像被揪住一样猛烈地疼起来，什么也说不出来，只能伸出手，一下又一下地抚摸着她肿起来的脸。我问她："疼吗？"蜜薇点点头，我又问："陈松霖知道吗？"蜜薇又摇摇头。她小声说："我不想让他知道。"我呆住了，情不自禁地问："为什么不让他知道！让他去教训那些人啊！她们凭什么打你！她们有什么资格打人！"蜜薇仰起头来，对我说了一番我至今佩服的话："很多人都觉得我太狂妄了，总是毫不掩饰自己长得好看这件事，实在是太惹人讨厌了。我真想大声告诉她们，根本就不存在什么美丽而不自知这件事好吗？只有丑人意识不到自己长得丑，美的人一定都知道自己美。我知道自己长得美，却还要装作不知道，这不是更虚伪吗？我宁可做一个狂妄的人，也不想做一个虚伪的人，我特别骄傲我长得好看，这和骄傲自己聪明、骄傲自己勤奋，有什么不同？"她伸出手紧紧地握住我的手："永远在我说我美的时候，都要告诉我我没说错，好吗？"我拼命地对蜜薇点头，结果还是没有忍住，眼泪夺眶而出，蜜薇笑起来："傻，我都没哭，你哭什么。"

所以不要担心美人，她们其实很坚强，也远比我们想得更有力量。蜜薇安慰我似的拍拍我："走，上学去吧，你也没有请假，万一被逮住了就完蛋了。"她又补充道："我真的没事，我这么美，因为美吃点苦头，也算值了。"

Chapter 3　更要一起面对心碎

　　我把思绪收回，车已经开到了那个女孩小区的门口，她有点惴惴不安地用余光打量我，是啊，情绪是能飘散开的，她一定感觉到了我此刻的伤感。蜜薇，我们好久没有联系了，我甚至不知道此刻的她身在何处，我们是怎么失去联系、又怎么再也不相见了呢，我一时想不起了。我忽然问那个女孩："你说，如果和一个人失去联系，是为什么？"她很快地回答："那一定是至少有一个人，不愿意再相见，因为要找到一个人，在现在是很容易的。"我愣了一下，不禁点头："是啊，如果不去找，那一定是不想见。"我有点抱歉地看着她："到了，你快回去吧，这么晚了，明天上午多睡一会儿再来公司。"她赶紧摆着手，说："不累不累，明天还有很多事要做呢。"

　　女孩下车往小区里走去，雨忽然在那一刻变大了，我看着她狼狈地用手遮挡在头顶，可根本无济于事。我忽然摇下车窗大声对她喊道："明天休息一天吧。"女孩诧异地回过头，雨水将她的头发黏在额角，却显得那么生机勃勃，她大声问我："董总，怎么了？"我的心里就那么被一个声音击穿了，我更大声地对她说："明天通知全组人休息一天，我不来公司。"女孩惊愕地看着我，我听见我对她说："我明天有更重要的事情要做。"

开车回家的路上，雨如同天漏了一样倾泻而下，打在车顶、路面，都发出剧烈的声音，可我听不见那些激烈的雨声，我只听见我心底的那句话：去，去找到蜜薇吧，不要再等了。

那天蜜薇告诉我她被打了之后，我没有再回去上课，浑身无力地在操场草地上躺了好久好久，直到发麻的手脚慢慢暖起来，可以活动了，我才坐起来开始号啕大哭。我哭得太厉害了，鼻涕眼泪全部糊到了脸上，我哭得那么投入，好像把灵魂都哭空了，眼泪大颗大颗地掉下来，把草皮都滴湿。正当我旁若无人地大哭时，忽然有个人惊恐地在我身后说道："董乐，你怎么了？你怎么哭得这么厉害啊？"一张大脸凑了过来，是王德振。他嗫嚅道："我看你忽然就不上课跑了出去，很久也没有回来，给你发信息你也不回，我就想出来找找看，结果看到你……"他有点局促不安，不知道怎么面对一个哭成这样的我。我也不好意思再哭，但此刻也没有办法回答他，两个人只能沉默着，尴尬地互相看着对方。终于王德振还是说："我也没有带纸巾，要不你拿我的袖子擦擦脸？"我终于笑了，看着面前这张不算太好看的脸，心里居然有点好过了。我嗓子都哭哑了，只能嘶哑着声音说："那我可就不客气了。"我一把抓过王德振的袖子，把眼泪鼻涕全部抹在上面，他也不嫌弃，就等我擦在上面。王德振看我好一点了，就又鼓着勇气问我："你……为什么哭成这样，要是不想说就算了。"我于是就告诉他："我不想说。"他就点点头，挨着我坐下来，自己掏出手机开始玩俄罗斯方块。我瞟了几眼，居然情不自禁地被他吸引过去。他玩得很好，下方块的速度嗖嗖的，每一条还精准无误地放在该放的地方。

王德振见我在看他玩，居然有点害羞，他把手机递给我："你要不要玩。"我摇摇头："不要，我想看你玩。"于是他就接着玩，玩到开心就吹一下口哨。我忽然觉得王德振这样很迷人，心里就那么轻微地动了一下，好像被一条羽毛忽悠悠地拂过那样，软软的，痒痒的。这时候的时间也变得慢起来，刚刚那么难过的时刻，也好过一点儿了。我对王德振说："嘿，你其实还挺可爱的。"他的脸又红了，害羞地笑起来，就更可爱了。我顿时非常满意，认为自己眼光独到，有可能是挖到了宝。于是我决定趁热打铁，赶紧把我们的关系推进一步："你现在要不要先不打游戏，过来亲我一下？"王德振的手机扑通一下掉在地上，他吭吭哧哧地说："你，你说什么？亲你一下？"我顿时又不耐烦起来："是啊，要不要亲？"王德振看起来有点懵，但他还是慢慢地凑了过来，指着我的额头，说："这里，可以吗？"我赶紧点了点头，然后闭上眼睛，等待这个虽然来得很突然却真的是第一个属于我的吻。

这个吻和我想的有一点点不一样，他的嘴巴有点凉，轻轻地落在我的额头上，我几乎还没有来得及感觉，就又听见背后传来一声暴喝："你们在干什么！"这下所有可能发生的浪漫或传说中的过电一般的感觉都不可能发生了，一个可怕的秃头男子正迈着大步向我们冲过来，我还在发愣，王德振已经伸手牵住我，大喊道："等什么啊，快跑啊！那可是系主任！"王德振紧紧抓住我的手，牵着我往操场外飞快地冲着，我好像从来没有跑这么快，原来不是我不能跑，是没有被人牵着跑。我晕晕乎乎的，就那么任由他牵着，拼命地迈着步子，也不管要去哪里，就这样跟着他全力地奔跑。我相信他一定不会放开我，会带着我去一个很安全的地方，这种瞬间建立的信任让我感到有点幸福。我似乎忘了后面有讨厌的秃头系主任在呼喝着追赶我们，也忘了刚刚自己哭肿的眼睛和脸，我只记得那个还没有完成的吻，还有现在因为跑步而穿梭在耳边的风。我有点陶陶然的，被一个已经成为我的男朋友的男孩牵着，做一件在几个月前，我根本没有想过的事。不知道跑了多久，我们跑出了学校，到了一个完全没去过的小巷子里。我们俩都喘得不行，连话都已经说不出来了，只能互相指着对方，一边喘气一边狂笑。王德振比我先能说话："你说他看清我们是谁没有？你这套衣服千万不要再穿了啊！要是被认出来就完蛋了！我倒是不怕，但是你怎么办？我们是不是要赶紧溜回去？万一点名就会被发现，虽然现在大学生恋爱很正常，但那个系主任真的很古板，我看他就是婚姻不幸福……"王德振不停地说着，我心不在焉地听着，此时他不应该说话，我只觉得我们最需要的，是完成那个吻。

我走到王德振身边，踮起一点脚尖，用尽我最大的温柔，在他的额头上吻了下去。王德振终于闭嘴了，他看着我，我也看着他。的确当时我们都生涩得要命，但这个吻，比我之后所经历的一切吻都要更与众不同。我终于问了王德振一个问题："你喜欢我什么？"他小声地对我说："我觉得你漂亮。"我笑了起来，大概这就是恋爱开始的一切原因吧，觉得对方美。而现在，我看王德振，也好看了不少。我对他说："我有一个很漂亮的朋友，等以后介绍给你认识。"王德振居然也油嘴滑舌起来："比你还漂亮吗？我不信。"我很认真地说："比我漂亮很多很多。"在和王德振回学校的路上，我给蜜薇发短信，告诉她我刚刚因为太难过去操场痛哭，然后我的男朋友过来安慰我，我就要求他亲我一下，结果被系主任看见了，他牵着我狂跑一气之后终于甩脱了那个秃子，然后我又亲了他。五分钟后，吴蜜薇的电话追了过来，她的声音大得前所未有："狗日的董乐！你什么时候有了男朋友我怎么不知道！王八蛋，还是不是好朋友了！"我笑了起来："你不要着急，听我告诉你。"

蜜薇非常生气，她完全不顾形象地破口大骂我不是人，认为我背信弃义，罔顾我们之间深厚的友情，偷偷摸摸找了个男朋友，找男朋友也就算了，而她居然对此毫不知情。蜜薇在电话那头咆哮："我真的没想到你是这种人，居然这么藏得住秘密！"我被蜜薇吼得几乎站不住脚，只能赶紧认错，蜜薇也不想理我，干脆直接挂了电话。我失笑，我清楚她不是真的生气，而且肯定过不了一会儿，她就会来问我细节问题。王德振也很好奇，是怎么样的朋友会在电话那头大喊大叫成那样。他奇怪地问："你们不是好朋友吗？"我振振有词地告诉他："女孩子的友谊就是这样的。你要习惯一下。"这时候，蜜薇的短信果不其然杀了过来："快告诉我你们是怎么好上的，一个细节都不能落下，不然我杀去你宿舍骂你。"

我对王德振说："如果蜜薇有机会见你，你可不要因为她太漂亮露出傻样啊！"王德振忽然开始骂我："你是不是有病啊，哪有老在男朋友面前夸别的女孩的？"他黑了脸不看我，自己气冲冲地走在前面，我看着他并不高大的背影哭笑不得——这下可好，我的男朋友和我的好朋友都在骂我，只怕要众叛亲离。我不作声了，忽然一个念头出现在脑海里，如果我、王德振、蜜薇和陈松霖能一起出去约会，还真是一个很有趣的画面呢。我兴奋起来："嘿，王德振，我们和我的好朋友还有她男朋友一起约会好不好？我们可以一起去嘉年华，还可以去吃火锅！"王德振回头撇了撇嘴："你真的很喜欢你的朋友啊。"我嘻嘻笑起来，心想，是啊，我真的很喜欢她，正因为喜欢她，才会喜欢你呢。

那天溜回教室之后一切都风平浪静，除了有几个男生对我们俩挤眉弄眼之外，大家也没有过多地注意我们，毕竟我和他都不是什么风云人物，系里比我们早恋爱的情侣也多得是，我们哪怕当众宣布恋情，怕也是不会引起太大的话题。我不禁想，即使是这样不起眼的我们，都会因为被注视而感到不自在。那么像蜜薇和陈松霖这样好看的人，他们的恋情肯定是被更多人所不看好甚至阻挠的，会有多少人因为嫉妒而口出恶言，甚至去揍蜜薇，也许那些动手的女孩也不一定是多么喜欢陈松霖，她们只是嫉妒好看的人怎么只喜欢一样好看的人。

我第一次认识到人性的艰难，但其实这和真实社会的恶相比，还什么都不算呢。

我偷偷在教室给蜜薇发了一条长长的短信，告诉她为什么我会找一个男朋友："蜜薇，我看见你恋爱了，心里特别高兴，我就想，要是我能和你一起，在同一个时刻，也知道恋爱是什么感觉，那该多好。他叫王德振，就是那次我和你提过的给我买热饮料的男孩子，今天我看了很久他打俄罗斯方块，他玩得特别好，也算有点特长。所以不要担心我，我知道你生气是因为怕我受伤害。"蜜薇飞快地回了我："我不生你气了。"我赶紧趁机问蜜薇："那么，我们四人约会好不好？"蜜薇也一锤定音："好！"台上的高数老师正在点人回答问题，似乎是答对了，他用不标准的普通话也大声赞同："好，肥肠好！"

我开心起来，回头看了一眼王德振，他正在奋笔疾书，也不知道在写些什么。我有点成功的寂寞，觉得自己太幸运了，有一个这么美丽又这么要好的朋友，也有一个看起来还算"不错"的男朋友，这么一看，似乎毕业再找个高薪又轻松的好工作，马上就能当上人生赢家了。不过以我的成绩来看，似乎是没办法找什么高薪又轻松的工作了，所以人生必然是有一点遗憾。我就这么趴在桌子上，想清楚了很多关于人生的道理。我有点陶陶然，觉得自己一下成了一个很酷很成熟的人，直到系主任在这个时候走进我们班，他的秃头闪闪发亮，没有任何人会无视他。他示意老师暂停讲课，两只眼睛瞪得无比巨大，望向班上每一个人。我的心顿时咯噔一下，知道这次逃不掉了。果然系主任指着我和王德振说："你们俩，跟我来一下。"

我们别无选择，只能站起来跟着他走出去，全班都看着我们，有人在小声议论，但是没有人知道为什么我俩会被带走。王德振小声对我说："你什么也不要承认，我来和他说。"我不懂他的意图，但是猜到他是想保护我，我对他摇摇头，王德振却对我用力地点点头。等到了系主任办公室，他奋力地一拍桌子，呼喝道："你们今天不上课，在操场干什么！我不反对年轻男女的正常交往，但逃课谈恋爱，在我这绝对不行！"王德振抢先一步，马上说："是我看见董乐在哭，就忍不住亲了她一下，她和我没有任何关系，是我不要脸，也是我思想龌龊肮脏，任何处理都由我承担。"我惊诧地看着王德振，实在没有想到他会这样揽下一切，但他说得实在是太好笑了，于是我忍不住就笑了。王德振看见我笑了，于是也跟着我一起笑了起来，我们站在面色铁青的系主任面前，笑得直不起腰来。

系主任简直要气疯了，他把茶杯重重地搁在桌上："你们俩像什么样子！目无纪律，没有一点廉耻心！我不想看见你们俩，我心脏都被你们气得疼，走走走，回去写检查！"系主任好像真的一副要气晕的样子，转过头不去看我们。我和王德振只好赶紧从他的办公室里出来了。我问王德振："怎么办？我不喜欢写检查，都上大学了，我还以为我只用写情书，再也不会写检查了。"王德振倒是很无所谓的样子："你不要担心，我回去和我爸爸说，让他搞两瓶茅台，我去送给系主任，我俩就没事了。"他忽然想起什么似的问我："你知道我家里很有钱吧？"我赶紧说："我知道，知道的。"我说完又觉得有点不对，情不自禁地赶紧补充道："我可不是看上你的钱！"说完我俩就又一起笑了起来，这一天真是过得很魔幻。

我对王德振的身份也好奇起来："你到底多有钱啊？"他思考了一下才告诉我："具体多少我也不知道，只知道我爸经常对我说，你老子有的是钱。"他说完挺不好意思的："你是不是觉得我特傻？"我只能表态："不，不傻，我不歧视有钱人的。"不过我还是有点不安，毕竟这是第一次恋爱，万一被家里知道我在学校不务正业，只醉心搞男女关系，估计我会被打断腿。但想到王德振当着系主任的面说一切都是他的错，我又觉得安心了一点，更偷偷在心里感慨着，想不到我第一次恋爱，就找了个有钱的男朋友，也不知道他妈妈会不会甩出一沓钞票在我脸上要我离开她的儿子。

想到这里我就忽然开心起来，我傻气冲天地问王德振："你妈妈人怎么样？"没想到我这真是哪壶不开提哪壶，王德振有点黯然："我妈妈在我很小的时候就和人跑了，我对她一点儿印象也没有。"我顿时尴尬起来，没想到王德振居然是这样的家庭，一时也不知道说什么好，王德振明显也觉得这个话题没法继续，只是低头看着自己的鞋子。我只能马上转移话题："刚刚你上课的时候在写什么啊，我回头看你的时候发现你写得可认真了。"王德振的脸又红了，真不知道他为什么这么怕羞。他从口袋里掏出一张皱巴巴的纸递给我，然后说："等回去再看好不好。"我郑重地把那张纸放进我的口袋，对他拍一拍，表示我很认真地收好了。

我问他："是情书吗？"王德振微笑着对我说："对，给你的情书。"

到宿舍的第一件事，我就赶紧爬到床上看王德振给我的情书，我拉上帘子，抱着我的一只毛绒玩偶看这封信。王德振的字意外地非常好看，一颗颗端正大方，让人很喜欢。但情书的内容和我幻想的大相径庭，基本全篇，都在向我介绍他之前的生活。他在信里说他这个人虽然看起来不羁，但是内心十分柔软，虽然有钱，但他不会乱花，他小学就读于哪，初中就读于哪，以及再三保证，他之前没有谈过恋爱。直到信的最后，他才淡淡地提到，因为有天看见我站在教学楼的楼道里，一道阳光打在我脸上，那时候的我脸上半明半灭，我伸出手去，像触摸一道墙一样触摸那道阳光。他就这样喜欢上了我。我捧着这封皱巴巴的信，深觉写下这些话的王德振和诗人一样浪漫，我就原谅了他前面的流水账。因此就算这不是一封合格的情书，我还是看了三遍，每一个字都在心里读过，才又认真地抹平纸上的褶皱，叠得整整齐齐的放到枕头下。这是我收到的第一封情书，我的心里还是很重视的，也很开心。其实感情来得很突然，我甚至也不敢肯定我现在到底有多喜欢王德振，不过我在此刻能肯定的是，我是很想好好谈这么一段恋爱的，我要去和他照一些大头贴贴在本子上，还要给他织一条围巾，我们俩还要一起晃去奶茶店喝饮料，把所有我能想到的这些谈恋爱要做的事情都做一遍。

　　想到这些我就发短信给蜜薇:"我们什么时候去四人约会。"蜜薇回我说:"没有四人约会了,我要和陈松霖分手。"我顿时如遭雷劈,下午的时候蜜薇都没有提到,怎么忽然就要分手了。蜜薇又发了一条短信来:"董乐,今天你回家好吗? 我想找个安静的房间和你一起睡。"我马上答应下来,告诉蜜薇我们在校门口见面。在等蜜薇来的过程中,我一直绞尽脑汁在想要怎么做才能让她不和陈松霖分手,因为在我当时简单的脑袋瓜里,兀自就认为他们俩是绝配,绝配怎么能分手呢? 不行,这也是我的责任。我得守护好这对漂亮的情侣,让他们一直到结婚,到有孙子,到有孙子的孙子。蜜薇很快就到了,她显然是和陈松霖吵架了,满脸的怒气喷薄欲发,我要拉她去坐公交车,她疲惫不堪地直接拦了一辆出租车,只丢下一句话:"我没有力气了。"

　　到家我爸妈非常诧异也不是周末我怎么回来了,还带了朋友回家,拉着我不停地问东问西,我以为蜜薇早就筋疲力尽,赶紧和爸妈介绍了一下蜜薇,就打算带她进房间。结果蜜薇这下来了精神,反而坐下来和我爸妈聊起了天,她饶有兴趣地和我爸妈谈论起我的学习习惯,爱吃什么,还有一起吐槽我有点呆。他们越聊越起劲儿,我妈居然还拿出我小时候的相簿给蜜薇看。蜜薇翻了翻就惊呼道:"董乐,你小时候怎么这么可爱?"我妈妈笑起来:"倒是越大就越丑了。"我妈妈回过头对我说:"蜜薇真是个美人,你倒是也跟着人家学学,把自己收拾得好看一点儿。"蜜薇倒也不客气:"是啊,小乐要多和我学学。"好不容易等他们一起批判完,我才带着蜜薇进了我的卧室。

关上门蜜薇就感叹道："你家真好，我总觉得我家冷冰冰的，不像你家这么有意思。"听蜜薇这么说，我心里又揪了一下，但我知道蜜薇爸爸还没有和她说，蜜薇还被瞒得很好，并不知道自己的父母早已貌合神离，即将分道扬镳。我不忍再想下去，只能硬着头皮说另一件事："你和陈松霖吵架了？"蜜薇忽然脸红了，她摇摇头："没，没吵架。"我纳闷儿起来，既然没有吵架，为什么要分手？蜜薇的脸更红了，她站起来焦躁地在我房间里踱来踱去，一会儿翻翻我的书架，一会儿又看看我贴在墙上的海报。我也就不问了，干脆随便拿了本漫画看，由着她去折腾。蜜薇在我卧室里像视察一样察看了一遍，得出一个结论："董乐，你根本不像女孩子。"我有点不服，我哪里就不像女孩子了，但我也没有反驳，蜜薇就得寸进尺地说道："你的房间里，连一个毛绒玩具都没有。"我虽然不明白为什么没有毛绒玩具就不像女孩子，我也没有告诉她我宿舍的床上可也是有一只毛绒玩具的。我不想和蜜薇深入探讨这个话题，我现在只想确认的是，蜜薇和陈松霖是不是真的要分手。

蜜薇毛毛躁躁地看了一圈，终于不再研究我这间不到 10 平方米的房间，她一下倒在我的床上，把头枕在我的腿上，双眼氤出一抹烟霞，幽幽地说道："董乐，刚刚陈松霖带我去开房间了。"我砰地一下坐起来，蜜薇被我撞到头，忍不住吼道："别激动，什么也没有发生！"我看着蜜薇，她叹了一口气，虽然在硬装镇定，但脸上还全是羞涩和慌张。她嘟着一点嘴唇，唇色粉粉嫩嫩，我盯着她的芙蓉面庞看了很久，心想，如果我是陈松霖，肯定也会想在这样的嘴上亲一亲的。

那时的我并不懂男女情爱，蜜薇也和我一样，我们都单纯得可以拧出水来，只以为亲了嘴巴，就要结婚的节奏，要是去开了房间，那就是奔着一生一世而去了。我隐隐约约地明白到底是要做些什么，我只是不明白是不是所有恋爱的人都要去这样做，才能证明彼此的真心。蜜薇忽然就泄了气，她似乎精疲力尽，颓然地说："我不行，还没有做好准备，我们……我们去开了房，可当我坐在那里的床上，我就感到不可以，浑身的肌肉绷紧得发疼，然后头嗡嗡作响。董乐，你知道吗，我本来觉得我可以把一切都交给陈松霖的，但现在我发现我不行。"蜜薇靠在我的身上，我发现她在轻轻地发抖。我不再问她任何问题，只是和她靠在一起，我拿出 CD 机和耳机，分一只塞在蜜薇的耳朵里，我们就停止了交谈，一起静默地听着音乐，看着我们正对面的墙上的一只钟，嘀嘀嗒嗒地走过一个字，又走过一个字。那天晚上我终究没有拿出王德振的情书给蜜薇看，之后也没有再提起这封信，而蜜薇也是，她也没有在那天晚上告诉我为什么她忽然会去和陈松霖开房，为什么她会惊慌失措地跑来找我。我们都隐藏了一点点秘密，但这种秘密无损我们的友谊，我和蜜薇终于在那晚，把我们的感情进行到了一个新的阶段。这是一种互相信赖，但是又可以有一点点距离的友情，我后来明白了这也是爱的一种，在之后我和蜜薇有时都会忘记我们如此需要过对方，但正是曾经相处的过程才塑造出了当下的我们。

　　早上起来的时候，蜜薇问我的第一句话就是："你和王德振接吻是什么感觉？"我想其实我们这还不叫接吻，毕竟没有嘴对嘴，于是我告诉蜜薇："我们只是互相亲了一下对方的额头。"蜜薇偷笑："你是什么感觉？"我只能回答她："既没有传说中触电的感觉，也没有双脚发麻。"蜜薇笑得不行："那真是一个很失败的吻啊！"她又问："那家伙长啥样啊？有没有照片？"

我摇摇头:"还没来得及照呢,不过你不要抱任何幻想,不是一个好看的人。"蜜薇认真起来:"你喜欢他什么?我一直以为你还根本没有谈恋爱的想法呢?哎,女大不中留,看来我们董乐还是在我不知道的时候,春心萌动了!"我给了蜜薇一记重拳,她笑着躲开,让我快继续交代。我只好回想了一下王德振的样子,又想起他那天告诉系主任说一切都由他承担,还有他说觉得我漂亮。我终于告诉蜜薇:"可能因为我喜欢他眼中的我。"

蜜薇忽然不说话了,她轻轻拨开我的头发,仔细地凝视了我一会儿:"我居然有点嫉妒你,你凭着直觉,就找到了爱里面最幸福的一件事。"我有点不懂,追问蜜薇道:"什么是爱里面最幸福的一件事?"蜜薇的声音温柔起来:"最好的爱,就是能被对方视为与众不同的那一个。"蜜薇忽然又笑起来:"我们才多大呀,居然就能讨论爱情了,别人听见可能要笑死吧。"我也笑起来:"说不定这就是我唯一的恋爱了,你不要瞧不起。"蜜薇对我说:"不,董乐,这一定不会是你唯一的恋爱,你还能遇见更多的人,可能会失恋,可能会碰上一个坏人。"蜜薇说完忽然抱住我,对我说:"不管以后我们谁失恋,另一个都要陪在她身边好不好?"我对蜜薇说:"好。无论到时隔着多远,我们都要赶去对方的身边。"我们不知道当时做的这个承诺意味有多重,我们甚至没有想过,在未来的无数个心碎和濒临崩塌的时刻,如果我们不在彼此身边,该怎么面对心碎。

蜜薇摸着我的头发,说:"好,这就是我们约好的召唤友情的服务,董乐,我会说到做到的!"我们紧紧拥抱在一起,好像这样就可以汲取到对方的能量,不再害怕充满无限可能的未来。我问:"蜜薇,你还要和陈松霖分手吗?"蜜薇扶住额头:"我不知道,我只是觉得太丢脸了,我推开他，然后就狂奔而去，天啊，我真的不敢见他！"蜜薇的脸红了，我也不知道该出什么主意，只能讪讪地说道："换我，我一定不会不好意思。"蜜薇忽然紧张起来，她一把抓住我的手，对我说："如果我和陈松霖……和他……就是和他发生了关系，你会不会瞧不起我。"我感觉到蜜薇的混乱，但我不知道我是不是该在这个时候推她一把，还是拉她回来，这件事对当时还是一个"纯情少女"的我而言还是很严重的，换成现在，我可能就会完全不在意地说："去睡他啊。"但那时的我，只能蠢蠢地说："蜜薇，如果你怀孕了怎么办？"蜜薇顿时像看一个怪物一样地看着我："董乐，你不会不知道世界上有一种东西叫作保险套吧？"这下轮到我脸烧了起来，我辩解道："我知道！只是……只是……"我说不下去了，窘迫地看着蜜薇，觉得自己真的是丢脸。蜜薇伸手忽然在我胸部上按了按，她坏笑着说："姑娘发育得不错啊，怎么一点常识也没有？"我怪叫一声也去抓她，两个人笑着扭打成一团，直到我妈在门外喊道："大早上的鬼吼什么，快起来吃早饭了。"我们赶紧收了声，爬起来换衣服。蜜薇并不害羞，也不避讳我，当着我的面就脱掉昨晚我借给她的睡衣，换上自己的衣服。她脱掉衣服的一刹那，我还是忍不住看了一眼，她的胸饱满得不像这个年纪的女孩，腰肢细细的，大腿紧实，臀部上翘，她的身段不但曼妙，而且性感。蜜薇穿着衣服的时候当然是漂亮的，但她赤裸着身子的时候，就是诱人的，那种天生的风情在蜜薇身上展露无遗。我忽然有一点理解为什么陈松霖会带蜜薇去开房间，蜜薇不但是美人，还是个尤物。

我还是决定问蜜薇："你说会不会很痛？"蜜薇一下子没有反应过来："痛？什么会痛？"我几乎要羞得说不出话，但还是继续咬着牙问："就是那个啊！你们本来打算做的事。"蜜薇一脸嫌弃地看着我："我的天，董乐，你不是吧，你是真不知道还是假不知道？"我不知道怎么回答，只能定定地看着她。蜜薇拍了拍我的脑袋，无奈地说："我相信你是真的不知道。"她抓住我的肩膀，一边摇晃一边小声说："会很痛，但应该也很幸福吧，如果你是和你喜欢的人做这样的事。"我们再一次一起陷入了沉默，蜜薇大概是在想陈松霖的事情，而我是第一次开始思考和性有关的问题。我也想有蜜薇这样美丽动人的身体，已经成熟到可以迎接一个喜欢的人。我对蜜薇说："如果你真的很喜欢陈松霖，就不要害怕。"蜜薇有点不敢相信地看着我："我以为你会劝我不要的。"她又补充说："我不害怕疼，我只是担心以后我要是不喜欢陈松霖了，我会不会后悔。"我把手拢住蜜薇细细的腰，把头靠在她的胸上，说："这么漂亮的身体，不在最美的时候交给自己喜欢的人，应该也是会后悔的。"我妈这时候又在外面喊："再不出来就要迟到啦。"蜜薇问我："如果你妈妈知道我们是在谈和男生睡觉的事情，会不会进来打断你的腿？"我告诉蜜薇，那简直是一定的。我们又哈哈大笑起来，好像一切关于爱和性的烦恼，都不过是一个念头的事。但其实长大之后，我真的才明白，原来少女的我们如此早慧，如果真的因为爱错了人或上错了床而后悔，只要想回头，也就是一秒钟的事情。没有任何事是大不了的。

Chapter 4　最好的爱，是陪伴

　　我回到家的时候已经很晚了，可一点睡意也没有，我有更重要的事情要做。

　　我手机里有一个微信申请是前天收到的，那个微信名字叫作国王的小镇，我知道那是谁，这个名字是他一直用来打游戏的，不会错。我一直没有点通过，不是因为不想，是因为不知道加了他该说什么，可现在我知道了。我点开微信通过了那条静静地躺了两天的好友申请，微信的聊天页面弹出来，我深深吸了口气，终于打下一句话：王德振，好久不见。他几乎是秒回：是，好久好久了。我捏着手机没有半刻犹豫，寒暄是不必的，我也没有这个心思，此时我只想问一个问题，于是我也这么做了：你知道蜜薇现在在哪里吗？

　　王德振的回复过了好一会儿才发来：你现在累吗？能见个面吗？我想当面告诉你。我走到镜子前，看着反射出来的那个人，陌生又熟悉，这个女人到底是谁呢，是董乐，还是一个新的人，但她绝对不是王德振记忆

里的那个女孩了。要见面吗？我不知道，可我迫切地想要知道蜜薇的下落。我伸手拨了拨头发，上了一天班已经有些出油了，该不该洗个头再答应和他见面？我咬了咬牙，终于回复他：好，我现在来找你。

那天从我家吃完我妈妈做的粥，我们一起回学校的路上蜜薇说她不会和陈松霖分手了，毕竟脸已经丢过了，不能再把男朋友也丢了。我看着在校门口蜜薇离去的背影，想她昨天真的经历了很多事情。虽然蜜薇说不在乎挨了巴掌，但我想她愿意去和陈松霖开房间，多少也是有点在赌气，她想证明，自己是真的喜欢这个男孩，而不只是为了得到他。晨光中蜜薇的背影显得那么秀气，她可能因为想早点去见到陈松霖而走得有点急切，我看着看着，就好像看到了自己，虽然我没有那么漂亮，但我现在和蜜薇一样，也有自己想实现的情感。蜜薇还没有走太远，我忽然大声对她喊道："吴蜜薇！你一直没有说，我们什么时候四个人一起约会！"蜜薇笑吟吟地转过来，也大声喊道："考完期末考，我们就一起约会！"我们愉快地向对方挥挥手，然后各自向自己想见的人奔去。当然我们快速奔跑的原因还有一点，那就是真的不早了，有可能上课会迟到。等到了大教室，我迅速扫了在座的每个人，发现王德振居然没有来，我掏出电话，也没有他的信息。我心里略微有一点不安，但又觉得能有什么事情发生呢，也许他睡过了头决定翘课，也许他还在买早饭迟到了，管他的呢，反正他现在是我的男朋友，总是要见到的。

期末考试马上到了，大学这点倒是好，老师并没有要在考试这件事上难为学生，反而会真切希望不要有学生挂科。在考上大学之前，父母老师总是会不断提到——谈恋爱是会影响学习的，可事情有时候就是这样，越被禁止的事情，越是忍不住想试试。但现在没有人提醒了，我倒是深刻地感觉到，谈恋爱真的会影响学习，比如此刻，老师在台上讲着可能会考到的重点，字字珠玑，而我满脑子却还是关于王德振怎么没了消息的事情。正当我终于克制了思绪奋笔疾书记着重点，努力让自己别在期末挂科的时候，系主任却推门而入。我心里直报怨，这个秃子能不能挑个好时候再来。可系主任环视一圈，直接走到我旁边，说："你出来一下。"虽然我万般不舍，毕竟重点还没勾完呢，但系主任也不能忤逆，我只能放下笔和他走了。系主任没有把我带去办公室，他只是带我到走廊上，王德振居然也在，和他站在一起的，是一个穿套裙的女人，看起来还很年轻，那个女人看见我，露出一丝古怪的笑意，不过很快她就收起了笑容，一脸严肃，对系主任说："他们都小，不懂事，这件事就算了吧。德振的爸爸在外面出差，只能派我来处理。"女人说完又对着王德振呵斥道："德振，还不赶紧和主任保证再也不这样了。"王德振倒也乖巧，马上举起手，一脸诚恳："我一定不再想那些我这个年纪不该想的事情，保证以后好好学习，争取进步。"我呆住了，怎么，大学谈恋爱也要请家长了？不至于吧！我偷眼看王德振，这小子倒是一脸坦然，拍着胸脯，继续说："我不会再做这样的事情。系主任的脸色稍霁，他又看了我一眼，端着姿态对那个女人说："就姑且再给他们一次机会，都还是学生，不要老想着一些情情爱爱的事情，学习才是正道啊孩子们！"王德振丢个眼神给我，我也赶紧跟着点头。系主任又盯了我们几眼，这才说："回去上课吧。"我们如遭大赦，赶紧回去教室，原来到了大学，谈恋爱仍旧也不是什么正事。

一进教室我就赶紧问王德振："怎么回事？"他摸着后脑勺有点不好意

思地小声回答："我回家偷了两瓶我爸的酒去送给系主任，结果……结果就是系主任大发雷霆，说我侮辱他的人格，我爸也大发雷霆，说我偷的酒未免也太贵了。"我顿时哭笑不得，我这个还冒着新鲜热气的初恋男友，怕不是个智商有问题的低能儿吧？我狠狠地说道："你是不是傻？"王德振也没有反驳，只是小声告诉我："我也这么怀疑过。"哎，不能和傻子计较，我只能转移话题问他："刚刚那个女人是谁啊？"王德振不屑一顾地说："我爸秘书，一直想当我后妈来着，但我爸不干。"我不方便再问，就接着说："那她是怎么搞定爆炸了的系主任的？"王德振说："她代表我爸公司给系里捐了十台新电脑。"我本来正在喝汽水，一下子呛到了，咳得脸都红了。王德振笑起来："不要吃惊啦，我都说了我爸有钱了。"我边咳边说："有钱挺好的，你得谢谢你爸有钱。"既然事情已经解决了，我也不想再问了，我瞟了一眼还在台上说着重点的老师，发现其实我也还是太天真，像他这么说下去，重点也就是整本书，根本没有听下去的必要了。我看着王德振，说："你给我的信我看完了。""怎么样怎么样？"王德振顿时牢牢看着我，他的眼充满期待，似乎是想等我夸点什么。我只能清了清嗓子，硬着头皮说："字很好看，写得也很好，让我对你多了很多了解。"王德振不说话，继续死死看着我，一副深情款款的样子，明显期待我说更多溢美之词。

看来我夸得还不够，只能又接着补充："我看了很感动，我已经把信收好了，你放心，我会一直保存的。"王德振伸出手来，似乎要抚摸我的头顶，我不敢说一句话，只能等他伸手过来。王德振摸到我的头顶，忽然揪住一点什么用力一拔，我只觉得头皮一麻，好像被拔掉了几根头发，他欣喜地说："董乐，你刚刚说话的时候我看到你头顶有根白头发，我就给你拔了。"他一脸得意，把那根他拔掉的白发递给我看。我顿时又好气又好笑，可看着他开心的脸，我又觉得自己也很开心了。看来，有个人肯不厌其烦找到你头发里那根隐藏了很久的白发，的确是一件让人高兴的事情。我想这就是我和王德振的默契吧，他开心是因为帮我拔掉了白发，而我开心，是因为对他觉得放心，我放心让他帮我拔掉其他的白发。他拔得一点儿也不疼，甚至有点温柔，我对王德振说："那么，以后你看见我有白头发，就都帮我拔掉，好吗？"他点点头，郑重地对我说："好。"

在很久很久以后，再也没有一个人，对我有过比这更认真的承诺。

期末考试前我焦虑得不行，高数题一道也不会，也不知道人类为什么都要学会高数，还因为上火长了好多痘痘。我一焦虑，王德振也跟着可怜，经常被我的无名火波及，蜜薇也发现我最近不太正常，经常发短信控诉我说话带刺儿，一点就着。譬如她本来只是发短信问我和王德振处得怎么样，我马上抱怨了一大通还劝她也不要恋爱了，还是自己一个人才能好好学习。蜜薇很久才回了我一条：同情王德振。我问王德振，以后毕业想去哪，我们都是本市的，他会不会想离开。王德振只是耸耸肩，无所谓地说："你去哪我就跟着去哪咯，我爸本来想毕业就送我出国读研，但我不太想。"我小心翼翼地问："如果你为了我不出国，你爸爸会不会来骂我？"他斩钉截铁地说："绝对不会，我爸听我的。"但我还是觉得有些不对，似乎不应该让一个人因我而做出什么决定，更何况这个决定还这么重要。于是我还是说："那如果不考虑我，你想去哪？"王德振想了想，说："我想去德国。我特别喜欢汽车，德国的汽车是全世界最好的。"我诧异地问："你会开车吗？"王德振得意起来："几年前我爸就教会我开车了！等明年我就去考驾照，到时就能带你出去玩。"他顿了一下，又补充道："我们家很多汽车杂志，我看了很多。"我忽然对我男朋友有了一点崇拜，是啊，哪个女孩会不崇拜一个既会开车还会打俄罗斯方块的男孩呢。我嘿嘿地笑起来，心里很骄傲。

我又问王德振："如果我毕业去北京，你会不会也来北京工作？"王德振剥了一块巧克力塞进我嘴里，说："好，那就北京。"我想到蜜薇，于是给她发信息："我也想考去北京，不过我肯定不能当女演员，你觉得还有什么我可以做的吗？"蜜薇回答我："有一种职业叫作编剧，就是给电影写剧本的。你可以去考一个编剧。"我想了想，觉得真是一个很荒唐的选择，但既然蜜薇这么说，那就姑且把这件事作为我的目标吧。

有了一点目标之后好像学习起来也比较有劲，接下来几天也得益于王德振每天中午都跑很远给我买我想吃的青椒炒肉，他有点担忧地看着我每顿都把饭盒吃空，终于还是劝道："少吃一点点。"我意犹未尽地挑出最后一块肉，严肃地告诉王德振："如果再劝我少吃，我们俩就真的走到尽头了。"期末考试终于结束，明明什么也不会的我居然因为吃得很好，考了一个不错的成绩。蜜薇似乎也考得很好，她喜滋滋地给我打电话说："这下可以去买我想要了很久的化妆品了。"我很吃惊，觉得我们这个年纪似乎和化妆还搭不上什么关系。蜜薇告诉我，女演员是要每天都化妆的，如果现在不开始练习，到时候怎么办。蜜薇还大包大揽地说："我这两天就买回来多化化，等我们四个人约会那天，你来我家，我给你化得美美的，王德振肯定会看呆。"听蜜薇一说我才想起来，是啊，我们还要一起去约会呢。我和王德振说我想去嘉年华，一起坐过山车和摩天轮，然后还要去玩套圈儿游戏，让他给我套一个娃娃回来。蜜薇上次就说，我一个毛绒娃娃都没有，不像一个女孩子。我想到这里有一点点疑惑起来，我到底是自己真的想要一个娃娃，还是因为在模仿蜜薇，做一个她那样的女孩。当时的我想不明白，不过我还是做了一个决定，那就是先弄来一个再说。

去约会的那天蜜薇没有食言，一大早就把我喊去了她家，去的时候我有点紧张，怕看见蜜薇的爸妈。但那天他们都不在，蜜薇说他们一大早就出门了。她笑嘻嘻地说："正好，随我们乱来。"进了蜜薇的房间，她给我展示她新买的化妆品。其实也就是几样，一只粉饼，一支眉笔，一块腮红，还有几只口红。蜜薇先自己化，她上了妆显得更加妩媚，她涂了杏子色的口红，有点橘色，显得她肤白如雪。她有一点点涂出了唇线，就好像嘴巴有点肿似的，就更觉妩媚。蜜薇是一张巴掌脸，化了一点点妆就特别明显，那种天真女孩硬要扮成熟的感觉，十分可爱。她化完紧张地问我："怎么样，好不好看，有没有很奇怪？"我由衷地赞叹："很好看，而且好像化完会成熟一点。"是啊，在那个年纪，最大的褒奖可不就是能看起来成熟一点，不要像个学生。蜜薇化完自己，又过来帮我化妆，她冰凉的手指触到我的脸庞，我心里感到一阵巨大的满足，我忽然明白，是的，我其实也爱美的，所以我喜欢蜜薇，希望看到她美，这不仅仅是欣赏，也源自我内心的渴望，我也想做一个漂亮的、耀眼的女孩。虽然我不能长成蜜薇这样，但是我还是愿意比现在的自己更美一点，再美一点。我对蜜薇说："谢谢。"蜜薇懂了我的意思，她优雅地笑起来，手指继续从我的眉毛划过我的鼻尖一直划到嘴唇。她说："你也会很好看的，董乐。"蜜薇只帮我加了一点腮红和涂了一点粉色的口红，但我已经很满意了，镜子里的我看起来也神采奕奕，腮红让我看起来娇俏了不少，而口红弥补了我总是过于苍白的唇色，而显得健康起来。

我们一起站在镜子前，满意地盯着眼前笨拙的化了妆的自己，蜜薇说："你看，我们多美。"她又看了几眼，补充说："特别是我。"她怕我觉得她在开玩笑，又强调了一次："我认真的。"我笑起来："我知道，特别是你。"蜜薇换好衣服，和我一起出门去。陈松霖来接我们，而王德振和我们约好直接买好票在嘉年华见。路上陈松霖和蜜薇一直在讨论王德振到底长什么样。陈松霖认为他应该是一副瘦高的、戴眼镜的呆滞学生仔模样，这样和我比较相配。我反应了一会儿，终于听明白陈松霖在暗示我呆。蜜薇则坚持认为王德振是一个胖子，穿掉裆裤，球鞋。我只好一再解释，我的男朋友身材中等、身高中等、穿着很难看，唯一的特征是有一条金链子。我向他们说："王德振外表非常普通，是一个扎在人堆里一定找不到的人。"好不容易到了嘉年华门口，我四处张望也找不到王德振，刚想苦笑说果然是在人堆里认不出。这时候却听见王德振喊我的名字："董乐，在这里！"我们三个依着声音看过去，差点没被吓死。一个穿着一身白、头发火红的男生向我们奋力地挥着手。我定睛一看，居然真的是王德振！我差点吓晕过去，怎么才几天不见，他成了这副样子。蜜薇也被吓得不轻，喃喃地在我耳边说道："你说的外表普通，我怎么一点也没有看出来啊？"王德振跑过来，兴奋地对我说："喜欢吗？我专门去弄的！这是我送你的暑假礼物！一个全新的我！是不是很惊喜？！"蜜薇和陈松霖实在忍不住大笑起来，而我只能哭丧着脸，对王德振说："这个全新的你，真的是好惊喜。"

惊喜变成惊恐，蜜薇和陈松霖果断抛弃了我和红头 boy 王德振，自己去玩了，理由是这么红的头，他们俩看着有点眼晕。王德振很不能理解我的沮丧，他认为他这个造型出其不意不说，还十分夺目，是他这么多年一直梦想的形象。我认真地问他："你是真的觉得自己这样很帅吗？"王德振斩钉截铁地对我点头，看来一开始我对他审美奇差这个判断果然没错。我心里忽然一阵发慌，那他觉得我好看这件事，到底我是该开心还是该不开心呢。蜜薇和陈松霖离我们俩远远的，跑去玩各种情侣必玩游戏了（诸如旋转木马，飞天秋千什么的），而王德振对此嗤之以鼻，于是我们只能去坐过山车，我倒是不怕，只是隐隐觉得作为一对儿情侣，上来就是过山车似乎有点挑战。王德振依然很兴奋，他声音很大地问我："你怕不怕？要是你一会儿很怕，你就抓住我的手！"我不忍扫他的兴，只能说好。结果刚一开始启动，王德振就一把抓住了我的手，我明显感觉他在颤抖。他紧张地问我："等下会不会很快？"我恍然大悟："所以你是第一次坐吗？"这时候，过山车已经爬到了最顶端，王德振尖叫着回答我："是啊！第一次！太可怕啦！！！"我在王德振震耳欲聋的尖叫中，同时感觉他几乎要把我的手捏碎。我翻着白眼，坐完了这次奇特的过山车。等下车后，他有点不好意思，大概是因为刚刚实在是叫得太厉害了，王德振嗓子都叫哑了："董乐，我可能是有点恐高。"我看着脸都绿了的他，莫名地觉得还挺可爱的，我拍拍他的头，鼓励他说："第一次都是这样的，习惯就好了。"坐完过山车我倒是兴致大发，还想去玩更刺激一点的项目，但王德振这下没了胆子，他死活也不同意再玩任何刺激性质的项目了，现在的他变身成粉红小公主，拉着我的袖子哀求我去坐摩天轮。"一定很浪漫的，我们不要去玩那个风火轮了，一听就好可怕，还是摩天轮更好玩一点儿。"我拗不过他，只能和他去坐摩天轮。没想到正好蜜薇他们也去，就排在我们前面的乘坐舱里。巨大的轮子慢慢地上升，但我丝毫不觉得这个有多浪漫，看来电影真的都是骗人的，我和王德振你看着我我看着你，沉默地坐着，时不时望一眼下面，也并不觉得风景多么优美怡人。我失望地问王德振："你觉得浪漫吗？"王德振刚要说点什么，忽然他睁大了眼睛，死死盯着前面蜜薇的乘坐舱。我也望过去，发现原来蜜薇和陈松霖正亲密地依偎在一起，他们像两只鸟儿，温柔地吻着对方，高处的阳光也特别亮眼，那些光似乎和舞台的追光一样，正好打在他们俩身上，我和王德振张着嘴，痴痴地看着这对漂亮的人在接吻，就和在看一部浪漫到极致的电影一样。王德振喃喃地说："原来大家说坐摩天轮很浪漫是这个意思啊！"他跃跃欲试地看着我，居然一脸期待。我叹了口气，干脆直接和他说："我们不要东施效颦，如果接吻，还是自然一点发生比较合理。"王德振顿感失望，我有点于心不忍，干脆提议："不如你来玩俄罗斯方块吧，在这么高的地方玩一盘多酷！我最喜欢看你玩俄罗斯方块啦！"他又开心起来，痛快地拿出手机开始玩俄罗斯方块，我也高高兴兴地凑过去看。离我们不远的地方，蜜薇和陈松霖正在高空接吻，他们一定感到很幸福，而我和王德振，在高空玩俄罗斯方块，我也感到很幸福，虽然无法推测蜜薇的幸福有多大，但我觉得我的幸福不输于她。

　　疯玩了一天后我们四个都累坏了，虽然大部分时间都浪费在排队和争论到底要玩什么项目上了，但约会本来就是体力活，所以也没什么好奇怪的。本来还计划四个人要一起去吃烧烤，也只能作罢。我一到家就累得瘫倒在床上昏睡过去，还做了一个奇怪的梦，梦里的蜜薇和我一起去坐摩天轮，但这次没有王德振也没有陈松霖，只有我们俩。虽然我和蜜薇在一个乘坐舱里，但蜜薇却一直背对着我，我无法让她转过身来，直到升到最高点，蜜薇才忽然扭头过来看我，她满脸是泪，一言不发。我伸手想去拭掉她的泪水，却赫然发现，我们之间隔着一堵厚厚的玻璃。

等我再次醒来天已经黑透了，枕头边的电话正在疯狂地响着，是蜜薇打来的。我赶紧接起来，蜜薇的声音听起来失魂落魄："小乐，你能来找我吗？我在你家附近的麦当劳。"我出门才发现原来外面下着大雨，街道积着深深的水，我蹚着走过，鞋子全部都湿透了。不知道蜜薇为什么会在下着这么大雨的晚上出来找我，我内心的不安正在一点点叠加，总觉得不会是好消息。我赶到麦当劳，蜜薇就坐在靠窗的位置上，她浑身湿透，头发不像平时那样蓬松美丽，而是一缕缕地贴在头上，她的脸上全是惊慌，像一只落水的鸟，让人心疼。我坐下来，把我的外套脱下来披在瑟瑟发抖的蜜薇身上，即使麦当劳里很暖和，她还是凉得透骨。蜜薇的声音带着前所未有的哭腔，即使是上次她因为挨耳光来找我，也没有这样的悲伤。她的大眼睛里噙着泪："小乐，我爸爸妈妈离婚了。爸爸已经搬了出去，我妈说，爸爸从来没有爱过她，他们的结合完全是个失败，从今天开始，他们将不在一起生活。"蜜薇像用尽了全身的力气说完这些话，然后就趴在我肩膀上痛哭起来。我什么也说不出来，只能轻轻地拍着她的背，让她把所有的害怕都随着眼泪哭出来。不知道蜜薇哭了多久，我才轻轻地说："不要怕，我们还有彼此。"

我给蜜薇买了一杯热朱古力，她摇摇头说喝不下，我强迫她喝了几口，她也没有力气来反抗我。蜜薇不愿意回家，她也不想去我家住，她哀求我给她找个地方睡一觉，蜜薇太累了，只想赶紧洗个澡好让自己昏睡过去。我带着蜜薇去找地方住，我们随便进了一家看起来很破的小旅馆，墙上有看起来很诡异的污渍，地上发出恶臭。蜜薇没有带钱，我也只有一百块在荷包里。这让我愧疚，怎么能让蜜薇在这样腌臜的地方睡觉呢。蜜薇倒是没有说什么，她很虚弱地说："就这里吧，没关系，我现在什么地方都可以睡得着。"幸好还有热水，蜜薇进去洗了很久很久，我几乎要冲进去看看她是不是因为体力不支晕倒了。正当我盘算要不要破门而入的时候，蜜薇才出来，她的衣服早就湿透不能穿，只能裹着一条看起来还不算太脏的浴巾。她的头发没有吹，还在滴着水，这让蜜薇看起来和电影里刚洗完澡的女明星一样，即使在这间潮湿发霉的小旅馆的房间里，她也一样熠熠生辉。蜜薇根本没有等头发干就一头栽倒在床上，她哼都没有哼一声，就飞快地睡着了。我后来才知道，这是蜜薇的一项自我保护机制，每次她受到巨大的刺激，就会这样昏睡过去，有时候可以睡上一天一夜。

我再次在心里盘旋着那个想法——不要担心美女，她们有自己的一套，并不如我们所预测的那么脆弱。我看着蜜薇睡了好一会儿，才走到外面，拿出电话拨了那个我本不想打过去的电话。蜜薇的爸爸很快就接了："董乐，蜜薇应该是去找你对吗？"我没有回答他这个问题，而是冷冷地说："你说不会伤害蜜薇的。"蜜薇的爸爸沉默了很久，他叹了一口气，终于还是说道："董乐，她等不及了。那天你看见的那位女士，得了肝癌，已经是晚期，我抉择再三，决定用我的全部时间来陪伴她走完最后的日子。"我挂掉电话回去，蜜薇还在一动不动地熟睡，她睡觉的时候非常安静，就好像连呼吸都变得静默了，长睫毛偶尔会轻微地抖动一下，和美丽的蝉翼一样使人想小心呵护。我和衣倒在她旁边的床上，也睡不着，蜜薇爸爸刚刚告诉我的话，对那个时候的我来说，真的是太沉重了。我希望蜜薇不要受到任何伤害，可另外一个生命，虽然与我无关，但她的处境似乎更加需要蜜薇的爸爸。我想到头要炸开，不知道这种时候该作何应对。我终于迷迷糊糊地睡着了，等我醒来的时候蜜薇还在睡着，她的手机一直在响着，可这依然无法唤醒熟睡的蜜薇，她已经进入另一个世界，好借此来忘掉现在正在发生的一切。我实在不能忍受蜜薇手机的铃声，于是自作主张接了起来。是陈松霖打来的。他心急火燎地问："蜜薇，你在哪里？我一晚上也找不到你。"我告诉他："我是董乐，蜜薇在我家，她还没起床。"陈松霖似乎有一点点不高兴起来："她就算去找你，也可以接我电话吧，你们女孩子说起话来有那么重要吗？"我听到这里就生起气来，干脆直接按掉了电话，陈松霖太不懂事，为什么就不能发现此时的蜜薇是有心事的呢。他要做的不应该是无休止的电话，而是等在蜜薇家楼下，等蜜薇鼓起勇气回去的时候，能给她一个拥抱。

我气鼓鼓地把蜜薇的电话丢回她的枕边，蜜薇闭着眼睛，忽然说："是陈松霖吗？"原来她已经醒了，看来是刚刚的电话把她吵醒了。我更生气："他找不到你已经快发疯了。"蜜薇虚弱地说："我现在顾不上他，但是我得起来，然后回家。"她像耗费了所有的力气似的睁开眼，但和昨天不同，她的眼睛里已经不是无助和悲伤，取而代之的是勇气。蜜薇对我说："我得回去了，我妈需要我。"蜜薇坐起来，她忽然问我："你是不是也觉得，我父母很不般配？"我本想摇头，但又觉得那样太虚伪，于是只能不作声。蜜薇的嘴角扯出有点讽刺的笑意，她仿佛是说给自己听："他们当然是不般配的，一个看起来那么粗糙，一个看起来是造物主的偏爱，可我妈是个好妈妈，我必须站在她那边。"蜜薇点了点头，有点摇摇晃晃地站起来，很坚定地对我说："我要回家。"

我把蜜薇送到她家的楼下，正在犹豫要不要陪她上去，陈松霖却从一侧走了过来。他看起来真的很不安，但已经没了刚刚的怒气，他只是过来搂住蜜薇，不停地用下巴磨蹭蜜薇的头顶，他当我如空气一般，只是不停地重复一句话："我来了，我已经来了。"我想已经不需要我了，就转身走掉，蜜薇并没有喊住我，她知道我已经做到了我所能做的一切，而我心里也和她一样难受。她现在可以去面对了，要换我回去好好休息。我终于回到家，把自己甩在床上后，脑子闪过的不是蜜薇，也不是陈松霖，而是那位和蜜薇爸爸一起的女士的脸。我忽然感到很害怕，这位女士要是治不好了，那么蜜薇的爸爸该有多么后悔当时的离去？我忽然很想王德振，他会不会这样，他会不会忽然离去，会不会像陈松霖一样不放心我的忽然消失。我在那一刻醍醐灌顶，明白了原来爱就是这么一回事，有可能会因为爱而自卑，也有可能因为爱而担忧，但最好的爱，是信任和陪伴。

我终于也沉沉睡去，想着等我醒来，就去找王德振，告诉他我这一天有多么想他。后来我终于在蜜薇的口中听到完整的关于她爸爸的故事，蜜薇的父亲和我见到的那位女士是学生时期的恋人，当时他们郎才女貌，是所有人心目中最登对的情侣。只可惜就在要谈婚论嫁的时候，她的父母找到了蜜薇的爸爸，直言相告他们不想让女儿嫁给一个一文不名的穷小子，她的父亲对蜜薇爸爸说，长得好看，真是这个世界上最没有用的事情了。蜜薇的爸爸年少气盛，不想被人这么瞧不起，于是就远走他乡，认识了蜜薇的妈妈。他心灰意冷，对自己的样貌和对其他人的样貌都漠不关心。于是，他选择了蜜薇的妈妈，很快也有了蜜薇。蜜薇在之后对我述说这个故事的时候已经云淡风轻，她和我坐在咖啡店里，就好像在说其他人的故事那样说着她的爸爸。蜜薇说完这一段缘起，美丽又脆弱地笑了，转过头去看着窗外的车水马龙，很久才回过头，对我说："最后没有奇迹，她死了。但是我爸爸也没有回来，他一直独身，直到现在。"蜜薇没有等我说话就继续说："我不能怪他，因为他给了我最好的基因和生命，但我想说他一开始就错了，他不应该认为外貌无用，长得好看，永远是一件最幸运的事情。"蜜薇的脸上露出惨淡的神色："而我妈妈，她又做错了什么呢？可她这一辈子，却自始至终，没有得到过爱。"

早上起来我还没有来得及去找王德振，他已经给我打了电话："快下来，我在你家楼下！"我从床上跳起来，我可是没洗脸也没刷牙呢。不过我还是迫不及待地冲下了楼，想知道他这么早来看我是为了什么。他站在我家巷口的一棵树下，穿着难看的橙色裤子，还有那头耀眼的红发，每一个经过的街坊都忍不住回头看他一眼。看见这样的王德振，我居然就马上开心地笑起来，这就是他呀，一个不懂审美但是在拼命讨好我的男朋友。我笑嘻嘻地走过去："你来找我干什么呢？这么早，我还在睡觉呢。"王德振从背后掏出一个巨大的口袋，里面全是一次性饭盒。他吭吭巴巴地解释："早上我和我爸去吃早饭，觉得这家早茶很好吃，我就把我喜欢的都给你打包了一份。"他说完又着急地解释道："我不是要炫耀。我只是想都带给你也尝尝。"

就在这个晨光温柔的早餐，我望着我的男朋友，心中第一次感到前所未有的柔情，就好像是一个小小的闹钟在我心里嘀嘀嗒嗒地走过，我的手心冒汗，嘴巴发干，这种未知的冲动驱使我走到他的面前，轻轻地吻在他的嘴巴上。这一刻的时间静止了，我终于明白了蜜薇所说的初吻是怎么一回事。电流飞速通过我的嘴唇蔓延到我的四肢，我动弹不得，只能呆呆地愣在那里，让这个吻漫长得几近永恒。当我们分开的时候，我不再怀疑我和王德振在一起的这件事，可能之前有一点怀疑，这种怀疑让我有点疏离，让我不能把全部的热情展现出来。可是现在，我已经不再怀疑，我相信我喜欢这个男孩，他的可爱要久一点儿才能被发现。这让我感到无比的幸运，也无比的快乐。我愉悦地问他："你是什么感觉？"王德振的眼睛眯着，他好一会儿才回答我说："难怪大家都说接吻是一件幸福的事情。"他摸了摸头，羞涩地说："我是不是还是要把头发染回黑色？我爸说太难看了。"我温柔地对他说："不难看，你要喜欢就不要染回来了。"我伸出手去抚摸他的红毛，被他的笨拙所感动，于是又摸了摸他的脸，这种快乐真是无与伦比。

王德振倒是非常的不好意思，他把那包早餐塞进我的怀里，嗫嚅着说："快，快回去吃早饭吧，不然都凉了。"然后就转身跑走了。我也没有喊他，只是一直看着他那颗红红的毛茸茸的脑袋越来越小，然后消失在我的视线里。回家我打开那些饭盒，每一盒都放着两粒精致的广东点心，居然有十几样那么多。我这才发现，原来有一个很有钱的男朋友，似乎也是一件很好的事情。这是我第一次意识到金钱在感情中的魅力，虽然当时浑然不觉缘由，但依然觉得这种夸张的示好会让我开心。我坐在餐桌前慢慢地吃王德振给我送来的早饭，却想起不知道蜜薇有没有吃东西，胃口有没有好一点儿。我放下点心，去给蜜薇打电话，响了很久也没有人接，我想她可能又睡着了，就没有再打过去。我爸妈一早就都去上班了，中午也不会回来，王德振今天看来也有事，我只能自己在家度过漫长的一天了。百无聊赖的我只好看电视，每一部电视剧的女主角都是大大的眼睛，男主角也都是玉树临风、潇洒倜傥，他们都好像是蜜薇和陈松霖站在一起的样子，那么养眼，那么好看。永远有女二号要来插足，也永远有一个男二号痴痴地守护着女主角。我想这就是美丽的人会有的感情吧，总会有人介入，也会有各种烦恼，但他们互相看着对方，就明白这种烦恼是因为什么了。而我和王德振呢，我想就会是另外一种永远不会被拍出来的恋情，不会有人来插足，也不会有人反对，可能也会有烦恼，但这种烦恼一定只是琐碎的小事。但我们的快乐，不见得比主角少。脑海里不断蹦出这些乱七八糟的想法，倒也挺有趣的。我惬意地在沙发上伸长了脚，拿起一颗王德振送来的蟹子烧卖，虽然冷了，却也很好吃。我正舒服地差点又睡着，蜜薇的电话在这个时候响起来了。她压低了声音，在那头小声地说："陈松霖在洗澡。"我有点愣怔，不知道为什么蜜薇要和我说陈松霖在洗澡这种事情，虽然我俩是最要好的朋友，但我还不至于关心她的男友是否在洗澡这种事。我嘟哝着回答她："洗澡好啊，爱卫生……"蜜薇扑哧地笑起来："董乐，你是不是脑子里少了点什么啊！"我正在想我到底是有什么说错的地方，蜜薇继续补充道："陈松霖和我在一起，他现在正在洗澡。你就没有什么要问我的吗？"我继续对蜜薇的问题感到莫名，只好鸡同鸭讲地再一次胡说："他为什么在你家洗澡？是他家停水了吗？"蜜薇终于崩溃了，她不再压低声音，而是无奈地对我说道："董乐，我真是服了你了，我和陈松霖做了，就在昨天晚上。"

　　我终于明白了蜜薇的意思，可我还是做不出任何反应，只能木木的，和听到了最稀松平常的一件事那样，镇定地说："会不会痛？"蜜薇来不及回答我，只是飞速地小声说了句"他洗完了"就挂断了电话。我继续在沙发上躺下来，继续跷着脚看电视，继续吃那颗凉掉的烧卖。但我的脑袋一直嗡嗡作响，蜜薇先我一步去探索了另一种世界，我不知道这是不是一个新的时代的开始，又或是蜜薇的一个时代的结束，只是我知道，我和蜜薇，我们会把每一个值得纪念的时刻分享给对方。在爱情、性、悲伤之间，我们的友谊会一直存在。

Chapter 5　被珍惜是这么幸福啊

　　我开着车去王德振说的地方，下车前我习惯性地掏出口红涂了两下，那时候也是蜜薇说的，口红这个东西真是最伟大的发明，无论前一天睡得再差再面如白纸，可轻轻点一点，整张脸就会发出光来。我看着车里镜子内的自己，忍不住笑了，是啊，现在的我，是不是也能发出那么一点微弱的光了？可蜜薇，你又在哪里独自美丽呢？

　　那是一家深夜的粥铺，吵吵闹闹的，里面坐满了刚从酒吧出来满脸醉意的青年男女，女孩都穿着超短裙，虽然一个个也东倒西歪，但她们嘴上的口红都还那么鲜艳，显然进来前去补了妆。女孩都是这样的，不管身边坐的那个男孩是不是自己真心喜欢的，可一旦出来，就要姿态漂亮，总要留下一个好看的影子给对方才行。我忽然不耐烦起来，从包里扯出一张纸巾狠狠在嘴边擦拭着，一个声音在我背后响起，既熟悉又陌生："董乐？"

　　我回过头，他就站在那，和我记忆里很不一样，可我还是能一眼认出来。我轻声地对他说："王德振，你也老了很多。"看到一些故人，虽然他变了很多，但你还是知道那个人就是他，因为这些人在你的回忆里和梦里出现了太多次，怎么可能会忘记呢？关于蜜薇有关的一切人和事，即使过去很久，稍加提醒，我便会想起。

我还记得，蜜薇在与陈松霖发生关系后接下来的一周内都没有联系我，我不知道她在干吗，给她发了几条短信，她都只说"回头再说"。我也没有再发，但似乎能察觉到蜜薇想一个人处理一些事情，这件事不需要我的帮助，她自己就能做好，然后她也需要一点点时间来整理一下自己。而我在这一周里，几乎每天都和王德振黏在一起，他极大地满足了我作为一个少女的虚荣心，每天给我送亮晶晶的项链、胸针还有音乐盒，我第一次收到这样的礼物——不实用，但是漂亮。然后他会带我去吃各种甜滋滋的食物，喝了城里所有能喝的奶茶，坐在一起分食一块蛋糕，还会把奶油抹在对方的脸上。每天约会完他还会送我回家，在楼下把脸埋在我的头发里闻好一会儿，然后傻傻地说："董乐，你的头发好香。"每天和他分开上楼的时候，我的嘴角都会不自觉地上扬，原来和一个人交往会这么有意思，空气都开始甜得冒泡。而王德振在我心里的形象也不再是之前那个戴着金链子、穿着难看衣服的傻男孩了，他当然也还是戴着那条很粗的链子，据他说这是他爸爸给他买的礼物。王德振虽然还是那个王德振，但在我心里他变得越来越有趣，越来越会让我开心，好像他的一举一动，都让我无比的欢欣。我有时在他吃蛋糕的时候盯着他，就会觉得这个男孩充满了光芒。起码在我心里，王德振开始闪闪发亮。

我明白，我是真的恋爱了。但我却不能在这个时候和蜜薇分享，她恰好不在。我每天睡觉关掉灯前，都想要是蜜薇在就好了，她一定会笑嘻嘻地逼问我每一个约会的细节，然后装作满不在乎地说："我不想听啦。"我思念着蜜薇，而她却始终没有找我，她到底在哪里呢，是和陈松霖在一起，还是在解决她父母的事情？我对此一无所知。我也不想和王德振说这件事，即使是热恋，我也不想和他过多讨论蜜薇的事情，这是我和蜜薇之间的事情，他还不能加入进来。终于假期过去一半的时候，在我已经和王德振由于每天吃得太多我发现我的裤腰甚至有点紧的时候，蜜薇出现了。她打来电话简短地说："你家有人吗？没有？好，那一会儿见。"蜜薇来的时候穿着最普通的衣服，但腰细腿长，皮肤紧致，长长的头发随意扎成一个马尾，在这么炎热的夏日，她居然一点汗珠也没有，显得那么干净和馨香。她倒在我家的沙发上，慵懒地蜷成一只猫的样子，对我轻轻地笑着。我看见她笑了，这才有点生气起来，为什么这么久不告诉我她怎么样了。蜜薇看我不说话，猜到我有点恼："别生气别生气，我告诉你我干什么去了。"蜜薇伸出手来摇我的腿，我也不忍心真的生她的气，只能装作严肃地说："一个细节也不能少。"蜜薇也严肃起来："董乐，我要说的，你不准说我不对，也不能鄙视我，只能继续爱我，和说我做的这一切都对。"蜜薇眼波流转，她仿佛真的长大了，和那个一周前湿漉漉的在我怀里的蜜薇不一样。

蜜薇这么告诉我："那天我回到家，我爸爸已经搬走了，家里空出来很多地方，他的书、他常用的茶具、他的鞋子，都拿走了。我妈妈要回娘家休息一段时间，也顾不上我，家里只剩我一个人，我坐在客厅，想去恨谁，但是遗憾地发现，这件事情里，真的没有一个人是坏人。"蜜薇看了我一眼，继续说："我于是又出去找陈松霖，那天我们都没有回家。"我伸出手去握着她的手，发现她正在微微地颤抖。是啊，即使是蜜薇，她也不愿意展现脆弱，但不代表她真的没有脆弱的时候。蜜薇平静了一会儿，看着我的眼睛，说："是我，先脱掉了衣服，对陈松霖说，我们上床吧。"蜜薇说完这句如释重负，像是把憋了太久的话说出来那样轻松。我温柔地对她说："没事的，不就是和喜欢的人睡了吗，谁主动又有什么关系呢？"蜜薇终于又笑起来："是啊，有什么关系呢，但我怕你会觉得我轻浮，怕你会不喜欢我。"她说完又紧张起来："那你真的不会因此不喜欢我，对不对？"我给了蜜薇一个肯定的眼神，她才继续说下去："真的很疼，他进入我身体的时候，我们都紧张极了，不知道到底会发生什么，那种感觉并不舒服，可是却让人开心，就好像你终于全身心地拥有了一个人，和他之间的亲密无人能敌。你会融化在这种亲密里，特别是当你觉得自己不被需要的时候，这种亲密，就更加令人安心。"蜜薇微笑着对我描述那个场景："我们都赤裸着，在结束后拥抱在一起，肌肤紧紧地挨在一起，出了很多汗，但是不觉得恶心，黏糊糊的反而很幸福。我问他是什么感觉，他说只觉得大脑一片空白，然后一股暖流在小腹蔓延到全身，然后，然后他就……"蜜薇害羞起来："哎呀，我和你说了你也不知道啦。"我也脸红了，虽然不懂到底是什么样，但我隐约明白了蜜薇的意思。我忽然脑海里冒出一个念头：我和王德振，也会做这样的事情吗？我愣了一下，于是问蜜薇："会觉得更爱他吗？"蜜薇斩钉截铁地告诉我："会。"我们互相注视着对方，终于一起笑了，我们讨论着这些令人害羞的问题，把那些让我们好奇的事情一一注入我们的幻想。蜜薇最后说："我可能会厌恶一个因为爸妈离婚就跑去和男朋友上床的我自己。但是你不要，好不好？"我对蜜薇说："我不会，我永远不会厌恶你。不管你做了什么。"我想蜜薇并不是真的厌恶那样的自己，她只是做了这件事而感到害怕，而她反复向我确认不会因此讨厌她，只是她害怕以后会后悔。只是这样而已。

蜜薇的父亲虽然搬了出去，但是之前的承诺还是兑现了，他帮我们俩订好了去北京的行程，要我们俩一起去北京。蜜薇挣扎了一下，虽然她现在还不想和她爸爸说话，但还是决定要去北京，并一定要我也去。王德振对此很有意见，他认为刚恋爱就异地真的不是一个好兆头，他本来也想跟着去，但是被我严词拒绝，我不太想他跟着去，虽然我也很舍不得这么久不能见到他，可还是想更加纯粹地和蜜薇相处这一段时间。出发前夜我在准备行李，王德振给我发短信要我出来一趟，他神秘地说有东西拿给我，还说有话和我说。我走去经常和他见面的奶茶店，看见他一副失魂落魄的样子坐在那里，手里紧紧握着一个口袋，也不知道装的什么。我偷偷溜进去，从后面蒙住他的眼睛，他也不反抗，任我捂着眼睛："明天我不想去送你，我可能会哭诶。"我一惊，赶紧拿开蒙着他眼睛的手，发现他真的眼眶红红，一副要哭出来的样子。我也有点被触动，赶紧拖住他的手："你不要来了，不然我肯定也会哭的。"王德振却开心起来："你会吗？董乐，你会吗？"我望着眼前一脸期待的王德振，仰起头，很大声地告诉他："我会很想你的。"王德振似乎被安抚了一点，他把手里那个攥得紧紧的袋子递给我，我刚要打开，他马上紧张地说："不要现在看。"王德振又补充道："我会不好意思啦。"他说完就把我拽起来："快回去收拾吧，我不能再看你了，再看我就不让你走了。"我被王德振说得甜兮兮的，只好拿着他给我的东西回去了。我走了一段，又回头去看，看见他还站在奶茶店门口，我对他挥挥手，让他赶紧回去。王德振却向我奔跑起来，他的双臂下似乎鼓起簌簌的风，像一只飞起来的鹰，用他的全部力气奔向我。他一口气跑到我的面前，紧紧地抱着我，他气喘吁吁地说："我都不敢想，要这么久不能见到你。我不会表达，我只是很害怕，害怕这几天要怎么过。"

王德振就那么紧紧地抱住我，搂得我胳膊都感到生疼。我没有想到的是，原来王德振会这么喜欢我，我有些羞愧起来，但这种被强烈需要着的幸福，也让我觉得满足。原来被自己喜欢的人如此珍惜，是那么值得开心的事情。他不知疲倦地抱着我很久，终于还是放开我，王德振哑着嗓子说："这样太不爷们了，你走吧。我也回家了。"他又紧紧地捏了一下我的手，就又飞快地跑远了。我自己慢慢地在夜风里走回去，刚刚被他抱着的地方还很温热，而这种温热我一直记着，明白那一刻的需要，是如此的纯粹，也许再也不会有一个人，比那时的王德振爱我更多，也了解我更多。我到家打开那个他给我的包裹，里面装的是一幅小画，画的是我。这是一幅小小的素描，是我的一张侧脸，我看着这幅专门给我的画，心里波澜如海。我第一次发现原来我如此的美丽，画里这个安静、眼中带着光彩的女孩不是别人，是董乐。我想这就是王德振眼中的我，她是漂亮的，发着光的，她不再是一个普通的不能再普通的女学生，每一个看见的人都知道，这个女孩独一无二。我把这幅画紧紧地搂在怀里，心跳得扑通扑通的，世界上的感情真是太奇妙了，这样一个我，找到了一个这样的王德振，即使我在其他人的眼里也许不是一个美丽的女孩，但我在他的眼里就是最漂亮的。我更加明白了蜜薇的骄傲，美丽是值得骄傲的，我看到这幅画，看到画里发亮的自己，内心自然充满了愉快，而蜜薇的美丽，更是无时无刻不存在着，她只要看见自己的样子，或看见别人眼中的自己，都能获得和此刻的我一样的快乐。这样的快乐，让蜜薇更加迷人，我喜欢和蜜薇在一起，因为我知道她因为美丽而什么也不怕，这种把自我奋力地变得更好的热情，让她一定会越来越好。我终于不再担心蜜薇，也不担心自己了，我们一定可以获取更多我们想要的，无论是爱，还是其他。

第二天，我和蜜薇一起到了北京，夏日的北京和我们的城市都有着毒辣的太阳和干燥的空气，但不同的是，这里有更多漂亮的人。蜜薇偷偷在我耳边说："你看那个女孩，我也要像她那样穿那么短的裙子。"我打量了一下那个女孩，对蜜薇说："你不用穿那么短的裙子，也比她更好看呢。"蜜薇笑着打我："小乐，你真的很会夸我，但是我穿短裙子是因为我觉得好看，而不是要穿给别人看的。"她忽然伸了个懒腰，"诶呀，真想快点毕业离开家啊，可以做好多好多现在还不能做的事情。"我逗蜜薇："可是你现在也做了很多不能做的事情啊。"蜜薇忽然泄了气："哎，别说了，我们在独立之前，总都是孩子。"她眼睛忽然冒着光，"我们现在离家那么远，怕什么，我们去买裙子！"蜜薇在买衣服这件事情上是绝不含糊的，她马上拽着我去了西单，我还记得那天我们逛的那家商场叫作君太，就是在那里，我买了自己第一双高跟鞋。当然，都是在蜜薇的怂恿下。是一双很精致的米色小高跟鞋，圆圆的头，秀气地包着脚。我没有穿过高跟鞋，蜜薇倒是一直在穿，她说高跟鞋这种东西，就是让你即使觉得脚都不是自己的脚了，你还能觉得自己很美。蜜薇也帮我选了裙子，一条在膝盖以上的乳黄色条纹连衣裙，有一个白色领子，能很好地修饰一下我过长的脖子。蜜薇自己也买了一堆裙子，每一条都很短，她得意地指着试衣间镜中的自己对我说："怎么每条都这么好看。"

逛了一整天后我们都累垮了，回到住的地方，我已经累得无法动弹，而蜜薇百无聊赖地看电视。蜜薇要上的表演课还要两天后才开始，现在的我俩也不知道干点什么好。电视里的女主角在和男主角喝酒，蜜薇像得到什么灵感一样，扭头对我说："我们要不去喝杯酒怎么样！"她兴奋地补充道："我还没有喝过酒呢！"蜜薇从床上蹿起来，找出今天新买的裙子换上，又逼着差点就睡着的我也换上新裙子和鞋。我们一起站在镜子前，是两个青春正茂的女孩，一个很漂亮夺目，一个也很……朴实无华，但我知道，我们是动人的，因为年轻而充满朝气。蜜薇对我说："我觉得自己太漂亮啦！怎么办，如果现在不出去一趟，我真是不甘心啊！"我看着我面前穿着短裙、粉脸娇俏如花的蜜薇，又看了一眼穿着高跟鞋的我，虽然刚穿了五分钟，就觉得脚开始疼了。可我不能让蜜薇失望，所以我鼓起勇气说："我们去喝杯酒吧！"

我和蜜薇一起站在后海的一家酒吧门口，里面三三两两坐着一些明显比我们年纪大的男女，酒吧里面的灯光很暗，每一张桌子上都摇曳着一点烛光，这让那些人的脸庞看起来如此的不真实，我有点胆怯："蜜薇，我还没喝过酒呢，更没有进过酒吧啊。"蜜薇倒是满不在乎："你不要那么畏畏缩缩啊，就当来过很多次那样。"蜜薇仰着头，踩着她的高跟鞋，走进了那家酒吧。我们找了个靠边的位子坐下来，果然和蜜薇想的那样，没有人管我们是第几次来，就好像我们真的是这里的常客那样。等我们坐下，服务员便拿来了一张酒单，上面全都是我没有看过的东西。我小声说："我能不能点一杯橙汁？"蜜薇翻了一个她最擅长的白眼："你不要丢人好不好，不要临阵脱逃，今天我们就是来喝酒的！"蜜薇扫了一眼酒单，自如地对服务员说:"两杯伏特加加橙汁。"她笑嘻嘻地说:"橙汁加一点酒,也很好喝的,我尝过我爸爸以前……"蜜薇忽然沉默了,提到她的爸爸,她还是会黯然。酒很快就端了上来,我们像模像样地碰了一下杯,蜜薇说:"喝一大口哦。"我有点紧张,毕竟是第一次喝酒,但还是咬着牙豪饮了一口。我至今记得那杯酒的味道,几乎就是橙汁的味,吞下去后翻上来一点辛辣,就是从这杯非常简陋的橙汁兑酒开始,我体会到了酒精的美妙。一杯下肚我就有点陶陶然,蜜薇叫得很凶,但是喝得比我慢多了,我一杯酒已经见底,她才只喝了三分之一。我晃着杯子,说:"酒原来这么好喝啊,我要再点一杯。"蜜薇刚要劝我,我却已经昏了头,直接就叫来了服务员:"我想要一瓶啤酒。"我傻笑着对蜜薇说:"蜜薇,我现在看你,比平时更美啊。"蜜薇本来在发短信,听见我这么说,赶紧在我眼前比了两根手指:"这是几?"我不解:"二啊?"蜜薇没好气:"原来你没醉,只是二!"

我们笑起来,完全忘记了刚刚进来之前的紧张。服务员没有端来啤酒,而是拿来了一瓶打开的红酒。他微笑着指了指旁边的一张桌子:"这是那边的两位先生送的。"我醉眼蒙眬地望过去,两个20多岁的年轻人对我们举了举杯子。蜜薇没有搭理他们,她骄傲地、礼貌地、略大声地回答那个服务员:"谢谢,但是我们不需要酒了,请退回给那两位先生吧。"蜜薇抓住我的手:"你不要喝了,我看你已经醉了。"她叹了口气,嗔怪地又对我说:"不会喝还喝那么快,真的是。"她掏出钱放在桌上,走过来扶着已经摇摇晃晃的我:"走吧,回去了。"我已经开始走路发飘,感觉每一步都踩在棉花上,我吃力地抓住蜜薇的手:"我好晕啊蜜薇,但是又好开心啊,我们不要这么着急回去呀,我还想喝酒。喝酒太好玩啦!"那两个年轻人却不知道什么时候凑了过来，其中一个见我站得摇摇晃晃，忙一把扶住了我："你们是大学生吗？我们没有恶意，就是想请你们喝杯酒。"蜜薇有点恼怒，她一把把我从那个年轻人的手臂里扯出来，冰冷地说："我们要走了，不关你们的事，别挡路。"另一个年轻人也被蜜薇激怒了，他阴阳怪气地说："哟，长得很漂亮，怎么这么凶巴巴。一个小姑娘，不要太嚣张。"我听见他们的争吵，心里越发着急，但话都说不清楚的我，一张口就越帮越忙："大家不要生气啊，我们再喝酒好不好？"蜜薇彻底火了，她一把拉着我就往酒吧外走，那两个人在我们身后轻蔑地笑着："两个傻妞，不会喝酒来什么酒吧。"我醉眼惺忪中看见蜜薇咬紧了嘴唇，但是她没有回头看那两人一眼，只是紧紧地扯着我，把我带走。我们走到了马路上，干燥炎热的夏夜气息让我醉得更加厉害，我一阵恶心，俯身在马路上就吐了起来。蜜薇叹了口气，伸出手撩起我的头发，轻轻拍着我的背，她并没有再对我严厉，反而温柔地说："是我不好，非要来喝酒。"

我吐了好一阵，感觉整个人都吐空了，才虚弱地直起身子，一屁股坐在马路牙子上喘气。蜜薇看着我，居然笑了起来，也一屁股坐在我旁边，把我的头板过来靠在她清瘦的肩膀上。我们的背后还响着那些酒吧里的音乐，我们的面前，无数的汽车在呼啸而过，我们一起穿着高跟鞋和裙子，坐在北京的马路边。我大概是醉得太厉害，竟然觉得眼前似乎遮了一层毛玻璃一般的雾气，让所有眼前的风景都如梦似幻。这个城市显得既疏离又美丽，她正在朝我和蜜薇招手，告诉我们这里有我们想要的一切。蜜薇转过头看着我："董乐，你说我要是没有什么理想，只想一直漂亮，这算不算很没用？"不等我回答，她又自言自语地说着，"可我就是这么想的，穿所有我喜欢的衣服，每天站在这座城市里，让自己活得漂亮，无时无刻不美，这就够了。"一辆车缓缓地开过我们旁边，车灯晕出的光圈像一道聚光灯打在蜜薇的脸上，她仿佛一个最耀眼的女明星，即将出演自己最好的作品。蜜薇伸出手，轻轻地抚摸着我的脸庞："我刚刚也很害怕，害怕因为我的任性让你也受牵连，好在没有出什么事。不过，我可以保护你，在你需要的时候，你说是吗？"我盯着我面前貌似纤细脆弱，其实却坚强得如一块铁板的蜜薇，知道她永远都会站在我身边。而我，能给蜜薇的也许不是有力的帮助，但我会一直支持她的每一个决定，听她说每一个她的想法。蜜薇站起来，把手伸给我："走吧，回去啦，睡一觉，明天早上我请你吃包子。"我们手牵着手，在夜色里一起前行。

Chapter 6　会做……那件事吗

　　我和王德振大学毕业后便没有再见过，而此刻他就坐在一盏雪白的灯下，面前放着一碗冒着热气的猪肝粥，穿着我从没想过会出现在他身上的合体西装，一副精英人士的样子。王德振得体地对我说："吃点东西，这家店味道不错。"我忽然觉得有点讽刺，他出国了那么久，现在还能像模像样推荐起店来了。但今晚我不是和他争辩北京哪家店的粥好吃的，我也不饿，胃里像塞了棉花一样。王德振有些像不认识般看着我，他终于说："你变了很多，董乐。"我还来不及做出反应，他却忽然又说："你现在，很像她。"

　　我知道王德振说的"她"是什么意思，我也知道他此刻眼里复杂的情绪是什么意思，毕业那么久了，当然人是会变的，只是这些改变，有的是来自自己，有的则是被别人潜移默化。我忍不住笑了一下，说道："是吗？这么多年，肯定会变的。"我们都没有动面前的食物，怎么可能有胃口，还有一个问题等着我去揭开呢。我开口问他："你知道她在哪？"王德振点了点头，我又继续问他："你和她一直有联系？"他点了点头，又摇了摇头。我忽然发现我失去了刨根问底的兴趣，我甚至不想多问一嘴，王德振这些年过得如何，近况又如何，我只有一个念头：我要找到蜜薇。于是我听见自己说："我要见她，把她的联系方式告诉我。"

我是如此思念她，不只是因为她是我最好的朋友，还因为我们曾经一起度过了那么多不一样的时光，我第一次来北京，便是和蜜薇一起。

那次，蜜薇爸爸不但给她报了表演课，还自作主张给我们一起报了什么英语学习班，蜜薇叫苦不迭，大喊都大学了怎么暑假还要每天早起上英语课？我倒是还好，因为发现英语营门口的鸡蛋饼好吃，起床倒变得没那么难。而且这是我第一次和蜜薇一起上课，之前我们因为并不在同一个院系，所以从来没有在一起学习过，蜜薇的认真大大出乎我的意料。蜜薇的字很可爱，是那种圆圆的字体，写了密密麻麻一整个笔记本。她虽然抱怨，但每节课都听得很仔细，我有时候想在上课的时候和她说句话，蜜薇都恼怒地对我"嘘"一声，要我不要说话。蜜薇的笔记做得漂亮到不行，和她的人一样精致养眼，每行都对得整整齐齐，重点用各色符号笔画出来，再贴上漂亮的贴纸做注释，看得我目瞪口呆："蜜薇，原来你会花这么大的力气做笔记，这要浪费多少时间啊？"蜜薇以一种"这不是明摆着吗"的诧异和我解释："丑的笔记我看不进去，必须要漂漂亮亮的，我才能学得进去。"我对此叹为观止，原来蜜薇不仅是自己要漂亮，连学习，都要用漂亮的姿态。那个英语营除了日常的英语课程，还有一个活动就是去参观北京高校，这次给我们安排的是去参观清华校园。我们顶着大太阳出发了，因为是暑假，校园里的学生并不多，清华园里非常静谧，带队的老师说得口沫横飞，正在和我们介绍清华出了多少名人才俊。蜜薇和我都被晒得头晕眼花，趁领队不注意赶紧找了棵大树乘凉。蜜薇拿着一把小扇子，一边拼命地扇着一边对我抱怨："这么热的下午跑来看清华，这不是逼人不要来嘛。"她说完也觉得自己很好笑，忍俊不禁地和我一起笑弯了腰。我们在树下待了一会儿这才好过一点儿，蜜薇忽然对我说："别看什么清华了，当年高考考不上，之后也没这个命，我们溜走好不好？我想去北京电影学院看看。"领队正在声嘶力竭地宣布一会儿还要去看清华名人堂，我果断地对蜜薇说："我们去买冰淇淋，然后去北电。"蜜薇对我点点头，立马走到领队面前显出一副娇弱的模样："老师，我可能中暑了，想让董乐陪我打个车回住宿的地方，后面的活动我们就不参加了。"她边说边喘着气，好像真的马上就要昏倒过去。老师赶紧让我们先走，并关切地表示有任何需要随时打他电话。

走出清华大门，我俩飞快打了一辆车直奔北电，并一起感叹蜜薇的演技不去当演员实在可惜。北京电影学院很好找，就在路边，它小得令人惊奇，根本不像是一个学校，而像是一个随处可见的北京大院子，就那么立在路边，谁能想到那里会是全国漂亮的人最密集的地方之一呢。因为暑假，北电也没有很多人，我们大摇大摆地走了进去，门口的守卫居然也没有拦我们。北电的建筑也很朴实，实在没有什么风景可言，我和蜜薇还没有吃完一只甜筒，就已经把这个学校转了个遍。蜜薇也有点失望："那么多知名演员出自这里啊，但是这里却这么小，还这么破旧。"我们正要出去，这时从一栋楼里出来了四五个女孩子，她们都高挑、挺拔，扎着一样的马尾，穿着一个样式的紧身背心和小小的牛仔短裤。这几个女孩子，要说不去注意到她们，真的是太难了，因为她们每一个人都那么漂亮，更何况现在是一群这样漂亮的女孩子。更让人挪不开眼的是，她们不但长得美，身上更有一种独特的气质，吸引你去看。

蜜薇轻轻在我耳边说："你看，她们肯定是表演系的女孩子。"我俩痴痴地看着那群美丽的北电女生青春洋溢地走过我们，去过她们的美好生活。从北电出来，我俩还在感叹还是看美女更让人心旷神怡，即使我们也是女孩子，但看见这么美丽得不留余地的美人，真是令人愉悦。这时我的电话响了，是王德振。我接起来，刚想和他汇报一下刚刚我看到的美丽风景，他却抢着说："你和蜜薇在哪呀，快告诉我。"他那头还有一个声音在说："你要问具体地址！"我好奇起来，这个声音像是陈松霖的，难道他们俩在一起？我奇怪地问："你和陈松霖在一起？你们在干吗呀？"王德振支支吾吾的："你就别管那么多啦，你就说你们俩现在在哪啊？"我随口告诉他："我们在北京电影学院玩呢，你问这个干吗？你俩怎么混在一起了？"我还没有问完，王德振就砰一下挂掉了电话。这个家伙，话也不说清楚。我告诉蜜薇，她也奇怪起来，这两个人怎么会趁我们不在一起出来呢？不过也管不了那么多，回去再问个清楚好了。我问蜜薇接下来去哪儿，她兴致勃勃地说："要不要再找地方去逛逛街？"我赶紧摆手："蜜薇，我真的没有你这种对逛街狂热的爱好，我们还是去找个凉快的地方休息一下好不好？"蜜薇试图说服我："你看商城的冷气多足，而且逛街也不累啊，我试衣服的时候你可以在沙发上坐着休息啊！"我坚定地拒绝这个提议，蜜薇只能作罢。我们商量了一下，决定去图书大厦转转，我兴致勃勃表示好几本小说在我们那可买不到。到了图书大厦，我拿起一本推理小说兴奋地对蜜薇说："蜜薇，你说我买这个送给王德振怎么样？"蜜薇一脸绝望地看着我："董乐，你不是认真的吧？哪有人送自己男朋友的礼物是讲一个杀人故事的啊！这是要分手的礼物吧！"我撇了撇嘴，悻悻地放下那本封面无比暴力的小说。挑了一会儿书，王德振的电话又来了。我接起来，周围都是安静地在看书的人，我压低了声音准备要他一会儿再打来，结果王德振在那头兴奋地咆哮着："你和蜜薇在哪儿呢？我们在北京电影学院门口啦！是不是很惊喜！！！"

我彻底愣住了，只能木木地回答他："可是我们现在不在那里了啊。"王德振彻底傻了，我听见他问陈松霖："完了，她们已经走了，惊喜没有了。"陈松霖抓狂了："王德振！我们坐了10多个小时火车的惊喜全完了！"我赶紧告诉他们说让他们就在原地等我们，我和蜜薇一会儿就到。蜜薇正在如痴如醉地看一本爱情小说，我拿起她的小说，对她说："蜜薇，我们的男朋友和小说里的男主角一样，跑来看我们了。"蜜薇差点尖叫起来，幸好意识到自己在书店，她对我眨眨眼，我也对她眨眨眼。我知道蜜薇的意思，我们都感到这种突如其来的相见真是太幸福了。

原来被人思念是这么好的事情，因为思念而相见，就更好了！

我和蜜薇赶到电影学院门口，隔着老远，我就看见了王德振和陈松霖。王德振朝我使劲地挥手，开心地又蹦又跳。我们走过去，蜜薇牵着我的手，她手心里都是汗，我知道她也很激动。我看到陈松霖还是那么干净清爽，而我的男朋友王德振却把裤腿卷起来，T恤被汗水浸湿了不少，显得特别狼狈。蜜薇笑他："王德振，你怎么看起来这么狼狈？"王德振也不管自己身上有多少汗就一把搂住我："你们不知道我们多笨，跑来这里想给你们惊喜，结果，你们根本不在！我们还在里面转了一大圈儿，看见可多漂亮女生啦。蜜薇，你以后是不是也要当演员？挺适合你的，不过这么多漂亮女孩，你要想一枝独秀就难了！"他一口气说了这么多，才停下来，然后认真地把我从头到脚打量了一番："小乐，你怎么几天不见，就变漂亮了？还是我太想你了，产生了幻觉啊？"他又把我搂住，我闻到他身上的汗水味，还有他T恤的洗衣粉的味道，我并不反感，反而觉得很安心，我也认真地看着他，这才知道我有多么想这个人，我看着他不大的眼睛里投影出的我，我在他的眼里小小的，亮亮的，我也睁大了眼睛，对他说："你看，你可以在我眼睛里看见你。"王德振认真地说："那要我们一直靠得很近，才能在你眼里看到我啊。"

陈松霖轻咳了一声："好啦，别腻歪啦，我们找地方吃饭吧，我们俩都饿了一天了。"他云淡风轻地站在蜜薇身边，他和蜜薇轻轻地牵着手，并没有说太多话，就像是他们昨天刚见过面一样。我好奇地问："你们俩是怎么想到要来北京的？"王德振抢着回答我："是陈松霖先来找我的，他说我们悄悄过来，给你们一个惊喜，我也很想来啊，不然还有好多天才能看到你，我……"他有点不好意思说下去，只能脸红红地看着我，怪可爱的。陈松霖看向蜜薇："嗯，想来看看你。"蜜薇对他点点头，他们无声地交换了一次拈花的微笑，嗨，人家的恋爱是这副样子呢。我们随便找了一个涮肉的店，坐下来吃火锅，蜜薇开玩笑说："居然在涮肉店约会，我们真是挺落魄的情侣组合啊，而且大夏天吃火锅，简直了。"王德振很兴奋："吃火锅多好啊，我和董乐都喜欢吃火锅，而且我们都吃香菜。天呐，我们俩太配了。"我嗔怪地拍了他一下，但内心觉得他说得很对。

王德振揽了点菜的活，他盯着菜单这个也想要，那个也想点："手切羊肉一盘，毛肚一盘，粉丝、白菜都要，啊，我要吃糖蒜。"他说完忽然顿了一下："还是不要吃蒜了。"蜜薇和陈松霖一起笑起来："王德振，你是不是怕一会儿吃了蒜亲小乐她不愿意！"王德振大大咧咧地挥挥手："我们好多天没见了，我当然要亲她一下啊！你们就是爱大惊小怪。"陈松霖忽然建议："我们点几瓶啤酒喝吧，今天特别开心，我想喝一点酒。"王德振也跃跃欲试："好啊，好啊，喝酒好。"他又担心地看了我和蜜薇一眼："董乐和蜜薇能不能喝酒？要不就我和松霖喝吧。"蜜薇抿嘴一笑："小乐会喝酒的，你别小看她啊。"蜜薇又翘着兰花指点了点端上来的啤酒："小乐虽然酒量不行，但胆子可是有的。"她笑起来："小乐，你说是不是。"我赶紧抱住头："我不能喝，你们喝就好。"王德振和陈松霖狐疑地看着蜜薇，她笑着和他们解释："前几天我和小乐去喝了一杯酒，刚一杯下肚，她就醉了，不能喝还喝得特别快，最后还耍酒疯要酒喝，幸好被我拖走了，最后我俩坐在马路边陪她吐了好久呢。"我紧张地看着王德振，生怕他会责怪我喝酒，没想到他只关切地抓住我的手："你吐了？难受不难受啊？不能喝酒就少喝一点儿啊，你真是笨死了。"我不服气："我第一次喝酒啊，怎么就笨了，总要有第一次才能知道自己能不能喝酒啊，我以后不就知道，我只能喝一杯酒。"王德振在我头上摸了摸："你这个傻瓜。"陈松霖却皱了皱眉头，他没有说话，自己打开一瓶啤酒喝了起来。桌上的气氛忽然就凝固起来了，蜜薇也不吭声了，我也猜到陈松霖有点生气了，他和王德振不一样，他是一个心思细腻的人，不开心一定不会马上说出来。我紧张起来，只能磕磕绊绊地开始解释："不是啦，是我非要去见识一下，蜜薇都是在照顾我……"陈松霖看了我一眼，他冷冷地说："如果你们出事了，在北京你们该找谁？父母？警察？"蜜薇低着头，咬着嘴巴，火锅已经在沸腾了，但是没有人下菜，只有咕嘟嘟的声音在尴尬地响着。王德振咳嗽一声，出来打圆场，说："哟，锅开了，快下肉，不然汤都要干啦。"陈松霖和蜜薇都不动，我扯了扯王德振的衣袖，要他先不要说话了。陈松霖叹了口气，他终于不再黑着脸，举着筷子夹起一片肉开始涮："吃吧，不然真的要干了。"我松了口气，刚准备吃一点东西，蜜薇却轰一下站起来，她脸上很平静，但声音却在发抖："大老远地来，如果不开心，那还是别见了。"她抓起包，走出了涮肉店。陈松霖把筷子一扔，没有追上去，他对我说："去看看吧，别让她一个人。"王德振也对我点点头，我赶紧跑了出去。蜜薇在街上快步地走着，我看见她的背影在街那头变得很小。我拼命地跑过去拉住她，当她回过头的时候，满脸都是眼泪。蜜薇说："小乐，恋爱好累啊。"

　　身边掠过的车带着嗖嗖的风，天已经黑起来了，一颗颗车灯闪着圆圆的光斑，让街道斑斓如星空一样美丽。而美丽的蜜薇，她的眼泪也因为那些车灯而发出一闪一闪的光。我有些不知所措，不知道该怎么安慰蜜薇。蜜薇低着头哭了一会儿，才抬起头轻轻拭了一把脸上的泪，舒出一口气，恢复了平静。她安静地对我说："你回去吧，我想自己待一会儿。"我不放心她，于是说："你在前面走吧，我远远地跟着你，要是你回头，就能看见我。"蜜薇点点头，转身沿着路开始走，我和她拉开两米的距离，默默地跟着她。不知道走了多远，蜜薇始终没有回头看我，但我知道，她心里会踏实一点儿，因为我就在她的身后。终于她停在一个公交车站，一辆公交车停下，她就轻盈地跳了上去。我来不及反应，也没有看清那辆车是几路车，蜜薇就已经消失在夜色里了。

　　我站在公交车站，拨了个电话给王德振，让他告诉陈松霖，蜜薇和一辆公交车一起离开了，她想自己静一静。挂了电话，蜜薇的短信就来了："小乐，今天不用找我了，我会照顾好自己的，明天见。"我只能回头去找王德振他们，他俩还在涮肉店里，显然已经都喝大了。他俩喝酒都不上脸，并没有和我一样那种面红耳赤的窘态，反而都两张脸刷白，感觉马上就要倒下。地上摆了好多空啤酒瓶，他们俩已经东倒西歪，王德振看见我顿时兴奋起来："小乐！你回来啦！蜜薇呢？"陈松霖看见我自己回来，苦笑着又喝下一杯啤酒："蜜薇不肯回来是不是？"陈松霖的脸色变得更加苍白："小乐，我想和你说点心里话，王德振你先不要听好不好？"在说这句话的时候，陈松霖不再是平时那副淡然悠远的样子，他的脸上写满了无助和哀求。王德振刚想说点什么，我对他点点头，他摸了摸鼻子，说着"那我去外面买牛奶解解酒"就出去了。陈松霖顿了一会儿，像是在想怎么开头，他终于说："小乐，我真的非常爱蜜薇，对，不是喜欢，是爱。但是我不知道要怎么才能讨好她，我总觉得她心里有一个洞，这个洞无论我放多少东西进去，都还是存在。她展现给我的热情、喜悦、信任，甚至都比不上和你在一起的时候。"陈松霖一口气说完这些，他总是没有什么表情的脸上，居然还流下了一点泪珠。我顿时慌乱起来，不知道该怎么安慰陈松霖，他掩住脸平静了一会儿，接着说："我真的很惶恐，你告诉我，蜜薇到底爱不爱我？这次是我一定要来找她，我害怕这么几天不见，她就会把我忘了，不再喜欢我，这种恐惧快把我逼死了。但我一见到她，就说不出我有多想她，有多喜欢她，反而会惹她生气。"我看着眼前这个无助的陈松霖，决定把我心里的蜜薇告诉他："松霖，蜜薇其实是一个不需要讨好的人，她非常的坚忍，非常爱护自己，她需要的只是陪伴，让她更清楚地看清自己的选择没有错误。她选择了你，这就是她的爱，她绝对不会选择一个她不爱的人，你相信我，在蜜薇的世界里，你的存在一定是不可取代的。"陈松霖的眼睛顿时亮起来了，他激动得语无伦次地问我："真的吗？蜜薇觉得我非常重要？我都在做些什么啊，一来就指责她，她一定很难过，还以为我是来给她找不痛快的，她爸爸的事情就够让她难过了，我还要来让她烦心，我真的……"陈松霖说不下去了，他哀求我，"小乐，你真的不知道蜜薇去哪儿了吗？我要去找她，什么自尊心什么面子我都不在乎了，我只想赶紧见到她。"

我对陈松霖摇摇头，想告诉他我也不知道蜜薇去哪儿了，这时候蜜薇的声音却响了起来："那你就快点和我道歉吧。"蜜薇和王德振一起站在我们的桌旁，她的脸上挂着一点笑意，似乎刚才的一切都没有发生过。陈松霖惊喜极了，他晃晃悠悠地站起来牵住蜜薇的手，他此刻真的恢复了一个少年应有的样子，不再故作老成，也不再那么冰冷，他把自己的脸埋在蜜薇的手里，不停地呢喃着："你回来真好，真好。"蜜薇静静地让陈松霖抒发了一会儿感情，才笑着和我们说："我不该走的，饿死了，你们都吃完了吧，我还什么都没吃呢。"我抢着说："你男朋友刚刚正在和我大谈如何爱你，我也什么都没吃。都怪他。"蜜薇娇嗔地给了陈松霖一拳："对，都怪你。"蜜薇对我说，"我走了一会儿，就想你该怎么办，于是我就回来了。我想，我也不该生气的，毕竟他说得也对。"蜜薇说这句的时候盯着我，她似乎还要说些什么，但最终没有说。王德振趁我们在那互看的时候终于忍不住了："咳，我说，先别急着互相表白了，那个我们今晚要住哪啊，我和陈松霖脑袋一热就跑来了，还没找住的地方呢。"陈松霖和蜜薇忽然默契的脸同时一红，倒弄得王德振摸不着头脑。我知道了，蜜薇今晚，是不打算回去了。那我呢，我难道也要和王德振一起吗？我的脸顿时也红了，四个人，有三个心怀鬼胎，只有我那可怜的男朋友，对此一无所知。他好奇地问："我问住哪儿，你们三个怎么都害羞起来了？"我鼓起勇气，开口说："我，我们今晚一起住吧，我和蜜薇也不回去了。"王德振愣住了，他的脸，终于也红了起来，和我们三个一样。很久，他才回过神来，对着我笑起来。我的男朋友，开心得像个大傻子一样喊道："我要和小乐一个房间！"

　　王德振和陈松霖去前台开房间，我小声对蜜薇说："要不，还是我和你睡一个房间吧？"蜜薇伸出手在我脸上一捏："我和你睡一间没有问题，但是我想陈松霖不会愿意和王德振一间吧。"蜜薇指了指那个正在前台付钱的我的男朋友，"相信我，他不敢对你做什么的。"蜜薇忽然有点失落，"他对你很好，也很尊重你。"我奇怪蜜薇为何这么说，赶紧也夸陈松霖："陈松霖也很好啊，他一直问我，你是不是爱他，他真的好在乎你哦。"蜜薇似是而非地回答我："太在乎了，也不见得就是好事呢。"我刚想继续问蜜薇为什么这么说，王德振却跑过来了："我要和小乐一间哦！"我没好气地说："全世界都知道我俩一间房了，你小点声不行嘛！"我们的房间在同一层，我和蜜薇走在后面，静谧的走廊铺着厚厚的地毯，我脚踩在上面特别的不真实。我小声地问蜜薇："那……你们……等下会做……做那件事吗？"蜜薇气得直接打向我的头："哪有人问这种问题的啊！我们也不是禽兽啊，好像我们俩见面就只为了睡在一起似的。"我赶紧解释："我不是这个意思啊，我只是……蜜薇，你说如果王德振提出这个要求，我是答应，还是不答应啊。"可惜蜜薇来不及回答，王德振已经打开了一间房间的门，他笑得和花儿一样灿烂："小乐，进来呀。"在蜜薇和陈松霖一脸坏笑的注视下，我走进了那间房。我正在想我要说点什么化解尴尬，却发现，原来王德振开的是一个双人间，两张干净的小床并排放在房间的中间。王德振一脸天真："小乐，你想睡哪张？我让你先选。"我忽然因此有点羞愧，我为自己想得太多而感到不好意思。王德振，可能他并不是想和我发生什么事情，只是想和我待在一起。王德振很开心地躺到床上，他对我招手："小乐，你过来，我想看看你。"他把我拉到他的边上，眼睛眨也不眨地在我脸上看了好久："你真的变漂亮了诶，这才离开我几天，你就更好看了，以后要是我不在久了，你会不会被人拐跑啊？"我笑起来："你也是啊，才不见几天，就学会了怎么夸人啦。"王德振忽然不笑了，他拉着我的手，恳切地哀求我："小乐，再也不要离开我好不好，我真的想每天都看见你。"我也被王德振真挚的哀求感动了，我把头埋在他的怀里，轻柔地说："我也很想你的。"

大概这句话给了王德振鼓励，也不知道是什么时候开始的，是他先吻了我的额头，他的嘴唇热热的，在我的肌肤上留下一个烙印，我轻轻地搂住他的脖子，把他搂的离我更近一些。我丝毫没有紧张，也没有不安，只觉我很爱这个正在吻我的男孩，我是如此享受此刻我们的亲密。王德振的嘴巴再一次贴上我的嘴，我感到他的舌头轻轻顶开我的牙齿，和我的舌头纠缠在一起。我的脑袋轰的一声，发出潮水激荡的浪潮，整个人如一滩融化的液体，瘫软在王德振温暖的怀中。这是我们真正意义上的第一次热吻，之前我所想象的和接吻有关的潮湿、温柔、激情澎湃，在这一刻终于全部出现。我无法思考，只能不停地和他吻着，好像停止了就会失去依靠，再也找不到氧气和爱人。王德振的手轻轻地抚摸着我的后背，慢慢滑到我的腰间，他的手指冰冷滑腻，从我的衬衫下方伸进去，直接和我的皮肤接触。不知道是不是空调太凉了，当王德振的手伸进我衣服时，我结结实实打了个冷战，鸡皮疙瘩一下子密布全身。我不知道是不是该抓住他的手，可我动弹不得，只能继续像一只八爪鱼紧紧地攀在王德振身上。现在回忆起那天，我仍能在某个午后真实地想起我作为一个少女的情欲，那是我第一次去接触性，我感受到自己身体的冲动和变化，还有我知道，原来和爱的人做这样的事情，是如此巨大的幸福。可当时的我，还没有能够如此坦诚地明白自己的身体和心意，我只是本能地有点害羞，也有些害怕，害怕起自己身体产生的奇怪反应。我有些紧张起来，感到自己的身体僵硬绷紧，双颊滚烫。长时间的接吻让我有些缺氧，空白的大脑里只有一个念头：我真的要在今天把自己交给王德振吗？就在我心慌意乱的时候，王德振的手已经解开了我的衬衫纽扣，我朴素的、绣着碎花的纯棉胸罩就这么一览无余地展现在他的面前，他笨拙地想去解开我的内衣，可怎么也没法脱掉那几粒搭扣，他忙了好一阵，满头都是汗。我仰着头，头绳不知道什么时候已经散掉在地上，我的头发凌乱地搭在脸上和肩膀上，这让我痒痒的，发出有点恼怒的细细呻吟。我想去握住他的手，让他停一停，也想伸出手去拨开那些让我难受的头发，好让我能有那么一点思考的空间。可即使是这些事情，我都没有力气，我只能等着我的男朋友发现我的无助和惶恐。但同时，我也期待着他能和我产生更进一步的亲密，我不知道自己是否做好了准备，我想，蜜薇如果可以，我，应该也可以吧。王德振的手在我背后忙乎了好一阵之后终于停了下来，他喘着粗气，却不再如之前那样急切地抚摸着我，解开我的衣服，他只是把头靠在我的胸前，和我微微隆起的少女胸脯一起，慢慢地平静下来。王德振帮我又把扣子一颗颗系上，他把我抱起来，放回那张我选好的床上。他走到窗前拉开窗帘打开窗户，热热的夏季风裹着外面的嘈杂和灯光一起悠进房内，把刚才的旖旎和温存冲淡。王德振站在那半明半灭的灯火里，他像个真正的男人一样对我说："小乐，我愿意再等等。"而我抱着双腿坐在床上，凌乱的头发和皱巴巴的衣服让我看起来特别像不良少女，可我却如同所有最纯情的女孩那样，因为男朋友的这句话，而流下了一颗纯洁的眼泪。我对王德振说："那么，等我们准备好，就真的做吧。"

Chapter 7　美丽不会让生活更容易吗

　　王德振没有回答我的问题，但等我终于问出关于蜜薇的问题之后，他倒是终于轻松了一些，微笑着反问："你怎么那么笃定我会知道？"我坦白交代："我看到过你的微博。"王德振愣了一下，似乎没想到会是这样的答案，他甚至有点惊喜："你会看我的微博？"我继续老实回答："因为关注了别的同学，有次微博推荐用户就有你，人都有好奇心。"王德振苦笑着摇摇头："所以你发现我和蜜薇有联系？但为什么当时不问我？"

　　我低着头，那碗粥已经凉了，不再有热气冒出来，可我的眼里忽然觉得有点雾气蒸腾。我努力克制着自己的情绪，不想让有些感情如此快速地涌上心头："我不敢见她。"王德振长长叹了口气，他尽量用温和的口吻对我说："当时的事情谁也不想，你也不要太愧疚。"我忽然抬起头，怔怔地看着王德振的眼睛："你们都觉得，我应该愧疚对吗？"我没有等王德振给出回答，便自己又说道："我不愧疚，我不找她是因为我害怕，她因为觉得我会愧疚，而加倍表现出更无所谓的样子。"

我坚定地说道:"但现在,我要见她。"

我还记得那件事发生的前夕,那天我和王德振一番"亲密接触"后变得无比尴尬,一时两人都有点不知道说什么好,王德振去打开了电视,里面是几个女孩在唱歌,不得不说极其难听。我俩就那么沉默着看,也不知道过了多久,酒店里的电话忽然锐利地响了起来。我诧异地看向王德振,他接起来,听了两句,脸色却沉重起来。挂掉电话,他对我说:"是陈松霖,他说,蜜薇的妈妈自杀了。"我的脑袋轰的一声巨响,不敢相信自己的耳朵。我摇摇晃晃地站起来,对着王德振大喊:"他们在哪个房间?在哪个房间啊!"王德振紧紧地抓着我的手,他不停地说:"你不要慌,你不能慌,你慌了蜜薇怎么办?"我紧紧地咬着自己的嘴巴,心就像坠入深海的沉船,怎么也够不到底。王德振拉着我走到他们的房间门口,我轻轻地敲了敲,陈松霖很快来开门了。蜜薇面无表情地坐在床上,她穿着陈松霖的一件T恤,只到她的大腿,她就那样美丽地坐在那儿,我捂住自己的嘴巴,才能不叫出声来。我走过去,轻轻地搂住她,蜜薇仿佛没有一点力气,她任由我抱着,失去一切自主的能力。陈松霖小声地说:"已经脱离危险了,现在医院里,有亲戚在照顾。"王德振倒是先松了一口气,他赶紧说:"没事就好,没事就好。"蜜薇的身体开始不受控制地发抖,我知道蜜薇有多害怕,这种恐惧是因为她差一点就失去了她的母亲。她的母亲,就在刚刚想要抛弃她离开这个世界。这个事实会让她多么无助,而且她远在千里之外,连去陪伴她的妈妈也做不到。蜜薇小声地说:"她居然要去死。"说完这句话,蜜薇终于号啕大哭起来,她的手紧紧地掐着我的腰,几乎要把我掐出血来,陈松霖和王德振想说点什么,我摇摇头示意他们先不要。我也感受不到疼痛，这种巨大的紧张和担心早让我肾上腺素激增，我只能在心里重复着刚刚王德振告诉我的话：不能慌，你慌了蜜薇怎么办。

蜜薇哭到几近昏厥，她摇摇晃晃地松开手，身子一歪就要落在地板上，我赶紧扶住她，硬着头皮说："我们现在就买票回去。"这时我才意识到有个有钱的男朋友是多么幸运的事情，因为王德振马上接过我的话："我让我爸爸的秘书帮我们买机票。"他又补充说："这么晚不知道还有没有票，可能要等到明早了。"陈松霖也洗了一条毛巾过来，敷在蜜薇的额头上，防止她哭得太厉害头昏。我们默契地守护着蜜薇，在这个残忍的时刻，为她做我们能做的所有。我们紧锣密鼓地讨论着方案，蜜薇却和没有听见我们说的话一样不作任何表态。她只是由大哭变成了悄无声息地流着眼泪。她靠在我的怀中，如同放弃了整个世界那样绝望，而我的心也被扯得生疼。天啊，我的蜜薇啊，这么美好的夏天，正在发生的爱情，还有你梦想要来的北京，可一切都因她妈妈的自杀戛然而止了。我强忍着不要哭，因为现在不是哭的时候。王德振去外面打了电话，回来小声告诉我们："买了明天最早的飞机票。"蜜薇忽然说："除了小乐，你们都先出去好吗？"陈松霖忙说："我陪你，蜜薇。"蜜薇不再吭声，我只能对他俩说："松霖，你和王德振先去那间房睡一下，我照顾蜜薇，你放心。"陈松霖蹲下来握着蜜薇的手，他柔声地对她说："你好好睡一觉，明天我们一早就回去。不会再有事的。"蜜薇点点头，她嗓子已经哭得嘶哑，低沉着对陈松霖说："你先去吧。"他俩终于掩上门离开，蜜薇从我怀中支起身子，疲惫地对我说："小乐，我想洗把脸。你帮我去拧一张帕子好吗？"我赶紧打湿了毛巾拿过来给蜜薇擦了眼泪，又帮她把散落的头发重新扎起来，再扶她躺下，替她盖上被子。蜜薇蜷缩成小小的一团儿，像一只受伤的小猫，她睁大着眼睛，刚哭过的眼珠子黑得惊人，有一点星光在她眼睛里扑闪了几下，终于又黯淡下去。我试图和蜜薇说点什么，于是隔一会儿就问她要不要喝水，抑或要不要起来冲个澡。无论我问什么，蜜薇都只是漠然地摇摇头，然后继续睁着眼睛侧躺着，一动不动。我又劝道："要不要睡一会儿，睡着了，就不怕了。"蜜薇也摇摇头，仍旧一言不发。我也睡不着，于是就也躺下睡在她旁边，我伸出手去握着蜜薇的手，发现她的手心滚烫得吓人。我赶紧用额头去贴了贴她的额头，发现一样滚烫得厉害。我这下真的害怕起来，蜜薇显然是发烧了。我只能爬起来，决断地对蜜薇说："你得去医院，现在我们就去。"蜜薇却在这时闭上了眼睛："我累了，想睡了，不会有事的。"她就这么闭上眼真的睡着了，我知道，这是蜜薇又用自己的睡眠开始启动自我保护机制，可这次她在发烧啊，我要怎么办呢？同样年轻的我，同样未曾经历过这些的我，因为咬了一晚上的嘴唇，终于在蜜薇睡着的时候，发现我的嘴唇咬破了，一嘴鲜血，站在蜜薇的床头，在那晚第 N 次告诉自己：一定不能慌。

　　蜜薇一直在发烧，我不敢合眼，不停地拿冷毛巾敷在她的额头上，蜜薇不时在梦中惊厥，浑身如抽筋一样抖动两下，然后又继续沉沉地睡去。不知道换了多少块毛巾，蜜薇的温度总算降下来不少，摸着不再是那么滚烫，她的呼吸也平稳起来，紧紧地裹着被子，好像在做一个安全的梦。我看了看时间，已经是凌晨三点半，这个点本来我们俩应该和各自的男朋友看完电视，说一会儿温馨的甜话然后带着笑意睡去。可是现在，蜜薇却经历了最糟糕的一个夜晚，她在和男朋友约会时她的妈妈试图自杀。明天一早，我们就陪蜜薇一起回去，她的妈妈应该已经没有生命危险了，但我想更严重的是接下来蜜薇对此会一直担惊受怕。我见蜜薇烧退得差不多，就掩上门准备去王德振那边看看，他们俩也一直没睡，也不敢过来怕扰了蜜薇。我敲了敲门，陈松霖马上来开门了，他的胡茬子都已经冒了出来，倒显得有几分成熟。他紧张地说："蜜薇怎么样?"我舔了舔嘴唇，干涩地说："刚刚一直在发烧。"他紧张地抓住我的胳膊："发烧怎么不说? 现在赶紧去医院啊。"我摆了摆手："不用了，我给她冷敷了很久，现在烧已经退了。"

王德振把我扯过去，紧紧地搂着我："不怕，明天我们就回去了。刚刚陈松霖也给蜜薇家里人打过电话了，说她妈妈现在没有大碍。"我们三个都陷入死一样的沉寂，是啊，我们哪有处理这样事情的经验呢，一切都是可怕的，怎么会有人自杀，怎么会有人离婚，怎么会爱完一个人又爱下一个人? 这对我们来说，都像一个个巨大的坑，一不留心，就会掉下去，然后把我们吞没。不知道沉默了多久，王德振终于说："去洗个澡吧，一会儿天亮我们就出发了。"我点点头："你俩也躺一会儿，明天到那边还要陪蜜薇去医院。"我也累坏了，想趁蜜薇还在睡，回去洗个澡清醒一下，可当我打开房门，却发现原本蜜薇躺着的那张大床，现在空空如也。难道蜜薇起来去厕所了? 我冲进洗手间，里面依旧是空无一人。我真的开始慌乱，拿起电话发着抖拨蜜薇的号码，铃声在房间里凄厉地响起来，她没有带电话。蜜薇去哪儿了? 我跌跌撞撞地奔到他们俩的房间，拼命地砸着门，我已经没有办法冷静了，嘶哑着喉咙大喊："蜜薇在不在? 蜜薇有没有来你们这儿?"陈松霖苍白着脸，问："你什么意思?"我的心一直坠下去："蜜薇不见了。"王德振拉着陈松霖往外走："我俩去酒店里找一圈，小乐，你先回房间等着，要是蜜薇回来了就给我电话。"陈松霖也已经完全没了主意，只能忙说好。他们快步地消失在走廊尽头，我也只能回到房间。我蜷在房间里那张小小的沙发上，一动也不动地盯着门口，希望蜜薇能忽然推门进来，告诉我她只是出去走了走，一点儿事情也没有。可是门口一点儿动静也没有，我几次神经过敏地跳起来，跑去把门打开，却依然没有蜜薇的影子。等了一会儿，王德振的电话打过来："蜜薇回来没有？"我沮丧地告诉他："没有，我要不要也出来找一找？"他顿了一下，吩咐我说："我想蜜薇明天出发之前会来的，天马上就亮了，你自己先去宿舍取你和蜜薇的行李，我和陈松霖等你走了就一个留在酒店，一个继续去找。我们机场见。"我忽然被王德振的井井有条打动了，我的男朋友还在帮我和我的朋友安排一切，我也不能掉链子。望眼欲穿也没有等回蜜薇，而天已经彻底亮了。我拿出纸笔写了个字条留在桌上，这样蜜薇一回来可以看到。出了酒店打上车，北京熹微的晨光里，街上已经熙熙攘攘，还有不少年轻的男孩和女孩骑着自行车快速地和我掠过。每个地方的人可能都是一样的，无论北京或者我们的家，此刻都有无数的悲剧正在发生，这些和我们一样的年轻男女，他们要奔赴的地方，到底是因为前路顺畅，还是因为身后无处可藏？只可惜蜜薇的这条路，看不到前路，身后却又风声鹤唳。蜜薇就像小时候我们在看电视剧，总以为女主角不会更倒霉的时候，导演就偏偏要让她更倒霉。

　　我总以为电视剧一定是假的，现在才知道，生活比电视剧更具戏剧性。长得美的女主角不见得会一帆风顺，长得比电视里的演员还漂亮的蜜薇，她也没有因为美丽而生活得更容易一点儿。我把车窗摇低，早晨的空气有一点点露珠的芬芳，这是我在北京这几天第一次感觉到湿润。我抹了一把脸，不知道什么时候眼泪已经糊得我满脸都是。司机瞅了一眼后视镜，开口说："小姑娘，和小男朋友吵架了？大早上的哭什么啊？"我挤出一个微笑："没事儿，是我的好朋友一会儿要回来，我开心的呢。"司机点点头，附和我说："那你们一定是很好的朋友。"我告诉这个陌生的司机："对，我们是一辈子的好朋友。"

我拿着我和蜜薇的行李去了机场，王德振也拖着陈松霖到了，陈松霖彻底崩溃了，胡子乱冒，头发乱得不成人形，连衬衫的扣子也扣错了。我也没有开口提醒他，我们三个人都心不在焉，蜜薇依旧失联，还有半个小时就要停止换登机牌了，陈松霖不停地来回踱步，他焦虑地说："如果蜜薇还不出现，你们就先走，我等到她出现为止。"王德振不吭声，他只是担忧地和我对看了一眼，似乎想说什么，却还是没有说。我忽然说："我相信蜜薇会来。她不是那种会这样不顾我们的人。"我顿了一下，继续补充，"蜜薇不是大小姐脾气，也不是柔弱的娇小姐，她肯定只是想自己好好想想，飞机起飞前，她一定会回来的。"陈松霖像是抓住了救命稻草，他马上从座位上弹起来："你说得对，小乐，还是你最了解蜜薇，我也相信，她一定会来的。"王德振还是不说话，他不停地看着手机上的时间，我知道，他也很紧张。我实在是太疲惫了，于是对他俩说："我去厕所洗把脸，不然真的站着都要睡着。"王德振点点头："去吧，小乐，你顺路买杯咖啡喝吧，不然你真的要扛不住了。"我去厕所洗了脸，镜子里的我满脸都是油光，丑得人神共愤。我苦笑着摇摇头，蜜薇要是看到现在的我，只怕会当场唾弃我，翻着她特有的白眼笑我，说这么丑，王德振真是瞎了眼。

可惜蜜薇现在却不知所踪,我低声地自言自语道:"蜜薇,你可千万要出现啊。"洗完脸要舒服一些,我打起精神去买了咖啡,告诉自己如果实在不行,就和陈松霖一起在北京等一等看。登机时间快到了,我得赶紧和他们会合,告诉王德振让他先回去。我快步地走向他俩,这时,一个熟悉的俏丽身影出现在我眼中,是蜜薇。我大叫一声,手里的咖啡掉在地上,滚烫的咖啡溅了我一身,但我却一点感觉也没有。我狂奔起来,我狠狠地扯着蜜薇,第一次对她发火吼起来:"你去哪儿了啊!你知道大家有多着急吗!你知道大家都差点赶不上飞机吗!你知道……"我说不下去了,我痛哭起来,陈松霖和王德振只能看着我,站在人来人往的机场大厅,满身的咖啡渍,然后哭得站不起来。蜜薇也哭起来,她也不再顾忌任何所谓的形象了,她蹲下来,搂着我的肩膀,在我耳边哭着说:"小乐,我去了北京电影学院,因为我不想再做那个什么女演员的傻梦了,这都是我的错,我以为漂亮就够了,可我现在呢,我因为想做这个美丽的梦,就抛下我妈妈自己跑来北京,如果我在她身边,她就不会自杀啊!"我们俩抱在一起,泣不成声。

王德振终于忍不住了,他和陈松霖分别把我和蜜薇拽起来,告诉我们:"真的要登机了,不然我们就还得再买一次机票。"他俩就这样拖着我们,把两个哭得昏天黑地的女孩硬是带上了飞机,如果2008年的夏天,你们曾经在北京机场看见过这样两个痛哭的女孩,那一定就是我和蜜薇,我们的眼泪不是因为失恋,只是因为那说不出的悲伤。上了飞机,我闭上眼就感到巨大的睡意澎湃而来,蜜薇和陈松霖坐在后面,我也不想再去管了,只想赶紧睡一觉。王德振把我的手抓紧,又翻出一件衬衫给我披上,他的声音使我安心:"睡吧,现在没有任何要担心的,即使有什么事,这两个小时我们也不会知道的。"我听完王德振的话就轰然睡着了,一点意识都没有。也没有做梦,我可能真的太累了。等我睁开眼,飞机已经降落,正在缓慢地滑行,王德振微笑着对我说:"我刚刚都不敢说,你没睡觉的样子真是难看。但就睡了一会儿,又漂亮了。"他捧着我的脸,笑眯眯的,刚刚发生的一切在他的眼里,都不值一提,他只关心我。王德振开心地说:"真好,你不那么憔悴了。"他又重复了一次:"真好。"他忽然又严肃起来:"我不准你等下再跟着蜜薇跑了,你必须回家,我会帮你送蜜薇去医院,然后告诉你情况。你只需要回去把这身臭了的衣服换掉,洗个澡,再好好吃一顿饭,就可以安心休息了。"我愣愣地看着王德振,决定按他说的做。飞机已经停稳,我们准备下机。蜜薇走过来,她细碎的头发贴在额头上,她出了很多汗,衣服也湿漉漉的。我知道蜜薇应该是又做了噩梦,她没办法和我一样,我只关心她,看见她回来了,我心里的大事就放下了。蜜薇还不行,她还得去一点点消化爸爸妈妈离婚所带来的一切后遗症。而她的妈妈自杀,这很可能只是一个开始。

黑塞说,人生十分孤独,这是因为没有一个人能读懂另一个人,每一个人都很孤独。而我,也不懂蜜薇,蜜薇也不懂我。我不知道她现在有多难过,我试图去理解,却还是只能触到千分之一的痛。

我到现在也不敢想的是,美丽的蜜薇是有多绝望,才对我说美丽是错。

飞机落地后,我们出了机场,王德振把我塞进出租车,蜜薇也对我说:"你别陪我了,我也不想你们都去医院。"我决定不再掺和这件事,此刻的蜜薇也不需要我了，她需要的是独立面对和解决。我痛快地对他们挥挥手，然后出租车就带着我绝尘而去，把所有人都抛在身后。我一到家就开始清洗，头发里全是油和汗，脸上全是泪痕，身上的衣服沾着咖啡渍，幸好爸妈不在，不然看见我这狼狈的样子，一定会吓个不轻。等洗完澡换上干净衣服，我喝着冰箱里凉凉的饮料坐在书桌前的时候，才真的感觉到自己有了一点力气。躺下来却睡不着，想出去又觉得无处可去，也不知道蜜薇此时见到了她妈妈该是怎样的心情。我在思索到底怎么才能帮到蜜薇，似乎说什么话都没用，我也提供不了任何实际帮助，毕竟这不是我一个学生可以帮忙的。我想给蜜薇的爸爸打一个电话，告诉他蜜薇说不想考电影学院了。但又害怕蜜薇会怪我多管闲事。我想得头都痛起来，却怎么都没有一个结论。王德振也迟迟没有打来电话，也不知道是因为没有时间还是不想告诉我。我刚想打过去问问情况，我妈妈却回家了。她吃惊地问："你怎么回来了？不是和蜜薇在北京上英语课吗？"她走过来，摸着我的脸，忽然说："晒黑了，还瘦了，就这么几天不在爸妈身边，就变样儿了。"我心里忽然就涌起了无限的委屈，本来是想和蜜薇好好地一起度过这个本应该无忧无虑的暑假，买自己喜欢的漂亮衣服，然后男朋友来看我们，我们可以一起去约会，去吃冰糖葫芦，去北京的胡同里坐三轮车。

但现在这一切都终结了。我嘴唇发抖，对我妈妈说："妈，蜜薇家里出事了。"接下来我就像竹筒倒豆子那样把发生的一切都告诉了她，包括蜜薇的爸妈离婚，蜜薇的妈妈自杀，蜜薇因为这些而崩溃，都告诉了她。我妈轻轻叹了口气："这么漂亮的女孩子，年纪又这么小，就要面对这些，的确是蛮苦的。"我也哭起来："是啊，我却什么都帮不了她，还说是最好的朋友。"妈妈想了一会儿，她拿着纸巾递给我："你去和蜜薇说，暂时就来我们家住吧，不然，她家里人哪有时间来照顾她？我和你爸爸还能给你们多做点好吃的，你们俩一起住一起多出去走走，别因为这个把身体弄坏了。"我惊喜地欢呼道："真的吗？真的可以吗？让蜜薇来我们家住？"我妈笑起来："这还有假，等蜜薇妈妈好一点儿，你就让她住过来吧。"我跳起来抱住我妈："你真的太好啦！妈妈万岁！"我妈却正色说："和朋友好是一回事，但别觉得自己什么都能帮别人，蜜薇到底要怎么样她自己有自己的想法，你别以为自己能替她做主。"我有点不明白我妈当时为什么要这么和我说，只能点点头。

王德振的电话终于来了，我赶紧跑回房间去接电话，我妈故意大声说："刚刚还在说妈妈万岁，现在接个电话都要避开我，真是女大不中留。"我心中已经轻松了不少，又急着想听王德振告诉我情况，于是也没关房门，就趴在床上和他说起来："怎么样了？你怎么才打电话来？"王德振的声音暖洋洋的，从电话那头传过来："蜜薇妈妈的伤势不严重，不过心情肯定是很差，蜜薇已经陪着了，陈松霖也陪在那边，你就放心吧。"我放下心来，激动地又告诉他："嘿，你猜我妈妈说啥，她要蜜薇来我们家住一段时间，这样可以给我们做饭，我和蜜薇也能一起学习。你说是不是太棒啦！"王德振在那头故意假装吃醋："哼，你就知道蜜薇蜜薇的，都冷落了我。我也要来你家，和你一起吃饭，一起学习。"他又补充道："还要一起睡觉。"即使隔着电话，我也有些害羞，赶紧否认："不要和你一起睡觉。"这个时候，我妈妈的声音却和鬼魅一样在我身后冷冷地响起来："董乐，你要和谁一起睡觉？"我回过头，这才发现我妈妈不知道何时拿着一杯牛奶站在我的房间门口。我愣在那里，而王德振在电话那头清晰地说："小乐，好想你。"我妈妈严肃地对我说："你要给我一个解释。"

Chapter 8　他们……都在离我而去

　　我后来读到张枣那句"望着窗外，只要想起一生中后悔的事。梅花便落满了南山"，马上想到我人生最后悔的事情之一，就是那天和王德振打电话没有关上我的卧室门。每当想起那天我妈如寒冰一样的脸，我心中的山坡上那棵梅树就会开始簌簌发抖，直到所有的花瓣落光，铺满我的记忆。我忽然笑起来，笑得坐在我对面、已经穿上西装再也不是懵懂少年的王德振心慌，他有点不知所以地问："你，笑什么？"我笑着说："没什么，只是想起我们当时的一些傻事儿。"王德振忽然也笑了起来："想起那时候，的确是经常想笑。"

　　我们沉默了一下，也没有再继续追忆当年，倒是王德振主动问道："你过得好不好？"我再次笑了："这么老土的问候你也说得出来。"王德振没有笑："我知道你过得不错，可我还是想听你自己说。"我收起了笑，也认真地回答他："我过得不错。"王德振再次说了那句我意料之中的话："你现在，似乎活成了另一个蜜薇。"我看着他的脸，思绪再一次飘远，这个我曾经的初恋，正以另一种姿态出现，我们之间曾经发生过的那些事，到底算怎么回事呢。

被我妈抓个正着，我是不知道要怎么和我妈解释，也不知道怎么让我妈相信，我刚刚说的睡觉，真的就是睡觉而已。我的脑子里只不停地立体360°循环着一句话：我完蛋了。我妈这个人，平日里都非常开明，比如我提出要和蜜薇去北京上英语夏令营，比如我假期出门去和同学玩，她从来不曾干涉过。但这种开明的基础是，她觉得我闹不出什么幺蛾子。现在她忽然发现了，她眼里那个还没有长大、还很普通、还是一个乖乖女的我，可能有了早恋的苗头。我感到我妈很震惊，她也有点受伤害，像是发现了我在她不知道的时候，悄悄地就长成了一个大女孩。我忐忑地走到她身边，我妈的脸色真是比她烧菜的那只铁锅还要黑。她终于开口问我："董乐，你刚刚在和谁打电话?"我就是在那一刻决定不要撒谎，更何况我也不会撒谎。我的嘴巴里开始发苦，从来没有如此紧张过，但我妈的目光炯炯，像刀子一样割着我，让我必须告诉她真相。我摸了一把怦怦响着几乎要跳出胸腔的心，告诉她："王德振，是我的男朋友。"在说这句话的时候，我还是有点心存侥幸的，幻想我妈也许能因为我的坦白而接受，幻想她觉得早恋也不是一件很大的事情。但我妈妈一开口，就击碎了我的幻想。她用我听过的最严厉的声音告诉我："董乐，女孩子要自爱，你必须和那个男孩子分手。现在，立刻，当着我的面给他打电话。"她说完这句，就不再看我，而是扶着额头不停地摇头。她像是在自言自语，又好像是说给我听："我没有想到，没有想到你会做这样的事情。我对你太失望了，太失望了。"我的手脚全部像被钉在了原地，我想对她解释，说妈妈不是这样的，我不是像你想的那样。但我还是词穷了，因为我说不出口。我不能告诉我的妈妈，我想要和一个男孩发生关系，我们年轻的身体渴望解放，渴望被重视。我并不是叛逆，我只是希望被爱着。我的迟疑让我妈妈更加愤怒，她见我不去拿电话，干脆自己走进卧室，拿着我的电话翻到通话记录。她把手机递给我，一字一顿地对我说："打给他，告诉他你们不能再有任何联系。"她用力地把手机塞到我的手里，几乎抓疼了我。我妈的脸扭曲着，她不再是半小时之前那个要我把我遇上困难的闺蜜带回家的绝世好妈妈，现在的我妈，只想赶紧拆散我和王德振，因为她不能让她的女儿变成一个早早失身的坏女孩。

　　但我真的要打这个电话吗？我咬着嘴巴，知道理智一点儿的情况是应该先按我妈妈说的去做，把电话打过去，先稳住我妈，然后再找机会和王德振解释，毕竟我妈不可能 24 小时跟着我，我还可以和王德振暗度陈仓。可年轻的爱情是自带反骨的，每当有了阻碍，才会更加坚持。一旦父母开始反对，那么就更加坚挺起来，本来有的问题也就不是问题，本来甜蜜的相处因为反对有了苦涩就更加值得珍惜。任何危险的事都自带美丽的幻影加持，好像感情唯有处在危险之下，才会更爱，才会更牢牢抓住，去和全世界对抗。我终于接过我的电话，但没有按我妈妈的要求打那个电话，我告诉我妈："我不打。"我的话刚说完，还来不及做任何反应，就感到我的脸颊一阵火辣的刺痛。我妈，第一次给了我一巴掌，而且是重重的一巴掌。这是我有记忆以来我妈第一次打我，小时候我不肯写作业，她偶尔也会吓唬我说："再不听话，就打屁股了哦！"但她总是没有舍得真打，但这次她没有忍住，她的巴掌结结实实地扇在了我脸上，我妈，一个从来都是笑着对我说话的人，哭着对我说："你怎么这么不听话呢？"我摸着那个火热的被招呼了一巴掌的脸，居然没有和我妈一起哭。我的耳洞里轰鸣声四起，一会儿是我妈妈在尖利地说："分手，和他分手。"一会儿是王德振有点憨憨的声音在说："我想你了，董乐。"一会儿又是蜜薇说："我不想当女演员了。"一会儿是陈松霖担忧的声音："我觉得她心里有一个洞。"那些声音在我脑中奔腾，四下逃散，终于汇聚成一个我自己的声音。我对自己说："我不会和王德振分手。"我转过身，拿着我的电话准备离开，在关门的时候，我对我妈说："我是在和王德振恋爱，但我不会和他分手的。"我那稚嫩的正在萌芽的情感，可能并不能如期发生，也不能如期结束，但我拼了全力，让它不要夭折。因为在那时候我坚信，这就是爱情，爱情里一定会有伤害，但我不能伤害王德振。

我心慌意乱地走在路上，我不想去找王德振，虽然他在不停地发来短信，要我给他回个电话。但此时我没办法和他解释，我不能和他说我妈逼我和他分手，而我不想分手，于是我离家出走。这些话我说不出口，我不能在我自己也没想好对策之前，就把压力抛给王德振。居然在路上还下起雨来，我被浇得浑身湿透，看来电影里演的真的没错，每一个失意的人一旦出门，就会碰上下雨。我漫无目的地在街上淋着雨冲了好一会儿，不知道怎么就走到了我和蜜薇经常去喝奶茶的店门口。我不自觉地走进去，点了一杯珍珠奶茶。那时候的我们，永远都是点珍珠奶茶，我还记得是八块钱一杯，可以在那家店里坐整整一个下午。每次都是看到窗外点起星光一样的霓虹灯，我们才意识到，又在这个奶茶店里厮磨了几个小时。每次和蜜薇来喝奶茶，她都叽叽喳喳地告诉我很多事情，她看起来好像很有距离，但一旦打开了话匣子，就会什么都告诉你。我点的是草莓奶茶，粉嘟嘟的液体在透明的杯子里美丽地轻微摇晃，有种特别的少女情怀。草莓奶茶和蜜薇，构成了我粉红色的回忆，想起来总觉得是甜滋滋的。我想起蜜薇有次嘲笑我说："草莓奶茶，每次你都点草莓奶茶，董乐，看不出来，你还是一个喜欢可爱东西的人啊。"我在想起蜜薇的时候，终于忽然意识到一个严重的问题，我刚刚出来的时候，没有带钱。我现在已经喝了奶茶，也在这个店里傻笑着追忆往昔坐了半小时了，居然没有带钱。而且我是不好意思赊账的，那个时候也没有什么微信付款和支付宝，口袋里一个钢镚也没有的我，只能找人求助了。这个人，只能是蜜薇了。我不敢打电话过去，于是发了个短信：在奶茶店，没带钱。蜜薇飞快地回复了我：服了，马上到。

　　我心里忽然安定下来，虽然我知道蜜薇现在忙得腾不开手，但我自私的还是为她愿意马上来给我付钱而高兴。

　　蜜薇果然飞快地到了，她还没有换掉衣服，满脸的疲倦，似乎这才几小时，她的脸就又小了一圈。她手里拿着两把伞，我知道，她一定猜到我没有带伞，给我也拿了一把。蜜薇看见我，忍不住就笑起来："董乐，你这个傻瓜。"她一屁股坐在我对面，对着我的草莓奶茶努努嘴："每次都点这个，喝不腻啊？"她说完就抓过我的奶茶，一口气喝掉一大半。我们互相注视着对方，终于一起大笑起来。蜜薇一边笑出来眼泪，一边说："我妈还在医院呢，我居然还笑得这么开心。"我也哈哈笑着对她说："我妈发现我和王德振谈恋爱了，最关键是她以为我还失身给他了，完蛋了，她可能会打断我的腿，而且要我和王德振马上分手。"蜜薇点头附和我："那你真的是完蛋了。"蜜薇止住了笑声，对我伸出手，我们轻轻地、不那么紧地拥抱在一起。蜜薇的脸上荡漾着一种少有的柔情，她没有说话，我们用这个安静的拥抱鼓励彼此，希望对方不要因为即将到来的艰难而绝望。蜜薇先松开手，她掏出自己的钱包甩给我："喏，就这么多钱了，你要是今晚夜不归宿也还够在外面住一晚的。不过我还是建议你回家和你妈道歉认错，她不会打断你腿的。"蜜薇低下头，摸了摸自己的脸，"我妈妈说，她最后的那一刻，想到了我的脸，她说自己生了这么美丽的女儿，不应该让她在失去爸爸之后，又失去妈妈。所以她拼尽最后一点意识呼救了，也真的很幸运，她没有死。"蜜薇对我灿烂地一笑，"董乐，你知道吗？从今天开始，我不但要继续当一个漂亮姑娘，还要变得更厉害。我会保护我妈，也会保护你。"我问蜜薇："可是，我们总有一天会分离，那时候我要和你一样厉害。"蜜薇帮我补充道："也要和我一样漂亮。"她站起来拍拍我的屁股："我走了，还得陪我妈呢，如果不回家，就和我说一声。如果回了家，也和我说一声。"蜜薇走出了奶茶店，她的腰杆挺得前所未有的直，那细细的腰肢充满了力量。

　　我付完钱，又自己坐在奶茶店里发了一会儿呆，雨越下越大，暴雨形成的水雾让街景看起来格外不真实。我有点怀疑，是不是刚刚发生的一切都是梦，蜜薇的妈妈没有自杀，我的妈妈没有发现我和王德振在谈恋爱，我们甚至没有去北京，只是我俩还和以前一样坐在奶茶店里喝奶茶，不过是我太困了睡着了，做了一个漫长的梦而已。我揉揉眼睛，当然一切如常。我决定回家，和我妈说事情不是她想的那么糟糕，我和王德振只是纯洁地谈恋爱而已，不会私奔，不会生子，不会因为我交了个男朋友，就荒废了人生。我还要带王德振给他们看看，让他们知道和我谈恋爱的这个男孩子不是那么差，甚至还挺可爱。我燃起一点希望，认为这件事在我简单的世界里也不会天崩地裂，甚至是一个转机，可以让我的恋爱浮上台面，不用像是犯了个错误。

我的脚步居然轻快起来，暴雨之中行人少了很多，而我选择在这个时候走进雨幕，蜜薇留给我的伞是一把漂亮的透明伞，我仰起头就能看见雨滴落在伞上，溅出一朵朵漂亮的小花。只可惜成长不像落雨，掉落的不仅是花朵，也有悲伤。其实我也没有走太远，很快就走到家门口，我没有带钥匙，只能忐忑地叩了门。开门的是我爸，他一见是我，赶紧把我扯进门："你说你，怎么还学会离家出走了。你妈妈气得半死，现在去找你的小男朋友了。"我爸一口气说完，忽然对我眨眨眼："怎么样，那小子帅不帅？"我顾不上回答我爸的问题，因为我只听见他说，我妈去找王德振了。"爸，你怎么也不拦着她啊？她怎么知道要去找谁？"我急得团团转，拉着我爸的衣袖哀求他："爸，求你了，快给我妈打电话，让她别去了。"我爸爸其实是一个很随和的人，就算是对我，也没有一点家长架子，甚至还有点儿嬉皮笑脸。但他忽然正色地对我说："你坐下来。我有话和你说。"我虽然无比紧张我妈要去见王德振这件事，但见我爸神情严肃，也只能先听他的坐下来，乖乖听他要说的话。我爸把我的手抓在手里，他的大手很热，他手心的热度一点点渗进我的皮肤里，这让我舒服。我爸看着我，叹了口气："女儿，你真的长大了，这可能意味着我和你妈妈也老了。但你要记住，不管你多大，我和你妈妈的心都是和你刚出生的时候是一样的。我们只希望你开心、快乐。"我爸把纸巾塞到我手里，接着说："我们害怕你太年轻了，还不会判断自己做的事情到底是不是正确，你要理解你妈妈，也要记着，她和我都是永远支持你的，是站在你这边的。"我眼含热泪，羞愧地望着我爸。我没有想到我爸会对我说这样的话，我想起蜜薇曾无比羡慕地对我说："小乐，你有一个很幸福的家庭，你是那种被好好地爱着的孩子，这让我特别嫉妒。"我意识到这就是我最大的运气，我可能没有出色的外表，也没有非常出众的能力，但正因为我父母给予我最好的爱，使我不惧怕去付出情感，无论是对蜜薇，还是对王德振，都是如此。我想这就是我最可爱的地方。平凡如我，也因为被无私地爱着，而闪闪发亮起来。我爸可能觉得气氛太凝重了，于是又恢复了往日的嬉笑："我的女儿，当然不能随便就和一个臭小子谈恋爱啊，当然要我和你妈都看过眼才可以。你放心，我和你妈不是那么封建的人，也完全理解你们这么大，正是有情感需要的时候。"我爸爸的脸上露出坏坏的样子，"这下可以告诉爸爸了吧，到底帅不帅，是不是比不上爸爸?"我忽然什么也不怕了，爸爸妈妈和王德振都是爱我的，既然这样，又有什么不能达成共识呢。我刚想对我爸说王德振是一个不错的男孩子，不帅，但是很可爱。这时候门却一响，进来的是脸色不好的我妈和脸色更差的王德振。我妈对王德振说："你自己和小乐说吧。"我诧异地看着王德振，想知道他怎么会和我妈妈一起来。我心里燃起一点点小火苗，大概他已经和我妈妈解释清楚了，也许我妈妈只是还有点生气我瞒着她恋爱，其实已经不再反对了。但是王德振说的并不是我所幻想的那些话，他的脸上充满了哀伤和无奈："董乐，我马上要出国了。"

我现在无论怎么回忆那天王德振对我说了什么，都是一片空白。其实人的记忆是极具保护性的，当你对一件事情感到悲伤，那么大脑也许会帮助你自动消除那些不开心的记忆。我只能记起我站起来丢下我爸妈和王德振，居然鬼使神差地回到房间里开始写数学题。虽然记不起王德振向我解释了什么，我却可以清楚地记起那天我解了很久的一道数学题，我明明记得，这道题是老师讲过的，但却怎么都解不出来。我胡乱地在草稿纸上一遍又一遍地演算，我妈妈进来给我倒了一碗冰镇绿豆汤，还在我额头上抹了一下，好像她是在担心我生病了。我解不出那道题，只能胡乱地把书一推，并觉得口干舌燥，然后我一口气喝完了那碗绿豆汤，胃部开始激烈地疼痛起来。我终于爬到了床上，在胃痛和答不出数学题的沮丧中睡着了。等第二天我醒来的时候，手机里全是王德振的短信，塞满了我的收件箱。他求我回答他，哪怕就是告诉他我生气了，也好过这样没有任何回复。我呆呆地拿着还在不停振动的手机，每收到一条，我都不再打开，就直接删除。我的胃皱成了一团，里面像塞了一团破布，又觉得恶心，又觉得疼痛。我不知道为什么自己会有这样的感觉，王德振当时并没有要和我分手，他应该还和我强调了，这是他爸爸的安排，他只是无法拒绝而已。但我却产生了如此激烈的反应，这也许是因为我在无形中，已经对王德振有了过高的期许。我后来知道，我是真的爱上了王德振，我给我们俩做了很多幻想中的安排，包括一起去北京工作，他可以来接我下班。又或者，我们能做那种情侣，和初恋对象结婚。但这些幻想中，并没有王德振出国和我们要分别。

　　我高估了自己，低估了我对王德振的感情，这种落差直接反应在身体上，也许也有那碗冰镇绿豆汤的作用，谁让我喝得那么快。我满身是汗，蜷缩成一只虾米，觉得自己就像一只被丢掉的破口袋，一下又一下地被抡起又摔下。可能是我哼哼的声音过大，我妈推开了我的房间，终于发现了这个胃痛得快死掉的我。她的眼睛红红的，又变成了那个温柔的妈妈："还以为你在睡懒觉，疼成这个样子也不喊我和你爸，我怎么生了个这么傻的女儿。"爸妈把我送去了医院，结果我得了急性胃炎。吊着消炎药的我啥也不能乱吃，医生嘱咐必须喝一周的白粥，然后这个暑假就要结束了。我即将见不到我的男朋友，然后还不能吃我爸烧的排骨，只能喝白粥，而且每天还要在医院吊盐水。没什么比这更惨了。我一句话也不想说，被这种所有倒霉事堆在一起的巨大失落感压得死死的。护士说我的血管太细，给我用了最小号的针头，盐水滴得仅仅比静止快那么一点点，我好几次睁大眼睛看，以为是药水停了想要喊护士来给我调快一点儿，然后针管里就会以龟速掉下来一滴。什么都和我想的不一样。我只能闭上眼，免得又认为我看到的什么东西是现实，但其实不是。我以为我会大哭，其实并没有，生病分散了我的注意力，我只觉得难受，反而忘了悲伤。我安静地躺着，一会儿想一下王德振，一会儿又想一下蜜薇，其实除了王德振，我也感觉到蜜薇正在以一种她自己的方式离我而去。可能之后我们也不会再天天联系，也不会常常见面，而蜜薇又有那么多自己的烦心事。王德振呢，即使我们不分手，也会隔着一个大陆的距离，我们也不能天天联系，见面更是太难太难。我这么想着，只觉得手脚发麻，那张小小的病床好像飘浮起来，又或者是我在下坠。忽然有个声音喊住了我，让我停止了下坠。是王德振那微微有点奇怪的嗓音："董乐，你的药水要滴完了。"我睁开眼，王德振在一屋的明朗里披上了一身阳光，这让他看起来有种不合逻辑的英俊。我对他说:"帮我喊护士来拔掉针头吧。"王德振却对我说:"刚刚你睡着了,阿姨看我来,就去买东西了。"我不想告诉他,其实我没有睡着。他走出去帮我喊护士,忽然在门口又回头对我说:"你想不想和我一起出国?"我告诉他:"我不想。"王德振出去了,一会儿护士就来了,但是他没有再进来。一会儿我妈也进来了,她问我:"小王走了?"我忽然觉得很好笑,就在昨天,我妈还在激烈地要我和王德振分手,今天王德振要离开了,他却成了我妈妈口中的小王。如果蜜薇在,她一定会说:"董乐,你这个猪脑,干吗不和王德振一起出国?去看看更大的世界,爽死了,好吗?"但她说完,一定会又抱着我说:"你走了,我会想你的。"要是蜜薇真的在,就好了。

　　一直到出院,王德振都没有再联系我,还有两天就要开学了,我妈和我爸都不再提任何关于我恋爱的事情,他们俩揣着明白装糊涂,怕我觉得不好意思。其实我没有什么不好意思的,甚至也来不及做出悲伤的反应,我更多的是在焦虑。焦虑还有高数随时会挂科,焦虑生活费永远不够用,焦虑爸妈总问我以后有什么打算,焦虑蜜薇,焦虑自己。王德振杳无音讯,倒是我妈在晚饭的时候一边给我夹了一只巨大的鸡腿要我好好补补,一边装作不经意地说:"小王的爸爸那么安排也好,他们家那个条件,自然是要出国的。"我瞪着她,她又马上补充说:"这样不见面也好,免得你尴尬。"我算是服了我妈,哪壶不开提哪壶,我只能死猪不怕开水烫地说:"妈妈,我脸皮很厚的,不尴尬。"我妈妈诧异起来:"咦,你不是脸皮很薄的吗?连去演讲那次都紧张了好几天吃不下晚饭的。"我有点愣怔,是啊,不久之前,我还是一个害羞、严肃、天真得有点傻的小女孩,现在居然可以说自己脸皮厚。我啃着那只大鸡腿,忽然就笑了,看来认识蜜薇之后,我真的也在无形地改变。吃完饭我继续回房躺着，头昏脑涨的时候，蜜薇的电话打了过来："董乐，能不能出来，不能就溜出来。"我丧心病狂地对蜜薇说："在哪，我马上到。"蜜薇咯咯地笑："就知道你不会忍心抛下我不管，奶茶店，这次记得带钱。"出门的时候我想，我要不要告诉蜜薇我和王德振的事情呢，还是先不要说，她烦心事已经够多了。

　　当我走在去奶茶店的路上时，八月的夏日晚风难得地有点凉气，街边的女孩都穿着裙子，有的在一起吃冰棒，脸上都扬着微笑，脸蛋粉粉的。我也跟着心情好起来，因为我也穿着裙子，在那些橱窗的倒影里我看起来也特别可爱。我一直不是一个在乎外表的人，但认识蜜薇之后，我开始明白，追求美丽不是一件羞耻的事情，一个人的外表也是她人格的一部分，长得美是值得骄傲的。而蜜薇，是我见过最漂亮的女孩，她就应该因为美丽，过得比别人好一点儿。我因此决定，不要告诉她我的烦恼，至少今晚不要。蜜薇坐在奶茶店里，头发扎成一个松松的花苞，她眯着眼在看手机，不时喝一口奶茶，脸上笑眯眯的，像没有任何烦恼的样子。我轻咳一下，蜜薇笑容满面地抬起头："慢得要死，我屁股都坐痛了。"她神秘地对我说："有件特别好笑的事情，你要不要听。"还没有等我回答，她就花枝乱颤地狂笑着继续说："太好笑了，你听了保证笑到吐。你还记得上次那几个我们学校的女生吗？她们居然在传我的谣言，说我被中年富商包养，还说我是出去卖的女大学生，哈哈哈哈，你说，是不是太好笑了，哈哈哈哈。"蜜薇近乎夸张地笑着，她笑出了眼泪，抽出一张纸巾去擦拭。这一擦，眼泪就再也止不住了，蜜薇没有号啕大哭，也没有抽泣，她只是沉默地哭，眼泪扑簌簌地掉在那杯珍珠奶茶里，大颗大颗的，和那些珍珠一样，只不过蜜薇的眼泪是透明的，重重地落在那杯甜腻的奶茶里，让原本应该苦涩的茶味，重新变得和加糖前一样苦涩。"陈松霖信了?"我又拿出一张纸巾给蜜薇。她点点头："不接我电话，不回我短信。"我气结："这个糊涂蛋，枉我上次还那么掏心掏肺地要他相信你，相信你爱他。"蜜薇忽然笑出了声，腮边还挂了泪珠，却又望着我，嘴角噙着笑："你真的和他这么说了?"我不好意思地扭过头："我要一杯草莓奶茶。"蜜薇忽然对老板说:"草莓奶茶不要了，买单。"她小声对我说："别喝奶茶了，陪我喝酒去。"蜜薇拉着我冲到一家小超市，买了两瓶小的白酒，她豪迈地递给我一瓶:"一人一瓶，不醉不归!"我犹豫着要不要接，上次喝醉的样子我还记忆犹新，那次喝的还是甜甜的鸡尾酒。我迟疑着拿过那瓶白酒，拧开放在鼻子前闻了一下，顿时一股刺鼻的酒精味冲上来，熏得我几欲作呕。"太难闻了，我能不能不要喝啊。"我的脸皱起来，把那瓶白酒又塞回蜜薇怀里。她满不在乎地说："随你便，那我喝这个，你这个弱鸡，喝啤酒吧。免得你一会儿太快醉倒，又要我拖你回家。"我们拎着一塑料袋酒走到一个小公园去喝，那里有些便民健身设备，我们俩一人找了一个秋千坐上去，晃晃悠悠的，蜜薇拧开一瓶白酒，我打开一罐啤酒，对着夜晚潮湿的天空，一起说:"干杯!"蜜薇喝了一大口，龇牙咧嘴地对我说:"真的太难喝了!"我得意起来:"幸好我喝啤酒，你要不要也别喝那个了，我感觉那个很容易喝醉的，还是和我一起喝啤酒吧。"蜜薇又喝了一口，告诉我:"那正好，我今晚就是要喝醉!"公园的路灯昏暗得不可思议，在昏黄的灯光下，又或者是我喝了酒，我只觉得身边的蜜薇犹如罩着一层薄雾，我有点看不清她，但是又知道，那就是她。

虽然我之后发现蜜薇的酒量惊人，并不是那种随意可以喝醉的体质，但毕竟是白酒，她又不知深浅地大口大口猛灌，终于在那两小瓶白酒见底后，蜜薇彻底地喝醉了。喝醉了的蜜薇摇摇晃晃地站在我身旁，她扑哧一声笑出来："董乐，我们是不是最好的朋友？"蜜薇摇摇晃晃地坐到我身边来，把我搂得紧紧的，她嘟着嘴唇，好像一颗饱满的草莓。"是好朋友，那就快亲一下我。"她对我眨着眼。头靠在我的肩膀上，撒娇一样说："好想被亲亲哦！"我对这种要求感到十分无奈，只好应付地在她额头上亲了一下，哄小孩一样对她说："蜜薇最漂亮了，最喜欢你了，我们回家好不好？"蜜薇一听我说回家，一下子就蹦了起来："我不要回家啦，我家一个人也没有，你知道吗，我爸和别人跑了，我妈自杀躺在医院，我不要回家！"蜜薇虽然是笑着在说这些我已经知道的事情，但是听来我还是觉得惊心动魄，也明白了为什么蜜薇要找我来喝这么一场酒，她一定是顶着巨大的压力，希望找个安全的时刻，在真正的成人世界到来之前，把这些都留在这一次的放纵里。

　　蜜薇喝醉了特别像个索求爱意的小孩，她的脸微红，呈现的不是我那种猪肝色，反而有点粉嘟嘟，显得她年纪更小更俏皮。她继续对我说："你为什么不愿意亲我？是因为觉得我不漂亮？还是不喜欢我？"她忽然站起来，伸开双臂迎着夏夜里沉默着涌动的晚风，大声地对着无人的空气喊道："我想要所有人都爱我，想要爸爸爱我，想要妈妈爱我，想要陈松霖爱我，想要董乐爱我！"她喊到我的名字就停下来，歪着头对我说："你是不是一直爱我？"我赶紧对她说："蜜薇，我爱你，爱你到永远。"蜜薇似乎满意了，她不再大喊，而是朝着公园里的一根柱子走过去。蜜薇抱住那根柱子，妖媚地对我笑起来："小乐，我表演一支舞给你看好不好？"我自然不能说不好，只能充当一个称职的观众，一边拍着巴掌一边无奈地说："好啊好啊，你跳舞给我看咯。"蜜薇见我捧场，马上就来劲了，她伸出她那条修长白皙的腿，轻轻地缠绕在那个柱子上，说了一句："宇宙女王蜜薇给大家带来性感热舞——钢管秀！"蜜薇骄傲地宣布完她表演的内容，在我目瞪口呆的注视下，对着那根柱子开始疯狂地扭动，虽然我也没有看过真的钢管舞，但是直觉告诉我，和蜜薇跳的钢管舞没有一毛钱关系，因为她只是在不停地围着柱子甩屁股和头，然后把腿勾在柱子上摇来摇去。蜜薇还在卖力地表演，而我已经看得目瞪口呆。我强忍着不要笑出来，走上去把踮着脚还在柱子旁又蹦又跳的蜜薇死死扯住："你要是从这里摔下来，我真的会笑你一辈子。"蜜薇完全不理我的建议，她甩开我的手，又靠着柱子站好，深深呼吸了一口气，把胸脯挺起来，摆出一个妖娆的造型，问我："小乐，你说，我现在像不像 coco 李玟！"蜜薇摆好造型，还风骚地对我抛了个媚眼，她挺胸撅臀，真是服了她喝醉为何会有这样的举动。我只能不去管她，一只手拽着她的衣服免得她蹦跳着跌倒，一只手拿起刚刚剩下的啤酒开始喝。啤酒已经不凉了，还有点温热，喝在嘴里发酸发涩，我尽量不去在乎那种奇怪的味道，只想赶紧喝醉拉倒，至少，能和蜜薇进入同一个频道。不知道是不是跳累了，蜜薇终于在我身边坐了下来，还喘着粗气，和跑了一千米一样。我喝着那罐温温的啤酒，心里真是百味涌起。蜜薇一下子没了刚刚的活力，她也不管地上多脏，居然就那么躺了下去，看来是真的醉得很厉害。我让她躺在我腿上，轻轻地抚掉她粘在脸上的头发，她出了很多汗，身上的衣服都湿了。我抓住她的手，轻声在她耳边说："别动，躺一会儿，我们一起安静地享受一下这阵风。"我说完这句话，风似乎真的就扬了起来，吹动着我的头发和衣袂，不远处的路灯忽然熄灭了，我一直盯着，希望它不要就那么暗掉。风继续刮过，那么凉爽，使人舒服，蜜薇闭上眼睛，轻轻地呢喃着我听不懂的话。我终于喝完了那罐啤酒，头已经开始晕晕的，胸口也胀胀的，好像有很多话也涌到了嘴边，想在这么一个时刻和蜜薇说。蜜薇翻了个身，把脸更好地对向我："小乐，我要做一个很厉害的人，但也要理直气壮地做一个漂亮的人。我要赚很多钱，去很多地方，把世界都抓着，不放开。"我听着蜜薇的话，眼前的她充满了使我感到振奋的力气。我刚要说点什么，但蜜薇接下来的话却让我浑身冰凉："小乐，我做了个决定，我不要再去北京了。"刚刚喝过的那罐温热的啤酒开始发挥作用，我的头沉重地痛起来，蜜薇还在絮絮叨叨地说着话："我们都已经考上了大学，我们学了好多数学公式，我们要背《琵琶行》，要背五胡乱华，要背好多单词……不是都说，上了大学就自由了，可为什么，还是一点儿也不自由。"

蜜薇的声音越说越小，她枕着我的大腿舒服地睡着了。那盏灭掉的路灯忽然又亮了起来，蜜薇的脸瞬间变得异常清晰，我埋下头，轻轻地亲吻她的额头，同时决定，再也不要喝不冰的啤酒，因为此刻的我，除了难过，还很想吐。

蜜薇那晚和我回家睡，到家的时候我还有点醉，但是蜜薇已经醒酒了，我俩都饿得发慌，像两只小母狼在客厅打开冰箱找吃的。蜜薇举着一盒酸奶问我："这个好吃吗？"我鄙视地看一眼蜜薇："你就想吃个酸奶啊？没出息！我给你煮碗面吃！"我大手一挥，趁着酒劲大包大揽地说："我厨艺天赋不得了，三岁就会煮面了！"蜜薇不可思议地看着我："想不到你还会做饭，快去快去，我的肚皮已经在打鼓了！"我妈妈听见客厅有人说话，隔着卧室门问我："乐，是你回来了吗？"我嘀咕了一句："妈妈，我喝酒了。"蜜薇赶紧捂住我的嘴，大声回答我妈："阿姨，我是蜜薇，今天来和小乐睡，肚子饿，小乐给我煮面条呢。"我妈听见是蜜薇，也就没起床，只是吩咐我们吃完快回房间休息就接着睡了。蜜薇拍拍我的屁股："快去煮面条，要是被阿姨发现我们喝了酒她肯定会生气。"我迷迷糊糊地走进厨房开始煮面，蜜薇一直扒着厨房门担忧地在旁边碎碎念："小乐，你行不行啊，到底能不能煮啊，我现在胃很不舒服哦，你要是煮得难吃小心我吐在沙发上，不，吐在你身上。你一定要悠着点啊，不能辜负我对你的信任啊。酱油少放一点儿，鸡蛋要再煮一下吗？"我被她说得手一抖，差点放多了盐。我恼怒地回头明令蜜薇："到饭桌前去等着！别唧唧歪歪的了，做难吃的话就都是你吵的！"蜜薇被我突然的霸气震慑了，乖乖地闭嘴到饭厅等着去了。我熟练地切着葱花，像一个大厨那样，扬起手来，撒在这碗煮给蜜薇的面上，番茄红，鸡蛋金黄，肉丝雪白，葱花碧绿，看着可真是好吃啊。我得意地端到蜜薇面前，对她努了努嘴："还不快点吃！"蜜薇打趣我："小乐，你刚刚真的好酷诶，原来你在厨房里那么有魅力呢！"我有点哭笑不得："有谁会喜欢自己在厨房里有魅力啊，你快吃吧，我好困，吃完我们赶紧睡觉了。"蜜薇吃了一口，她夸张地捂着嘴，像不认识一样看着我："天啊，也太好吃了吧！董乐，你真是厨艺天才，能吃到这么好吃的面也太幸福啦。"蜜薇几乎要把脸埋在碗里，不停地吃着那碗面。我从来没有看过蜜薇这样吃饭，她总是慢慢地吃着，不会有这种饿坏了的吃相。蜜薇一下也没有停地吃完了我煮的面，她满足地拿起一张纸巾擦了擦，对我嫣然一笑："好想一辈子都可以来你家蹭饭啊，以后你要是结婚了，我就在你家旁边买房，然后带着我老公孩子一起去你家吃饭好不好？"我也对蜜薇一笑："你可以一直来我家吃饭，不管我有没有结婚，你都可以带老公孩子来我家吃饭。"蜜薇欢呼起来："董乐，我今天真的对你刮目相看，总之，我算是赖定你了。"我却忽然说："可蜜薇，你为什么不愿意去北京，我已经想好了，毕业我就是要去的。"蜜薇的脸色变了一下，她有点忧伤地看着我，她伸手摸摸我的脸，像是在解释，又像是在自言自语："你知道嘛小乐，我其实很依赖你，最近发生了太多的事情，我其实应该自己一一去面对，一一去解决，可我却每次都想：我还可以去找小乐，和她一起待着，就不用想那些不愉快的事情了。"她顿了顿，又继续说道："谢谢你，小乐，陪我度过了这么艰难的时间，还给我煮这么好吃的面。"她看我一脸难过，忙又补充道："我的意思不是要和你分别啊，我只是不希望你为了继续照顾我陪我，就一定要毕业去北京，我知道你没那么喜欢北京，你也可以去自己想去的地方啊！"我心里有点发紧，明白了蜜薇的意思，她并不是要离我而去，她只是想让我们两个人，都更好地奔向自己想要的生活。而我，却感到更深的迷惘，因为蜜薇知道自己想要的是什么，她想让自己一直美丽，想要生活体面光鲜，她想照顾好自己的妈妈，想让自己不再有任何被欺负的时候。可我呢，我想要的是什么？我看着蜜薇，终于袒露了我自己的恐惧："蜜薇，我不知道自己想做什么。我好像什么也不会，也什么都不想要。"蜜薇指了指那碗已经被吃光了的面："董乐，我觉得你有一个很奇妙的能力，和你做的这碗面一样，你会让人觉得开心。我说不出这是什么样的感觉，可直觉这就是你的超能力。"

我哈哈地笑起来，蜜薇也太会说话了，要是我真的有会让人开心的法力，那为什么王德振还要离开我呢。我有点黯然，但也并不想表现给蜜薇看，在这个时候，我不想让她知道我其实因为王德振的离去，心里还充斥着大量的沮丧。可蜜薇说我会让人感到开心，我也许应该相信。我对蜜薇说："那么，我应该去做一个作家，专门写让人开心的故事。"蜜薇说："小乐，如果有一天你真的当了作家，写了什么小说，你一定要写我，而且记得提到，我长得特别美。"我郑重地对蜜薇点了点头。

第二天起来，蜜薇一直说她肯定胖了，都怪我那么晚还煮那么好吃的面。她不知道从哪发现了一根跳绳，早饭也没有吃就带着跳绳去我家小区楼下锻炼去了，说要把昨晚吃的肉减掉。我妈给我碗里夹了个肉包，居然还理直气壮地说："你看人家蜜薇，多注意形象，再看看你。"我咬一口肉包，惊喜地发现原来是我最喜欢的牛肉粉丝包，忙欢呼着宣布："我要吃三个！"我妈和我爸相视一笑，都摇着头说这个女儿没救了。蜜薇跳得满头是汗上来，她说要去洗个澡，然后要我找一套我的衣服给她换。我翻了半天，终于选了一条看起来蜜薇会喜欢的裙子，那是我妈出差的时候带回来要我穿的，但我总觉得太过女孩子气，穿出去会有点羞耻，就一直压在柜子里，再也没有拿出来过。这条裙子我现在也记得，是一条浅紫色的、有点修身的棉布吊带裙，腰部有一条缎带，可以在背后系成一个蝴蝶结。蜜薇洗完澡出来，头发散在背后，她叼着发圈儿扎头发，边喊我来给她打那个蝴蝶结。我的手一向很笨，但还是尽我所能打出了一个最漂亮的蝴蝶结。蜜薇对着我转了一个圈儿："这么可爱的裙子，董乐，我怎么从来没有看你穿过？你快把你身上那些可怕的五分裤、大 T 恤收起来好不好？陪你买的裙子呢？"我妈不知道啥时候也凑了过来："蜜薇，可算是有人说她了，你看这裙子就是我买给她的，从来不穿，每天穿得和个流浪汉一样邋遢，小姑娘就该像你这样，穿得漂漂亮亮，多可爱啊。"蜜薇甜甜地对我妈一笑："阿姨真好，我是很可爱呢。"我妈哈哈大笑起来，搂着蜜薇说："是呢，就是个可爱的好孩子。"蜜薇对我眨眨眼："小乐，你要是再穿得这么难看，小心阿姨以后都只喜欢我。"我妈还不放过我，继续补刀说："是啊，阿姨不喜欢难看的孩子，喜欢漂亮的孩子。"蜜薇叹了口气，对着我叹道："小乐，每次来你家，我都羡慕得不得了，喜欢你们家这种氛围，能肆无忌惮地开玩笑、调侃。你们真的是很美满的家庭。"我妈拉着蜜薇的手摩挲着，也是怪心疼蜜薇的，她母爱爆发地说："蜜薇，我已经答应小乐了，你如果愿意，最近就来我们家住，你家的情况阿姨也知道了，你妈妈就好好让她休养一阵子，开学也没几天了，阿姨做小乐一个人的饭也是做，不差你一个。"我笑起来："怎么样，能天天和我一起学习是不是很开心。"蜜薇的眼圈又有点红，但是她忍住没有哭，只是沉默着拼命地对我妈点头。我妈的眼眶也有点湿，但她一个铁娘子，硬是站起来坚强地去给蜜薇卧红糖荷包蛋了，我虽然很感动，但还是对我妈喊道："妈，也帮我卧一个呗。"等我爸妈都去上班，我和蜜薇就窝在沙发上看电视，虽然我和蜜薇的数学作业到现在依旧没有写完，但我们都不想站起来去写作业，暑假的最后一天，我只想虚度。蜜薇问我："你觉得青春可怕吗？"我幻想了一下，老实地说："挺可怕的，我总觉得自己什么也没做，但又觉得青春好漫长。"蜜薇也附和道："是啊，仿佛过得很快，又仿佛久到永远不会结束。"蜜薇想了一下，又说："不过青春也是我们最大的本钱，让我们理直气壮地去到我们想去的地方。我们这么聪明貌美，想做什么一定没有问题。"我忽然也有点恐惧："想做什么都可以吗?"蜜薇忽然盯着我，她的眼神充满鼓励："你要是想出国，也是一样可以的。"我垂下头去："蜜薇，我很喜欢王德振，是很喜欢的那种喜欢，可是我感觉我现在还承受不了这样的喜欢，我不想拼上一切跟着他，所以我想停止，其实我可以坚持的，只不过我不想了。"蜜薇站到我身后帮我理着头发，温柔地对我说："你不想就不去做，管他是王德振还是李德振，管他是去美国、法国还是英国，你只要一直按照你想做的去做就好了。"我长长地感叹道："真希望成人的世界快点来，又希望永远不要来。"而蜜薇总结说："不管怎么样，我都会是那个世界里最漂亮的那个女孩，我已经赢了!"

Chapter 9　喜欢总是后知后觉

　　王德振递给我一张便笺，显然在他衣兜里揣了很久，已经有点皱了，上面是一个地址：上海市××路××弄×××号。我有点惊讶，蜜薇原来在上海，难怪这些年在北京一点也没有她的消息。我百感交集地看着那个陌生至极的地名，想象不到蜜薇现在的样子，是风情万种，还是精致美丽。有段时间我经常去上海出差，上海的法国梧桐树永远都是那么多，上海的女孩子也都很漂亮，也许我曾经和蜜薇擦肩而过，只是没有认出彼此，这太让人难过了。

　　王德振用安慰人的语气说："你真的要去找她？"我点点头："明天就去。"王德振犹豫了一下，继续问："为什么这么久了，现在非要找她不可，说不定不见面也没有什么差别。"我正不知道如何作答，旁边桌的女孩正好大声喊"再找个地方喝酒啊"，我循声看过去，发现这个女孩真的很漂亮，她的眼妆花了，却一点儿也没有损害她的美丽。王德振注意到我的眼神，他继续补充说："也许蜜薇现在，不是你想象的样子了。"我顿时警惕起来:"你已经去见过她了？她愿意见你？"王德振叹了口气:"是,我回国时,路过上海,和她吃了个饭。"我忽然激动地一把抓住了王德振的袖子:"她现在什么样？她有没有提到我？"王德振的语气变得很缥缈,似乎在说一件难以置信的事情:"她,她没有不好,只是……"他停顿了一下,像在确认自己的感受,可还是说道:"她现在,很像你。"我愣住了,蜜薇像我？这是什么意思？她怎么会像我呢？我呆呆地看着王德振,他忽然提议道:"我们要不要现在回学校看看？"我站起来:"好,走。"

是该回去看看了,就好像每次暑假快结束的时候,我也总是隐隐期盼着要回去。

与蜜薇度过了这个漫长的暑假后开学第一天,系里开什么全系学生大会,老师在前面机械地点着名,叫到王德振的时候,无人应答。我看着系里阶梯教室上面那个触目惊心的标语——靠山山崩,靠树树倒,靠自己最好,忽然觉得真是讽刺。不知道为什么一个人的消失会来得这么快,而我的反应也比我预想的更剧烈。

系主任上台发言,说着什么英语考级、社会实践、就业压力等各种问题,我感到心惊肉跳,在每一句充满压力的叙述中,我都会走神,不由自主地看向阶梯教室角落的那几个空荡荡的座位。其中一个没来的人,是王德振,不知道他现在在做什么,也不知道他现在是不是因为要出国了而充满兴奋,说不定已经把我忘了。我揉了揉太阳穴,想把这些不切实际的念头驱出脑海,但我还是忍不住一直看向那个位子,希望上面会忽然出现一个笑得有点傻气的人,对我说:"小乐,今天我们一起散步啊。"我就可以皱着眉头对他说:"今天的高数课我又没去上,你给我买冰淇淋好不好。"

我趴在位子上，有气无力地听着系主任苦口婆心地在和我们说大学不能荒废，现在的每一秒都决定我们之后的人生。我忽然发现阶梯教室的一侧挂着一张世界地图，才想起我居然连王德振要去哪个国家也不清楚，到底他是要去太平洋的另一侧，还是大西洋畔，又或者地中海，总之，不可能是北冰洋。

我胡思乱想着，手机在这个时候传来了一条我最意想不到的短信，王德振说："我在学校，能见见你吗？"系主任这个时候恰到好处地说到："每个学生都应该早早规划自己的人生路径，不要小看每一堂课，哪怕是最恐怖的飓风，也许源头也只是蝴蝶扇动的翅膀。"我想，要见王德振吗？这可能就和飓风一样，看似风已经过去，而留下的痕迹，却需要很久才能消失，甚至永远无法消失。王德振的第二条短信又来了："我在你宿舍楼下等你，有东西想给你。"于是我还是站起来，对老师说我要去上厕所。我几乎是奔跑着回到宿舍，短短几分钟的距离，跑起来只觉得脚步沉重得像刚测完八百米，可我知道，我想见到王德振，有的话不问完，就没有办法真的结束。王德振举着一只冰淇淋站在那里，是我最喜欢吃的甜筒。他对我笑一下，居然是那么的灿烂和令人愉悦："快接过去，不然就要化了。"他帮我拆开包装纸，把冰淇淋塞到我嘴里。我低着头吃那只甜蜜中微微发苦的巧克力甜筒，不知道该对眼前的这个男孩说什么好。"我下个月走。""什么时候走？"我们几乎同时开口，说的却是同一个话题。我和王德振一愣，终于一起笑了起来。"我还不知道你要去哪个国家。"冰淇淋开始融化，滴在我的手上和地上，化成一小滩奶油色的污渍。他从口袋里扯出一张皱巴巴的纸巾递给我，结结巴巴地说："你以后记得带纸巾。"我接过来擦着手和嘴角，王德振继续说："去美国，重新读本科，我爸希望我读商科。"

我点点头，其实他去哪个国家对我而言都是一个名词，总之，他不在我的座位旁边，不会和我一起上学放学。但我记得他告诉我，他喜欢汽车，想去的是德国。我在这一刻明白了，这也不是王德振的意愿，他还没有能力自己做出任何选择。一小群蚂蚁很快地聚到滴落在地板的糖浆附近，它们忙忙叨叨地似乎想把这些不可多得的美味搬走，但糖浆已经沁入地板，只留下一点甜味，让这些蚂蚁更加疯狂。我忽然说："你猜，尝过甜头的蚂蚁会等多久？"王德振没有听懂，他不解地问："你说什么？"我摇摇头，感觉自己的汗水从额头上划过，这个夏天显然还没有过完，蜜薇要搬来我家住然后离开，青春已经来了也会最终结束，王德振做过我的男朋友即将远去，蚂蚁在我的脚边拼命吮吸冰淇淋，然后回到它们的蚁穴。所有飞驰而过的一切，使我明白原来所有事真的和早上系主任写的那句话一样，靠自己最好，因为任何曾经发生和正在发生的事情，还是都会离开，能剩下的，最终只有自己。我问他："你说有礼物要给我？"王德振还是那么爱脸红，他摆着手解释："其实不是礼物，是早就有的一个东西。"他又害羞起来："我一直有句话想告诉你，但你肯定不会相信。"他的眼睛亮亮的，和我们第一次接吻那天那样，使我看到了自己。他盯着我的脸，对我说："在我眼里，你比蜜薇漂亮。"我笑了，虽然我真的不相信我比蜜薇漂亮，但我相信，在王德振眼里，我真的比蜜薇漂亮。他拿出一个本子递给我，对我说："和以前一样，回去再看吧。"我郑重地接过，把这个本子放在心口贴得紧紧的，对王德振说："好的，再见。"他也微笑着说："董乐，再见。"

我忽然想起要考高数的时候，我经常在自习室学到整颗头都肿起来了，才把所有莫名其妙的笔记全部看懂，可那些数字真的对我的人生有意义吗？我想不通。我更想不通的是，王德振为什么忽然就走了，他的出现对我的人生有意义吗？我想去问蜜薇，可蜜薇今天去看她妈妈，没在学校。

　　我回到宿舍小心地拿出王德振给我的小袋子，深呼吸了好几次，才敢真的打开它。是一幅画。王德振自己画的画儿。一架摩天轮里，其中的一个座舱中，露出两张小小的面孔。我知道，他画的是我们。画的背后，王德振还写了一句英文：The most baeutiful girl。不是我拼错，王德振就是这么写的。我抱着画，笑起来：傻瓜，连 beautiful 都拼错，还出什么国。我笑着笑着，眼泪却掉下来。我明白我永远地失去了一个对我这么好的人，在他眼里，我就是最漂亮的。从那天王德振告诉我要离开，我一直没有能好好地哭一场，没有能全心全意为了我们的分开而大哭。这种大哭就是一种仪式，把那些委屈、愤懑、遗憾全部用眼泪流走，然后才能好好地结束。直到现在，我也不知道是什么促使王德振忽然出国，也不知道那天我妈妈去他家的时候交流了什么，如果放到现在，我一定会追问到底，甚至不可能让对方做出这样的事情。可那是当时的我，那个不到 20 岁的女孩，只能看着一个我喜欢的人，决定远去大洋彼岸，然后告诉自己，结束就是结束。这是我的初恋，就这么用一种近乎荒谬的方式结束了。而我却在王德振真的离开的时候，才明白，原来喜欢一个人，是这样的感觉。那晚我哭着睡着，枕头湿得一塌糊涂，我以为我一定会梦见王德振，结果没有，哭累了的我睡得无比香甜，一个梦也没有做，一觉就到了天亮。直到第二天早上起来去洗漱的时候，我才发现昨晚的痛哭流涕果然带来严重的后果：

眼睛肿大如斗，而且因为没有及时洗脸，眼泪刺激我的脸也全部红肿起来。镜子里的我看起来就像一个猪头，绝对不是 beautiful girl。我对着镜子喃喃地说："如果你看见这个样子的我，不知道还会不会觉得我长得美。"我刷着牙继续看着自己，在心里骂王德振：都是你害的，所以一定要忘了你。同屋的同学看见我也吓了一跳，我只能告诉她们可能是压力过大导致了过敏，那些女孩将信将疑地看了我半天，狐疑地质问我："真的不是偷偷擦了什么三无护肤品？"但紧接着她们又告诉我下一个噩耗，既然我过敏，那么今天晚上聚餐吃火锅我也不要去了。屋漏偏逢连夜雨，放到今天我会告诉自己这是因为水逆或者别的什么行星逆行导致，但当时我只能归结于是我自己不走时运，因为辅导员还忽然把我叫去了办公室。我的辅导员名叫刘花娇，听名字柔情似水，其实她是一个来自草原的霸气女人，身高一米八，两道剑眉看得我经常心脏怦怦直跳。我刚进办公室，就感觉到她的眉毛带来的无形压力，顿时觉得自己矮了一截，再仔细一看，发现花娇老师居然还穿着高跟鞋，更感到我可能只到她的膝盖。花娇老师看见我脸色顿时黑了一圈，我颤抖着问："刘老师找我什么事情？"花娇长叹了一口气，一副真是"愁煞人也么哥"的表情看着我，我正在苦思冥想到底是什么事情做得不对，她终于雷霆一喝，质问我："董乐，你知道你上学期有三门课都差点挂科吗？"我第一反应是刚想否认，可花娇老师又把电脑屏幕一转，对准我："你自己看看，这是今天早上有人发到我邮箱的！"我看着屏幕目瞪口呆，那是我和王德振的一张合照，我亲密地把头靠在他的肩膀上，而这张照片，王德振曾经发在他的 QQ 空间里。我忽然后背一阵发凉，到底是谁找出这张照片然后发给老师，又是谁，想整我？

经过一番不算深刻的教育和我再三保证这学期我一定努力学习后，花娇老师终于放我走了。我猜她也不想管这么多，大学生谈恋爱多正常，可已经有好事之徒把照片发给了她，加上我又着实不算什么好学生，那她还是要摆摆姿态教育一下我这个后进生。我走在回宿舍的路上，身上一阵阵地起着鸡皮疙瘩，王德振都走了，却有人找出我和他的照片拿给辅导员看，这很明显，就是要让我难堪。这张照片王德振已经传了很久了，可今天刘花娇才收到，我皱着眉头想了很久，也猜不出原因和人选。在学校除了蜜薇，我几乎没有和人深交，平时偶尔会说话的几个女生也都是班上那几个和我一样看起来毫不起眼、老老实实的女孩子。要是王德振的朋友呢，他倒是在学校人缘很好，也从来没有和他那些哥们儿隐瞒过我俩的关系。

百思不得其解，只能先不去解。因为一回宿舍，首先要解决的是一大堆表格，同屋的女孩告诉我今晚必须报好选修课、报名大学英语四级考试和完成本学期的学习计划。电视剧里的大学生不是什么都不用做吗？没有人提到挂科，也没有人提到表格。我给蜜薇发短信："不想待在学校。"蜜薇只回了一句话："走，回你家。"我抓起包往外冲去，既然在辅导员眼里我已经是个差学生了，不如再差一点儿。

浑浑噩噩地坐着公交车回到家，到家的时候蜜薇还没回来，我妈煮了一桌菜，还炖了一大锅鲜菇鸡汤，她并不知道我要回来，原来她平时和我爸吃得这么好。我酸酸地提问："你俩是不是趁我不在拼命改善伙食？"我妈居然露出少女的娇羞："你爸最近工作忙，要补一补。"我饿得半死，哀求我妈是不是可以开饭了。我妈一把打开我要偷吃的筷子，说要我爸和蜜薇都到了再开饭，结果我只能坐在饭桌前盯着鸡汤，眼睛里射出精光，和黄鼠狼似的。

蜜薇到的时候我爸也刚进门，我正要三呼万岁宣布吃饭，却看到蜜薇的胳膊上红红的，刚想问她怎么回事，她对我们笑了笑，只说去我卧室换件衣服就先进了我房间，我急着吃饭，也没顾上再问。蜜薇换了件长袖出来，看见桌上满桌的菜，蜜薇感叹道："好久没有吃这么丰盛的家常菜了，吃了好几天食堂，现在看见这么多吃的，都不敢相信是真的。"我妈赶紧给蜜薇盛了一碗鸡汤："傻孩子，以后有空就来家吃饭，外面的饭味精多还放地沟油，吃了怎么学习。"蜜薇喝着鸡汤，含糊不清地说了一声"好"。吃完饭我妈啥也不要我们干，又切了一盘水果就把我们赶进房间了。我吃了太多西瓜正觉得撑到发昏的时候，才想起刚刚蜜薇手臂上的一片红，我走过去掀开她的袖子，只看到她的手臂上一片狼藉，像是被什么烫过。我捂着嘴不让自己叫出来："怎么回事！"蜜薇倒是很平静："今天在寝室走廊碰见那几个女孩，几个人把我拉到了她们宿舍按住拿烟头要烫我，开始说要烫坏我的脸，后来估计是怕被发现，就烫了手臂。"蜜薇说完又冷笑一声："低级。"我轻轻地碰了一下蜜薇烫伤的地方，她闷哼了一声，拨开我的手，把衣袖放下。"疼吗？"我心疼地问。

蜜薇对我笑一笑："还行，已经不疼了，我买了烫伤药和芦荟膏，放心，我不会让自己留疤的。她们胆子不大，也没有敢使劲儿烫我，伤口不会很严重。"我气恼极了，又问："陈松霖知道了吗？"蜜薇沉吟了一下，嘱咐我："我暂时还不想让他知道，说不出原因，就是本能地不想让他掺和进来，最近他忙着准备一个比赛，也没时间顾我。你不要和他说哦。"我心不在焉地点头，想的却是，我要怎么才能保护蜜薇。蜜薇看我脸上的神色，丢给我一张单子："喏，要是真的心疼我，就回头把这上面的护肤品买给我好了。"我看了一眼上面密密麻麻的品牌宛如天书，默默地推回给蜜薇："我一没钱二没时间，只能一会儿给你煮个鸡汤面当夜宵。"蜜薇用她最招牌的白眼回敬我："我被不良少女欺负已经够惨了，你还要让我变成肥婆吗？我唯一能安慰自己的就是我可比那些欺负我的女孩漂亮多了这件事了。"

我又差点哭出来，蜜薇赶紧过来摇晃着我："哭什么，等毕业了我们可是有光彩夺目的人生，而她们只能在家待着的时候，哭的就是她们了。"蜜薇对我眨眨眼，随手拿起我书桌上的小说开始看，但此刻台灯下的她，比任何时候都更迷人。

最后我和蜜薇连脸都没有洗就昏倒在床上睡去，睡前蜜薇迷迷糊糊地对我说："要是青春真的没有一点波折，似乎也没什么意义了。"可第二天早晨起床的时候，我和蜜薇一致认为，如果不用回学校，能多睡一小时，没有意义也可以。吃完我妈做的超级豪华爱心早餐，我心情又愉悦了不少，毕竟能每天都吃这么美味的食物还算是有点安慰的。

可当我走进教室，刚刚的好心情马上全部消失。因为黑板上用粉笔写着一个大大的词语，这个词语和刺眼的强光一样，扎得我眼睛直疼。老师还没有来，先到教室的同学看见我都开始窃窃私语，我听见一个女生对她旁边的人说："董乐平时不言不语的，不知道是不是知人知面不知心啊，这是干了什么把人惹急眼了才会这么说她？"我没有说话，掏出课桌里的纸巾拼命地擦那些刺眼的粉笔字，粉笔的灰尘一擦就会扬起来，闻起来是一股生涩的臭味，让人想咳嗽。现在上课老师已经不怎么用黑板写板书了，根本找不到板刷，而纸巾也擦不干净，我用了半天力气，终于像受了某种刺激一样，冲回去拿上我的杯子，就那么直直泼在了黑板上。水顺着黑板流下来，一片污糟，我愣怔地看着那些还没有完全擦掉的字，还有周围所有同学闪躲却暧昧的眼神，终于忍不住冲了出去。

黑板上写的那句话，是董乐是婊子。对当时的我而言，那两个字真的太侮辱人了，我能感到在我们这个还很纯朴的大学校园里，被人当众说成是婊子，是可以把人钉在耻辱柱上的。我扑在桌上哭了好久，也没有一个人来找我，每个人都假装没有看见，但每个人的心里都在猜测，董乐，一个平时毫不起眼的女孩子，怎么忽然就被人骂成是婊子。我站在过道里待了一会儿，直到看见老师走进教室才又返回，可即使这样，我还是感觉到那些同学虽然没有抬头，可都在"看"我。无聊的象牙塔里，这样的事情当然可以让压抑的同学亢奋起来，他们的笔尖唰唰地摩挲过纸面，犹如他们心里微妙的呐喊。

我不敢抬起头，不知道如果有一个同学的眼神正好和我相遇，我要怎么应对。当然没有人试图安慰我，甚至连身边坐着的同学多问一句"还好吗"都没有，大家都有默契地保持沉默。我意识到我和蜜薇其实在某种程度上是一样的孤独，我在学校也没有朋友，蜜薇是因为被排挤，而我呢，我又是因为什么？我的内心一阵荒芜，九月的秋老虎威力还在，教室里也没有空调，闷热得让人心慌，可我的脊背一阵阵地冒着鸡皮疙瘩，不是因为冷，只是因为那种无人问津的孤单。我在这个时候想起蜜薇的话，她说别哭，哭的人是她们。是啊，哭又有什么用呢，大家不会因为我哭了，就开始同情和理解我，甚至会因为我不明所以地哭泣，揣测我是不是做了什么无法原谅的恶行。没有人安慰我，我又真的需要这些和我并不亲昵的同学的安慰吗？我在下课的时候忍不住发短信告诉了蜜薇："有人骂我婊子，写在大教室黑板上的那种骂。"蜜薇在吃午饭的时候才回我："刚刚上课没看手机，别生气，要知道，这是有人在嫉妒你，你可以当成是一种赞美。"

我本来正寂寥地独自排队吃饭，心想好好的大学生活怎么这么复杂、这么让人不安生的时候，看见蜜薇这条短信，我终于笑了。蜜薇就是这样的，她有一种本事，把所有的坏事情，都帮你往好的地方想。我忽然不孤独了，因为我真实地拥有蜜薇这样一个好朋友，而且很可能会是一辈子。我还有什么好不满足的呢？！

晚上我和蜜薇一起再次回我家吃晚饭，我们都默契地没有提这件事，她给我一个"没事吧？"的眼神，我点点头，告诉她我已经没事了。蜜薇破天荒地在饭桌上给我夹菜，她笑嘻嘻地说："阿姨烧的鱼太好吃了，小乐，你也多吃点。"我没好气："蜜薇，你真是毫不客气。"她丢给我一个媚眼："和阿姨我还客气什么，我就是你们家第二个女儿。"连我爸也开心起来："蜜薇，你就当自己家一样哦。"我虽然装作不高兴吃醋的样子，但心里却喜滋滋的，我希望蜜薇能在我家多获得一点这种朴素家庭的小幸福，虽然这不算什么，但我知道能让蜜薇快乐。晚上我和蜜薇躺下来准备睡觉，蜜薇穿着粉色的宫廷式睡裙，很像一个可爱的公主。我好奇地问她："你这些衣服都是在哪儿买的啊，那么夸张，但是你穿却很好看。"蜜薇得意地说："当然只有我能买到啦，这么好的眼光别人会有吗？"她嫌弃地拉拉我的大妈款睡衣："这种款式真的不适合少女穿吧！"我也得意地说："我妈给我买的，可舒服了！"蜜薇过来搂着我："羡慕你。羡慕你有一个这么好的妈妈。还有一个这么好的爸爸。"我睁大眼睛看着蜜薇："蜜薇，你会怪你爸妈吗？

他们闹成这样，你却要承担一切。"她苦笑了一下："怪？怎么怪？我可以怪我妈妈吗？她也是受害者啊，我也不能怪我爸爸，他现在要去陪一个生命快到尽头的人。我只能怪命运，或者怪我自己不该出生。"

我握住蜜薇的手，她的指尖发凉，但是却勇敢地回握住我，她的手指在我的手心里慢慢地升温，像是知道我的鼓励。终于蜜薇默默地抽回手，她继续嫌弃地说："小乐，你手汗好严重。"我无语地看着她："我这是内心火热的表现！"蜜薇和我疯笑了一阵，她突然正色问："你知道说你的人是谁了吗？"我摇头："我真的不知道，想破了头也没有人选。"蜜薇一下子坐起来，她启发我说："会不会你得罪了谁？有没有和人吵过架？"我摇头。她又问："那是不是王德振的前女友？"我仔细想了一下，肯定地告诉蜜薇："王德振绝对没有前女友。"蜜薇思索了一下，终于得出结论："完了，肯定是有人暗恋王德振，他忽然出国了，那个人就把气撒到你的头上了。"我傻眼了，要是有人暗恋王德振，要是她不主动站出来，我肯定一辈子也猜不到是谁。我呆呆地问蜜薇："怎么会有人暗恋王德振？他有什么好暗恋的？"蜜薇一个暴栗敲在我脑门上："你傻吗？王德振很优秀好不好！虽然接触不多，但是我能感觉他很风趣也很可爱，最关键是王德振还是个富二代啊，你虽然眼瞎看不到这些，但不代表人家看不到好吗？"我愣住了，原来我一直误解了王德振，也没有肯好好地真的了解他。我其实太骄傲了，并没有想过他除了和我在一起之外的生活会是什么样的。我只知道他喜欢打俄罗斯方块，其余的一无所知。而其实王德振是一个有自己生活的人，甚至他的生活比我丰富多了。我嘘出一口气，无奈地对蜜薇说："王德振和我分手挺好的，他是应该去更大的世界，我并不了解他，你看，我连还有谁喜欢他都不知道。"蜜薇把我搂过来："傻子，你其实很喜欢他，只是你自己都意识不到这样的情感有多重吧。"蜜薇的眼神越来越温柔，"我也是后来才发现，我喜欢陈松霖比我想象得多很多，他和王德振一样，在自己的世界里非常优秀。"

我们互相抱着对方，闭上眼睛好好入睡。我快睡着的时候迷迷糊糊听见蜜薇问我："如果我没有和陈松霖结婚，你是不是也会觉得遗憾？"我晕晕乎乎地回答她："只要你开心，我就都开心。"蜜薇甜甜地在我耳边说："你真好，小乐。"那天的梦里，我第一次在王德振离开后梦见他，他举着一只冰淇淋对我说："等以后我们毕业了，就找个大房子一起住，一起吃饭、一起睡觉好不好？"我回答他："能不能带上蜜薇一起？"王德振对我哈哈大笑："现在法律规定只能一夫一妻！"我笑着去打他，他转过身把我抱起来。我记得，这个梦里的云，是玫瑰色的。

那天之后学校也没有什么动静了，也没有人在意我是不是真的招惹了谁，总之那天的事情已经过去了，那个也许是暗恋王德振的人，也可能因为已经出了气，就此罢手了。宿舍里因为要考大学英语四级，整个寝室都弥漫着一股奋发图强的味道，一个女生总是背了半天单词，然后忽然抬起头双目无神地自言自语："小小地庆祝一下，yeah！"还有个女生总是在叹气："完了，一个单词也没背，四级不过就找不到好工作，没有好工作我就得回镇里帮我爸看厂子，我这辈子可怎么办啊！"我忍不住问她："你爸爸是开什么厂子的？"她差点哇一声哭出来："养猪厂！"

偶尔回家我爸妈的饭桌话题也变了，不是老王家的女儿在大学里创业已经挣了一百万元，就是老张家的儿子在大学里不但本专业一骑绝尘，还自学了其他八个专业这种都市奇谈。听到这些真是嘴里的鸡汤也不香了，蜜薇也偷偷告诉我，连陈松霖，居然也开始早早打算了，周末他会去他亲戚的公司见习。蜜薇有点难以置信地说："陈松霖说他要考研考去北大。"我随口问："蜜薇，你不去北京，那你有什么打算？"蜜薇淡定地回答我："进外企。"我也有些恍惚，好像一下子大家都有了目标，只有我还不知道。

我没想好要做什么，和蜜薇不同，我本来对北京就没什么向往，甚至觉得那儿太大了而产生一丝畏惧。我理想的毕业生活到底应该有什么呢？想了很久我也没有一个答案。我只能求助蜜薇："你说，我要计划点什么才合适？"蜜薇头也不抬地回答我："哪个合适我真的不知道，我只知道你毕业后如果去一个没有好吃东西的地方那真的是不合适。"虽然蜜薇是在打趣我，但我真的听进去了，是啊，我一个那么爱吃东西的人，要是去一个完全吃不惯的地方，我真的会很不幸福。而什么是我最喜欢吃的呢？那一定是火锅了！烫得嫩嫩的豆腐，软趴趴的土豆，还有涮一下就捞出来的仿佛在抖动的牛肉片！我问蜜薇："蜜薇，哪个城市的火锅最好吃啊？"蜜薇被我问愣了："火锅？和你毕业去哪有关系吗？"我追问道："快想一下，这关系到我的人生大事！"蜜薇也紧张起来："北京的涮羊肉、重庆的麻辣火锅，还有广东的牛肉丸火锅，你喜欢吃哪个？"经过一番缜密的思考，我最终决定，董乐这个无辣不欢的人，必须去重庆找工作！我激动地举着试卷站起来："我毕业要去重庆，这样就可以每天吃火锅啦！"蜜薇抓起桌上我妈端来的水果丢向我："能不能有点出息。"我勇敢地应对蜜薇的质问："没有出息，能吃到好吃的火锅就是我最大梦想！"蜜薇摸着肚子，说："被你说得又饿了，厨房有没有什么可以吃的啊？"我自告奋勇："我去看看。"

爸妈早就睡了，我轻手轻脚地打开冰箱，发现还有晚上剩下的红烧肉和馒头。我把馒头切了片，用油煎了夹上红烧肉，又掰了几片生菜叶子放在里面。我端给蜜薇："喏，我独创的中式三明治！"蜜薇赞叹着说："看上去太好吃了，我都胖了。"蜜薇接过这份三明治咬了一大口，她的眼睛都一下子瞪圆了："董乐，上次的面条还可能是偶然，这个更好吃！"蜜薇又一次失去了任何仪态，她暴风骤雨一样吃完了那个红烧肉三明治，过来一把抱住我："太好吃了，我眼泪都吃出来了。你别想毕业的事情了，有个学校更适合你，你想办法先转学吧。"我好奇地问她："是什么学校？"蜜薇大声地说："新东方烹饪学校！"我们大笑成一团，直到我妈揉着眼睛站到我们房门口："大晚上笑什么，赶紧睡觉啊。"我撒娇地抱住我妈："蜜薇说要我去读新东方，妈妈你看她。"我妈打着哈欠安慰我："挺好的，多学英语不错，是可以去上一下。"我和蜜薇同时愣了一下，终于忍不住狂笑起来。我笑得直不起腰："妈，她说的是那个学厨师的新东方。"我妈也跟着笑起来："快点睡觉，不然新东方也别去了，都给我去蓝翔学开挖掘机，不愁就业！"

上帝欲使人灭亡，必先使人疯狂，这句话说得是很有道理，但我和蜜薇一致认定，上帝肯定没有经历过同时要考四级和期末考。学生们已经迅速地分成了三派：一种是疯狂学习的，每天连吃饭睡觉都和冲锋一样；一种是自生自灭的，因为发现考过无望干脆不学习疯狂逃课的；还有一种就是我和蜜薇这种，疯狂地开始长痘的。不知道是不是因为压力过大，当然也有可能是我妈给我们伙食安排得太好上火了，我和蜜薇都长出一脸的小痘痘。蜜薇痛不欲生，指着她脸上拱起来的小红包对我绝望地咆哮："这是恶魔的诅咒!"据说陈松霖也无情地笑话了她:"不好看的人长痘痘还不是很明显,但是像你这种漂亮的人要是长一颗痘痘,都和黑暗中的萤火虫一样,那么鲜明,那么出众。"蜜薇每天都在口袋里装着一个小镜子,出其不意就掏出来看看痘痘是不是小一点儿了,然后每天见面的时候都要质问我:"你说,痘痘有没有影响到我出众的美貌?"我摸着自己脸上比蜜薇多一倍的痘痘,不停地一遍遍告诉她:"即使是痘痘这么凶残的存在,也没能影响你美貌的一丝一毫。但要是我们背不完四级单词、看不完期末重点,我妈就会扒了我们的皮,被扒皮可能就真的不美了。"

虽然痘痘影响不了蜜薇,但是对我真的影响很大,本来就不是很美的我,痘痘真的会雪上加霜,我看起来无比灰头土脸,像足了一个被学习折磨得不行的学渣。甚至一个也是满脸包的男同学在食堂遇到我的时候还悄悄问我:"你用过××痘痘膏吗?我用了几次,还不错,推荐给你哦。"怎么能不让人绝望。

回家的时候我妈就给我和蜜薇熬绿豆汤清热解毒,她总是在我们大呼小叫地发现额头上又冒出一颗痘痘的时候碎碎念:"长几颗痘痘没事的,年轻人,不长痘痘就没有青春过。"蜜薇狂饮绿豆汤的时候也不禁插话对我妈说:"可是阿姨,就没有人的青春是漂漂亮亮的吗?"我妈被问得语塞,只好糊弄我们说:"多喝点,喝个几天就不长了。"我们将信将疑地喝了好几次绿豆汤,但是该长的痘痘一颗也没有消下去,特别是我,不但没有好转,反而有愈演愈烈的趋势。虽然没有像蜜薇那样走火入魔地时刻揣着镜子,但是也会在刷牙的时候到镜子前面端详一下自己。那天我正在超市买东西,忍不住边拿薯片、边用手摸着那些痘痘,忽然身后有个人轻轻咳嗽了一下："别摸，这样容易感染的。"我回头看，是一个瘦瘦的女孩子，黑黑的长头发垂下来，显得特别小家碧玉。虽然比不上蜜薇那么艳光四射的美，但也别有一种我见犹怜的柔美。我记得她，也是我们系的。

我有点害羞："最近痘痘很多，烦死了。"那女孩微微一笑，递给我一包湿纸巾："实在忍不住，也把手擦一下再去摸。"她走到我跟前，端详了一下我的脸："还好，不是特别严重，去年我的脸上可比你糟糕多了。别担心，会好的。"听这个女孩一说，我仿佛抓住了救命稻草，赶忙追问她："那你是怎么好起来的？"女孩没有直接回答我的问题："我是二班的东东，你是董乐对吗？"我诧异起来："你认识我？"她羞赧地一笑，"你挺有名的，不认识也很难吧。"这下我更惊讶了，我？董乐？有名？不过还来不及继续问她，东东就柔声地对我说："晚上睡觉前用牙膏抹一点在痘痘上，坚持几天，马上就消下去了哦。"她说完就朝收银台走去了，我看着她清瘦的背影，有种不可思议的幸运感觉。这个叫东东的女孩真好，我怎么没有早点认识她呢。她和蜜薇不一样，她是精致的、赢弱的，却给我可以信任的感觉。上课的时候，我摸着那包东东给我的湿纸巾，想到也许我也能和她成为朋友呢。不知道到时候蜜薇会不会喜欢她。

那天晚上蜜薇来我寝室和我瞎聊天，我早早洗完脸，小心翼翼地拿着一只牙膏对着镜子仔细地一点点涂在那些痘痘上。牙膏点在脸上凉飕飕的，还真有点舒服的感觉，不知道是不是心理作用，这才刚涂上，就觉得那些痘痘好像正在消下去。我涂得满脸都是白色的牙膏印子，蜜薇不解地看着我："这是干吗呢？"她凑到我脸上闻了闻："牙膏？"我点点头，告诉她："今天在学校碰见个女孩，是隔壁班的东东，她告诉我的这个办法。"我怕蜜薇不相信，赶紧补充道："她去年也长了很多痘痘的，现在皮肤可好了！"蜜薇的表情却严肃起来："你赶紧给我洗了去，这种小道消息你也信，人家说什么你都听，傻不傻？"我不情不愿地扭到床上躺着："试试嘛，就试这一晚，明天要是没效果就算了！万一、万一有效呢？"蜜薇还在旁边絮叨我："我以前还总想，那些三无产品到底是卖给谁了，原来就是卖给你这种没脑子的人。"蜜薇叹着气走了。我第二天一早醒来，怀着巨大的期待一蹦而起，冲进卫生间洗脸去了。我一点点地用温水洗去那些已经干掉的牙膏，结果却发现长着那些痘痘的地方开始变得一碰就疼。我凑到镜子前，惊恐地看到原来那些只是小颗、粉红的痘痘，现在全部变成带着脓包、深红色的痘痘。

我带着这一脸的"惨剧"去和蜜薇吃早点，她一看到我就恨恨地骂道："董乐，这真的叫作不听我蜜薇言，吃亏在眼前。你怎么这么没脑子啊，别人说啥你信啥，你认识她吗？你就按照人家说的做，要是痘痘这么好治，那全世界的人都抹点牙膏就皮肤棒棒的了。"蜜薇叹着气，打掉我忍不住要去摸那些痘痘的手，轻柔地去取了纸巾蘸上水帮我处理，她恨铁不成钢地说："可能是捂了一晚上发炎了，一会儿你请个假，去医院皮肤科看看。"她忽然想到什么似的："你昨天说那个女孩是谁？"我心痛如刀绞，本就不好看，现在还毁容在即，一下子不知道蜜薇说的是谁："什么女孩？"蜜薇的脸色比我还黑："就是教你用牙膏的那个女生。"我赶紧告诉她："叫东东，是我们系的，我也不认识她，是我在超市买东西的时候她主动来找我说话的。"蜜薇沉吟一下，嘱咐我："你要是再碰见她，就和她说不知道怎么牙膏对你不管用，千万别露出怀疑的样子。"我不解："怀疑？怀疑什么？"蜜薇这下终于可以对我翻出白眼了："董乐,你真傻还是假傻啊? 你看不出她想整你吗?"我还是没反应过来："她整我?"蜜薇用一种"我怎么会认识这种白痴"的神态继续解释给我听:"很显然,她在观察你,看见你为痘痘烦恼,这个时候就突然和你巧遇并恰好知道治痘痘的秘诀,我想,她是故意想用这个办法让你的脸遭殃的。"我这才恍然大悟,但东东看起来是那么人畜无害,她的眼神是那么真诚,说的话也是那么温柔,我简直不敢相信,她是故意在让我的痘痘更严重。蜜薇接着说:"你自己注意一点儿,别觉得什么人都和我一样这么善良,哎,你们这些人啊,总以为世界上美人如蛇蝎,其实是面由心生,丑的人才多作怪!"

蜜薇就是这样,话的最后永远都是在表扬自己,我小声反驳道:"可是东东也挺好看的,和你不一样的好看。"蜜薇气结:"你怎么胳膊肘朝外拐啊,是我害你烂脸还是她? 真服了,你走开,去和那个东东做好朋友吧!"我赶紧找补:"我不是那个意思,我是说,当然你最美了,可她也不丑啊。反正我是看不出,坏人和好人跟长相有什么关系啊。"蜜薇指着自己的脸,大声告诉我:"记住,这样长相的人,就是好人!"我终于笑了出来,抱住蜜薇,说:"以后只要碰见比你难看的人,我都不要理。"蜜薇反怒而笑:"那你完了,居然以我为标杆,那谁还能入你的眼? 起点太高啦。"蜜薇指着我的痘痘,说:"快别发呆盯着我了,我感觉你的痘痘在质问我,昨天你做蠢事的时候怎么不拦住你,它们感觉都很灵活,你快转过头去!"我捂住脸,内心深处的不安却越来越重,那个女孩东东到底是为什么呢? 会用这样的方式来整我,她那张温柔的脸,原来真的只是伪装吗? 我一定要弄明白。

我找我妈陪我去看完医生，被那个看起来很温柔的女医生痛斥了一番，她严重地警告我，长痘其实也是一种皮肤问题，可以通过吃药和治疗解决的，但如果自己作死要往脸上抹那些有的没的，神仙也帮不了我。我妈也帮腔，说："对对对，就是她自己弄的，都怪她。"医生给我开了药，说涂个几天就能好不少，我也放下心来，回去学校到自习室看书，同班一个同学一看到我也吃了一惊："董乐，你怎么了？才一天，你的痘痘就变得好像一下很有活力似的。"我被那个同学逗笑："哇，你的形容好厉害，有当作家的潜力。"那个同学一脸神秘地告诉我："算你有眼光，我现在就在给杂志写稿呢，不过我正愁不知道写啥呢。"她把一张字条递给我："喏，我列了几个标题，你看看哪个感兴趣？"我扫了一眼，就被第一个题目吸引了，那个题目是：回忆夏天。同学在我旁边碎碎念着："回忆夏天，夏天有什么好回忆的啊，我记忆最深刻的暑假就是高三前的那个夏天，没完没了顶着大太阳去上补习班。你呢，你记忆里最好的夏天是什么样？"我忽然心底升起很多柔情，我最好的夏天，大概就是遇到蜜薇之后的夏天吧，发生了很多事，大概未来的每个夏天，都会更加精彩。我叹口气，低下头去发呆，那个同学看我不说话了，以为是我不想多说，也冷冷地哼了一声，就不再理我。不知道是不是因为天气变冷，让每一个人都很敏感，也很恐惧，恐惧自己的努力还不够，恐惧别人的努力超过自己。而最大的恐惧就是，害怕所有人都能有美好前程，除了自己。蜜薇忽然发了短信来：看完医生没有？开了药没有？痘痘消下去之前别乱晃悠，被那个小贱人看到肯定得意得不得了。我关上手机，有点开心地想，蜜薇真的是很保护我，担心我承担不了这种复杂的人际关系，她嘱咐我别去碰上东东，就是害怕如果她真的是一个心机深重的人，我应付不了。我忍不住摸了摸脸上的痘痘，还鼓鼓的，好像在提醒我，不要轻易相信不是朋友的人。自习室里安静得不像话，只有偶尔有人咳嗽一声，或者书页翻过的哗哗声。

　　我的高数题终于答出来了，答案是 –1，好像在告诉我，经过再多的计算得出的答案，很可能还是一个负数。我不知道东东到底是一个怎么样的女孩，我也不知道她怎么会忽然在暑假结束后突然出现在我的世界里。如果她是蓄谋已久，那么这个我过得叵测不已的夏天里，她又是经历了什么，才决定来对我实施这些虽然无害却也是处心积虑的小阴谋呢？难道她真的如蜜薇猜测的那样，喜欢王德振？可是王德振却从来也没有提到过这样的一个人啊。我想得头都大了，思绪却还在不受控制地乱飘——要如何描述我的夏天呢？回忆我无疾而终的初恋，抑或是蜜薇苍凉的泪水。不，我决定都不要写这些，我想写我和蜜薇那个徜徉的下午，蜜薇说，要在北京电影学院留下她的名字，然后我们一起去买冰棍吃，天气太热了，只有那一刻的清凉，让我特别的怀念。我想得乱七八糟，一滴眼泪也正好掉在作业本上，而那个同学在这时推了我一把，说："喏，门口有人找你。"我抬起头一看，居然是东东，她举着一个小纸盒子，站在那间自习室门口，对着我挥挥手。我有些不知所措，想到蜜薇的叮嘱，但人已经站在了门口，我也不能不走过去。我身体僵硬地走到门口，东东却对我充满歉意地一笑，忽然伸出手在我的脸上抚摸了一下："怪我，我忘了和你说清楚，除了牙膏，我当时还用了这个药膏。"她把手里的小纸盒递给我，然后像很自责的样子咬着嘴唇，说："好像害你更严重了呢，我怎么这么不长脑子啊。"我的脑子在那一刻彻底宕机，但忽然又觉得特别轻松，东东不是想害我，她真的就是搞错了而已啊。我本来紧张的身体一下就松弛下来了，我不管脸上的痘痘笑起来会挤得多么灿烂，只对着东东用力地笑着说："太谢谢你了。"

东东把那盒小药膏递给我，温柔地又在我脸上摸了一下，她的眼睛里不知道为何却萦绕着一层雾气，让我看不清她到底在想些什么。我期期艾艾地问："东东，你为什么会想要来认识我和帮助我呢？"她的嘴角轻轻上扬成一个漂亮的弧度："可能这就是我们的缘分呀。"走廊的同学不知道为什么一下多起来变得特别嘈杂，东东小声地说："回头我们再聊。"我举着那只小药膏走回座位上，上面写着专治青春期痤疮几个字，我正仔细地盯着看上面的介绍，想着这次到底要不要信任东东。自习室很安静，有一对儿情侣不知道何时也进来了，坐在我后面，两人压低声音交谈，女孩撒娇让男孩喂她吃辣条，男孩笑着说不愿意。忽然，我再次想起已经离开的王德振，我只能默默地走出教室去，像一尊泥塑一样傻傻地站在走廊上。整个教学楼都很安静，偶尔有其他教室里在上课的老师提高声线要大家听课的声音传出来，但这样一栋安静的楼宇里，只有我，感觉到自己有什么东西正在挣扎着想咆哮出来。是什么呢？是寂寞吧。除了蜜薇，我想有个人可以在我寂寞的时候倾诉，而蜜薇，她也不在我的身边。我抠着自己的手指，感到一阵阵的生疼，可这样的疼痛让我觉得安心一点。就在我快把自己抠出血的时候，一个女孩再次站到了我的面前。

是东东。她看见我却露出欣喜的笑容："董乐，你怎么站在走廊上发呆？"我怪不好意思地解释："自习室有对情侣谈恋爱，太吵了。"东东扑哧一笑，轻轻地说："你戴耳机啊。"我不知道怎么接话，只能点点头。东东张望了两眼，说："站这里干什么，走，陪我去送个资料，然后我带你去个地方。"东东去系里办公室送了资料，很自然地就挽住我的胳膊："跟我走吧。"我有点不自然地挣开："你如果有事可以去忙。"东东似乎没有注意到我的紧张，反而继续轻松地说："没事的，你别担心我啦。"她也不继续挽着我，只是带着我往楼梯走去。我跟着她走到了顶楼，她指着一个小门，说："你有进去过吗？"我摇摇头，东东神秘地对我一笑，伸手推开了门。原来门里面还有一个小梯子，她熟练地带头爬上去，我也好奇地跟着她爬了上去。原来这个梯子直通到我们教学楼的顶层，上面一大片开阔的空地，也不知道是谁，还在上面放了一张旧沙发。东东一屁股坐在那张沙发上，对我笑着说："怎么样，这个地方是不是很舒服？"她拍拍她身边的位置，示意我坐下来。我坐在她的旁边，东东有点夸张地伸了个懒腰："我每次心情不好的时候就会自己偷偷爬上来，在这儿坐下来。"她忽然停顿了一下："董乐，这是我的秘密地方，我只告诉了你哦。"

　　东东的声音听起来特别让人安心，她的音量不大，但每个字都让人听得很清楚，又很舒服："每次我想自己待会儿，就会跑上来在这坐一会儿，这里特别舒服，能让人头脑清明，身体放松，心里的烦恼事，也就不存在了。"我佩服地点点头，告诉东东我的感受："我每次看高数想死的时候都会去拿点零食来吃诶，零食都特别好吃，我吃得也很开心，也很放松，但是吃个十几分钟回去解题，发现刚刚不会的题目，我还是不会。"东东愣了一秒，接着就哈哈大笑起来："你怎么这么逗啊。"东东笑得捂着肚子，我不太明白我说的话居然有这么好笑，因为真的说的就是事实啊。我小心翼翼地打断笑个不停的东东："我们出来好一会儿了，是不是该回去了？"我以为看起来温顺的东东会拉上我返回了，但是她却狡黠地对我眨眨眼，在自己的口袋里轻轻掏了掏，然后摊开手掌展现在我的面前："想不想一起试试？"我看向她的手心，那里躺着的是一包烟。我不敢相信自己的眼睛，东东居然在我面前掏出了烟，她居然会随身带着一包烟。我面红耳赤地问她："东东，你会抽烟？对身体会不会很不好？"她轻笑了一声，无比娴熟地从烟盒里抽出一支，点燃，吸了一口，又有点夸张地抬起头，对着天空喷出一缕轻轻的烟。她的动作无比自然，但又有点夸张，东东的脸庞在那些烟雾中显得非常虚妄，让我看不清。她抽了两口，把那只烧了一半的烟递给我："试试吧，没什么大不了的。别听那些大人说的，烟瘾没有那么容易。"我迟疑着不敢去接，总觉得抽烟是一个大事情，好像我接过那支烟，我就会成为另一个人，一个我不认识的董乐。东东看我一直不肯伸手接她的烟，只能尴尬地又对我笑了一下，自己接着把那支烟默默地抽完。她把烟丢在地上用脚踩灭，又拿出两片口香糖，自己嚼了一片，把另一片递给我："口香糖你总可以吃吧。"我感到不好意思，有种辜负了她的信任的感觉，只能讪讪地接过口香糖，不自在地解释道："我怕我不习惯烟味，在家有时候闻见我爸身上的烟味都会想吐。"东东瘦瘦的身子不经意地晃了一下，她打趣我说："那你就只吃口香糖就好了。"我的脸更猛烈地灼烧起来，忽然一种冲动让我不顾一切地说："我也想试试。要不，你再给我一根？"东东却在这个时候从沙发上站起来："下次吧，我们真的该回去了。"我不知道继续说什么，只能沉默地着跟着东东爬下楼梯，然后一起走回教学楼，她在走廊上小声对我说："别把我抽烟的事情说出去，可以吗？"

我拼命点头，好像想博得她最大的信任。她满意地对我笑一笑，走进了她的班级。东东扎着一个马尾，我看着她的背影，那个辫子在她细长的脖子上扫来扫去，扰得我心里说不出的乱，脑海里全是东东刚刚抽烟的样子，那是一种我不能企及的成熟，又或是别的什么。我直觉她想向我展现一点什么东西，但这个东西是什么呢？我不得而知。我有点想发短信告诉蜜薇，却还是没有拿出手机。我对自己解释，也不能什么事情都和蜜薇说，她的烦心事也够多了，我还在想那个同学的文章题目：回忆夏天。而刚刚我想的那些事情已经变成了一条条断裂的线，现在我只有一大把缠绕在一块儿的线团，理不出一点头绪。我忽然拿出本子，机械地开始写一篇文章，开头写的第一句是：对于学生来说，每次夏天来临的时候，意味着一次成长。我忽然轻快起来，任何的事情，也许在下一个暑假就都迎刃而解了。

晚上和蜜薇一起吃晚饭的时候，我不经意地对她说："今天东东来找我了。"蜜薇的眼睛一下子就瞪大了，她紧张地问我："找你干什么？是不是来看你的脸有没有和她预期的一样？"我赶紧解释："她是拿药膏给我。"我从书包里掏出那只药膏给蜜薇看，蜜薇没好气地抓过来，翻来覆去像排查地雷一样仔细看了个遍，终于还是没看出什么端倪。但她还是警告我："不准涂，你知道吗？"蜜薇又没好气地继续骂我："你还和她说什么话，有什么好说的。"我不得不向她坦白："后来东东还找我一起去抽烟了。""什么！"蜜薇嚯的一声站起来，还碰倒了我刚买的饮料，溅了她一身。蜜薇小声骂了一句"该死"，也顾不上自己满身的牛奶，就站到我面前质问我："董乐，你脑子是不是进水了，还是被拖拉机压过了？你有没有一点儿自己的主意啊，抽烟？你怎么不抽风啊！你和东东一起抽烟？她居然会抽烟？"蜜薇一连串的怒斥和问题把我问得不知所措，只能忙拿纸巾帮她擦衣服，也不知道说什么好。蜜薇却不领我的情，她一把打掉我帮她擦饮料的手，我第一次看见蜜薇这么生气，她漂亮的面庞几乎都扭在了一起："我和你说了，不要理她。她就是有目的地接近你，我并不是说抽烟的女孩就不好，但她居然来拉你一起抽烟，你想过她的目的没有？还有你怎么一点自制力也没有啊，别人叫你抽烟你就抽烟，别人叫你吃屎，你会不会吃屎？"我也有点冒火，忍不住也对蜜薇吼道："你问清楚再骂我好不好？我没有抽烟，没有接她的烟！我也不会吃屎，我知道抽烟和吃屎都不好！"蜜薇被我突然提高的音量弄得一愣，但她的脸马上就沉了下来。她不再对我说话，只是沉默地坐回椅子上低头扒饭。我也不想和蜜薇说话，空气如同凝固一样。我什么也吃不下去，第一次这么没胃口。我和蜜薇都不吭声，低着头一言不发，就这样都冷冰冰地对坐着，希望对方能打破沉默。我酝酿了好一下，准备咳嗽一声，中止刚刚那段无谓的争吵。但蜜薇还是先我一步，她的声音听起来很难过："不是你的问题，我心情不好。"她停顿了一下，语气冷淡地说道："今天我和陈松霖吵得很厉害。"我呆住了，却不知道怎么答话，只能硬着头皮问："为什么吵架？"蜜薇的嘴角抽动了几下，还是摇了摇头："算了，今天没有力气说这些了，等明天吧。小乐，我真的好累啊，我妈每天都给我打电话，她的情况很糟糕，一会儿要我请假去外婆家看她，一会儿又要我不用管她只需要好好学习。我觉得自己真的承受不住这么多了。"她忽然又站起来，叉着腰对我喊道，"今天就是你不对，都告诉过你了，要信任长得漂亮的人，也就是我说的话。你把我衣服弄脏了，罚你之后赔我一件！"

蜜薇继续说："董乐，你一定要记着我说的话，不要听那个东东和你说的任何话，防着她，知道吗?"我还没来得及回答，蜜薇就已经满意地举着手自我表扬起来:"啊，我真是一个好朋友，找到我你三生有幸，再给我加个鸡腿!"我走到食堂窗口去排队，看见食堂阿姨端出刚煎好的糍粑，热热的糍粑烘得软软的，放了一点白糖在上面，会马上融化，我看着那些软软的糍粑，心也柔软起来。是啊，蜜薇是个好朋友，可我呢，我配不配做一个好朋友呢?

Chapter 10　都会过去的

　　王德振陪着我站在我们大学门口，他的头发被风吹了一下乱了不少，倒是有了一点当年的样子。路灯把我们的身影投在地上，一半在校门里，一半在外面。"要进去走走吗？"王德振轻声提议。我笑着摇摇头："你在国外待久了，早不知道了，现在进学校要看学生证的。"他也失声笑道："是这样的吗？"我点点头："不进去了，看一样，足够了。"王德振指了指学校里安静的路："你说如果我当时没有走，是不是我们……"我忽然没来由一阵慌乱，迅速打断了他说的话："我们也不会一直在一起的，后面发生了那么多事。"

　　王德振愣了一下，他轻轻地说："董乐，你没有变，还是和以前一样，傻乎乎的。"我没好气地抢白："怎么就傻了，多年没见上来就损人像话吗？"王德振摇着头："我是要说，我们是不是就能经常一起走这条路。"这下轮到我愣了，脸也噌地红了，这下好，我倒是自作多情起来，这些年的修行白来了，董乐啊董乐，你被叫了几天董总，被小年轻夸几句就飘得找不到北了，若是蜜薇在，肯定要笑死，还要说我就是容易被戴高帽子。

若是蜜薇在……若是那样，我的生活定和现在不同啊。

我发现自己很依赖蜜薇，是那天早上起来，我妈嘶哑着声音打电话过来，说外公病得很重，已经给我请了两天假，要我马上和她一起回老家。所以我也就没去上课，但却下意识给蜜薇发短信说了一下情况，她对我说："别怕。"我回了一句："好想你在身边。"

我简单收拾了一点行李就赶紧去车站和爸妈一起坐车回老家，其实路程不远，两个小时的大巴就可以回去。我小时候其实是和外公外婆长大的，他们总是会在我考试的那天早上，给我煎两个荷包蛋、买一根油条，笑眯眯地在我出门的时候说："今天吃了个一百分，就要考一百分回来啊。"我闭着眼回想这些事情，却听见后面坐着的我妈传出一点细微的啜泣。我爸柔声地安慰她，说："没事的，没事的，老人家，病起来是比较让人担心一些。"我妈妈压低声音说："他说想见董乐。"我没有回头去问我妈，但眼泪还是掉了下来。心里特别堵，难道每一次长大的时候，都会伴随一个亲人的离别吗？我无力地靠在大巴硬硬的座椅上，想赶紧到老屋外公的床边告诉他，我现在已经不需要考一百分了，我已经长大了，上了大学，还有更多人生要过呢。可外公会不会更难过，我长大了，他也就不可阻挡地老了啊。爸妈下车后又带我去买了些牛奶和水果，说拿给外婆吃的。我沉默地看着他们，不知道自己该做些什么。等到了医院，外公刚打完针睡着了，外婆看着我们一家着急的样子，反过来还要安慰我们："没事的，迟早是要有这么一天，就看这次能不能挺过去。"外婆对我招招手，我过去抱着她，她身上还是有我小时候最喜欢闻的一股淡淡的肥皂味。我把头埋在她的脖子里，蹭了蹭，说："外婆，想你了。"外婆有点得意地对我妈说："看，小时候带了她的，就是和外婆亲。"她又问我，"在大学好不好，想过毕业要做什么吗？"我告诉她："想到重庆去，可以吃好吃的火锅。"外婆笑了："这个傻孩子，连找工作，也是为了这张嘴。"她又爱怜地摸着我的脸，说，"这次要照顾你外公，没时间给你炖你喜欢吃的油豆腐排骨了。"我刚要说点什么，外公却醒了，他呻吟般轻哼了一声，就看见了已经跑到他床头的我。"小乐回来啦。"外公惊喜地说，"今早还和你外婆说，想看看你。"他咳了几声，就抓着我的手，问，"学习怎么样？和同学相处得好不好？妈妈给你做你喜欢吃的了吗？我看你气色怎么不咋好，是不是在学校食堂吃不够！"我的鼻子酸起来，但还是忍住没有表现出来，老人总是这样，最担心的就是孩子吃不好。我只是微笑着说："你看，我都胖了一圈儿了，能吃得不好嘛！"外婆和爸妈不知道去说些什么了，只有我在房间陪着外公，他就那么看着我，眼里的爱比任何人都多。外公忽然笑了，他忽然问我："现在有没有小男孩追你呀。"我据实相告："有，但是他现在去美国了，我失恋了。"外公心疼地看着我："那一定是很难过的。"我把脸埋在他的手心里，那只手干瘪苍老，却还是能给我最大的温暖："是啊，是很难过。"妈妈这个时候红着眼圈进来，对我说："小乐先和爸爸回去吃点东西吧，别打扰外公休息。"外公却任性地说："不要让小乐走，让她多陪陪我。"外公声音黯淡下来，"说不定就只能再陪我这么一两天了。"我妈声音激动起来："爸，别瞎说。"外公却平静了："好吧，让小乐先回去，正好我也有话和你说。"我爸带着我回老屋去，路上我问他："外公真的要不行了吗？"爸爸想了一下，告诉我："你要有个心理准备，可能就是这几天的事情了。"

我咬着嘴巴，再也撑不住了，蹲下来号啕大哭。爸爸也蹲在我身边，轻轻地拍着我的背，告诉我："别怕，别怕。"我抽泣着告诉爸爸："我不是怕，我是不愿意。"爸爸的声音听起来好遥远："可是长大之后，你就会知道，很多不愿的事情，还是会发生啊。"回到老屋，爸爸给我煮了一点面条，我忽然对爸爸说："小时候每次你们看完我回去，我都会大哭好久，然后外公怕我哭得饿了，就会再给我煮一点面条吃。他煮得可好吃了，要放猪油、小葱，还有鸡蛋和小油菜，我吃着吃着，就不哭了。"爸爸的手机这个时候响了，他接起来听了一会儿，脸色就变了。爸爸挂掉电话，哀伤地对我说："小乐，外公走了。"

下葬的那天，外婆没有去，她说她不想看着外公被放进那个又小又黑的墓穴。她在我们出门的时候叮嘱我："告诉你外公，一个人不要怕。"我没有回头看外婆，因为我的脸上全是眼泪。爸爸不时地会来问我一声："还好吗？"每当他这么问，我都点点头，不然爸爸除了要安抚妈妈，还要担心我。妈妈在外公的骨灰盒放进墓穴的时候终于号啕大哭，爸爸抓着她的手，安慰道："是去享福了。"我把头偏向另一侧，想的却是，我不愿意的事情，真的在一件件发生，我无能为力，甚至来不及做出反应，就被这些事情推着，走去一个我原本不想去的地方。我妈想在老家多陪外婆几天，为了不耽误我学习，她让我爸先和我回家去。外婆和妈妈一起对我说："外公会保佑你以后都顺利的。"我只能挤出一个笑容，可心里却在拼命摇头，我不需要这种保佑，我想要他还能看着我大学毕业，看着我结婚，看着我有孩子。但我不能说出来这些，这不是我一个人的失落。回去的路上我一言不发，爸爸试着和我说点什么，但我却怎么也没有精力去回答他。太累了，这几天太累了，原来失去一个亲人，最大的感受不是难过，而是疲惫。我整个人都像刚经历了世界上最辛苦的工作一样，整个人变得虚弱和麻木，我没有精力对世界做出一点反应，没有精力考虑自己的感受，也没有精力思考、没有精力去开心。

大巴快到站的时候爸爸问我："晚上要不要我带你去吃你最喜欢的烤肉？"我摇摇头："我只想回家，躺着，躺在自己的床上。"爸爸理解地点点头："那你明天再休息一天再去学校吧？"我又摇摇头："还是回去吧，睡一觉起来，我就好了。"爸爸伸出手揽住我，他在我的头顶轻吻了一下："好孩子。"到家我放下东西就回宿舍躺下了，我真的只想赶紧睡一觉，把那种来自身体最里面的疲惫全部驱逐出去。但我还是在意识模糊之前，拿出电话给蜜薇发了短信："我回来了。"入睡前，我听见手机的短信提示音响了一下，但我已经没有办法睁开眼睛去看电话了。

我睡着了，却没有梦见外公。我梦见了王德振。他好像已经到了美国，我居然也在美国，和他一起在一个公园里坐着，周围都是金发碧眼的美国人。他笑嘻嘻地对我说："小乐，好久不见，好想你啊。"我却对他说："可是现在，我已经不想你了。"等我再从宿舍床上醒来，是被满脸笑容的蜜薇喊醒的："懒蛋，我去买了豆浆、油条、千层饼、小笼包还有茶叶蛋，豪华早餐已经准备好，就等睡美人刷牙洗脸准备开吃了。"我终于也笑了："我是哪门子的睡美人，一脸的痘还没好，这几天熬夜守灵还又添了黑眼圈呢。"蜜薇夸张地把我扯起来打量了一番："我敢保证，在有痘痘的人里，你是最好看的！"我打起精神爬起来，洗漱好和蜜薇一起坐下来吃早饭。蜜薇给我剥茶叶蛋，又把豆浆倒在杯子里递给我："好点没有？"我喝了一口豆浆，还很热，一股暖意一下子顺着喉咙延续到心脏和胃。我微笑了一下："豆浆好喝。"蜜薇把一颗剥好的茶叶蛋放到我手里："吃饱了去上课吧。一切其实都和没有变化一样。但是我知道，一定是会有些东西，再也没有了。"我噙着一点眼泪，站起来抱了蜜薇一下，她轻柔地说："你可以的。"我也小声在她耳畔说："对，我可以的。"吃完早饭我就和蜜薇分头去教室，我想到这几天落下的功课，还真的是有点头痛。进教室的时候，我低着头，没注意太多，可当我走到座位上坐下，却发现所有人都回头看着我，然后又假装若无其事地一起回过头去，大学的同学很少这样关注别人，我觉得奇怪，我做了什么吗？缺了几天课而已，不至于这么惊讶吧？

　　我小声对身旁的同学抱怨："怎么回事，我脸上有字。"那个女生古怪地看了我一眼，似乎想说什么又没有说出口。我更奇怪了，干脆又小声问她："你想说什么？"她表情扭曲地纠结了一下，终于对我说："你这几天去干吗了？"我不想说太多，于是解释道："家里有点事要处理。"她意味深长地"哦"了一声，就低着头假装翻书。而坐在我周围的几个同学也不时地向我看来，然后又迅速回过头去，小声地像在议论我什么。我这下真的有点气恼了，怎么一个两个都这么阴阳怪气。我压着火，又问那个女生："你们怎么了？"她又盯着我看了好一会儿，终于下定决心地再次问我："董乐，你这几天到底干吗去了？"我终于说："我外公过世了，我回老家去奔丧，这才请了几天假。但是请假也不至于全班同学都像看怪物一样看我啊？谁也不想缺课啊，这不是家里……家里出了事情吗？"我说着说着眼眶都红了，竟觉得无比委屈。

　　同桌看我眼睛里噙着眼泪也有点慌，她赶紧安慰我："董乐，你别多想，我不知道你家里出了这种事情，我……"她终于像下定决心一样，低着头在一张纸上唰唰写了几句话，然后递给我。我接过来，顿时像被五雷轰顶一样。因为那张纸上写着：大家都说这几天你不在，是因为怀孕了，要去医院打胎。我把那张字条揉成一团，紧紧地抓在手心里，这一刻我恍然不知所措，不知道为什么会有这样恶毒的传言，也不知道为什么，这样恶毒的传言会发生在我身上。我茫然地看向那个女生，她紧张地解释给我听："你别生气啊，我也是听同学都在说才……"她低着头，不好意思看我。这个女生其实也和我一样，平时都是沉默的普通学生妹，很少加入什么小团体，也不太和其他同学聊天八卦。那么，如果连她都知道了的传言，可见在系里会被传得有多么疯狂。难怪我走进教室的时候，所有的同学都用看怪物的眼神看着我。谁是这个谣言的起源呢？我的心跳开始加速，心脏在胸腔里怦怦直跳，这太气人了。我明明是失去了我最亲最爱的家人，却还要在这个时候对我进行这么恶心的攻击。我没有做错什么啊，为什么会遭受这样的对待。我们学校因为并不在多大的城市，其实是一个很保守的环境，象牙塔里的学生也都比较单纯，虽然也有很多大学生恋爱，但大家对怀孕、打胎这样的事情，还是很本能地排斥。并且对女生来说，这样的传言不管是不是事实，都可以让这个女孩饱受折磨。因为这是一个无法证实的事情，太多人相信，无风不起浪，也太多人相信，身正不怕影子斜。如果有这种传言出来，那么这个女孩，自己一定也是有问题的。

这时老师开始进来上课，那个女生第一次没有马上拿出笔记本，而是又在纸上写了几句话递给我。她告诉我，就是我请假的第二天，忽然全班同学就都开始说，我是因为怀孕请假的。我咬紧了嘴巴，想发火但是不知道找谁发，总不能现在站到教室前面去大喊"我没有怀孕，我是外公去世了"吧。我告诉自己，一定要冷静，这个时候不能慌，如果是蜜薇，她会怎么做。我的脑子嗡嗡作响，虽然机械地在抄着老师的笔记，但却还在不停地盘算，到底要怎么解决这件事情。我不想忍气吞声，也不想就这样让流言使我名声尽毁，甚至，我这次也不想求助蜜薇，我要自己，把这个在背后搞鬼的人揪出来，还要把这件事情彻底地平息下去。那么，如果是蜜薇，她会怎么做呢？蜜薇应该会大声地反驳这些无稽的谣言，而且一定会用最坚定的语气，我可以想象，碰到这样的事情，她脸上那种有点不屑又有点觉得怎么会如此可笑的表情。然后呢，然后她会留意到底是谁，第一个把这些话说出来，那些信以为真的同学，是听谁说了，才会把这件事迅速地传播开去。我不想再做一个傻瓜了，上一次的"婊子"事件还没有找出元凶，这一次又有人背后中伤，如果我再忍，那么下次会有更恶劣的事情发生。老师还在讲台上说着重点，他敲着黑板喷着唾沫星子大声地强调："这里一定会考。"我在他说的地方狠狠地画了一个五角星，在心里对自己说：董乐，你一定要把这件事情解决好！

我压低声音问那个女生："你是听谁说，我去，去打胎了？"同桌的脸一红，怪不好意思地指了指我们的前桌："喏，她们俩在讨论的时候，回过头来问我，说知道不知道你请假去哪儿了。我说不知道，她们就告诉我说，大家都在传你是，你是怀孕了，要去医院做手术。"我点点头，对她说："我知道了，谢谢，谢谢你还是愿意相信我，告诉我。"女生迟疑了一下，终于对我投来一个微笑："我觉得，你不是那样的人。"我也对她一笑，心里有了更大的信心。我想，大部分同学应该会和她一样，虽然知道了这个谣言，但是对我到底是不是真的就和谣言说的一样，也没有底。那么我就更要抓紧时间澄清了，否则，谣言会更深入大家心里。下课铃终于响了，老师夹着课件就匆匆走了。大家也纷纷站起来，伸着懒腰准备走出教室去透透气。我大口地深呼吸了两次，用我最大的勇气站了起来，大声地用全班同学都听得到的声音说道："大家等一等，我有件事情想澄清一下。"我顿了顿，看见班上的同学都压抑地看向我，有的人还在交换眼神，似乎十分期待的样子。我清了清嗓子，继续清脆地说："这几天我请假不在学校，我知道有一个很恶心的谣言是关于我请假的。至于这个谣言是在说什么，我想大家心里都有数。虽然我知道大家可能也不会信，但我不想让这种谎言继续传播下去。我要告诉大家，这几天我不在，是因为我的外公去世了，我是跟随我的爸妈回老家奔丧。"说到外公的死，我忽然一下感到特别的委屈，鼻子就好像被堵住一样酸酸的。但我还是继续说了下去："如果，你们愿意告诉我，是谁在背后说了这么坏的谎话，是谁告诉你们我是去做堕胎手术了，我会非常感激大家，我不想让这个人，继续躲在背后，我想要让传谣言的人可以付出代价！"我向教室里所有同学说完这些话，就用完了我所有的力气，我虚脱一样坐到位置上，不敢看其他人会做出什么反应。现在还是下课，教室却静悄悄的，没有人说话，也没有人出去。大家都坐在位置上，一言不发，直到上课铃重新又响起，老师走进来，一切才真的结束。那个女生用佩服的眼神看着我，小声地说："董乐，你真棒。"我也喃喃地说道："是啊，我真棒。"

　　没有人再来找我，我不知道我说的那番话到底有没有起作用，但是很明显的一点是，没有人再用那种暧昧闪躲的眼神看我了。这也是我和蜜薇了解到的一样东西，那就是如果有什么事情需要解释，就一定要当场说破，不然这件事情就算你有理，也会变得没理。我回到宿舍准备再自己想想招，蜜薇的电话却在这个时候来了："我来找你，晚饭我们俩在外面吃吧。"我和蜜薇约好在我宿舍楼下见，又打了个电话给我爸告诉他我和蜜薇要去外面吃晚饭，然后就干脆又坐下来等蜜薇过来。有个班上的女同学敲门，她来找人，看见是我开门，一愣，对我尴尬地笑了笑，只说要找我同宿舍的女生拿本书。我也没有在意，就对她也笑了笑，让她进来了。她拿了书，却还没有走，站在那儿又看了我几眼，像终于决定了一样，走到我的面前。这个同学几乎和我没有在班里说过话，她磨磨蹭蹭站到我面前，很艰难地开口说道："那个，董乐，我想，可能这次班上的谣言，和我也有点关系的。"我静静地等她继续说，她开了这个口也好像松了口气，继续对我说："你请假第二天，我去上厕所，在厕所听见有两个女生在说你的事情。其中一个说，说你，今天没来学校，是因为怀孕了，怀的还是，还是以前班上同学王德振的孩子。她看见你去医院检查来着，所以……所以我就，回来告诉了别人。"那个同学特别羞愧，她真的很后悔回来向其他人传了这些话，我也不知道该不该生她的气，但她既然愿意来告诉我，可能真的是现在已经相信我了。我在那一瞬间决定不追究任何她的事情，如果我现在对她发火，也会影响大家对我的看法。我不想让那个人得逞，不想让那个在厕所散播我坏话的人如愿以偿。我压抑了一下内心翻滚的怒气，尽量不露出生气的表情，反而微笑着对她说："没事的，换作是我，听到这样的事情也会想告诉别人的。过分的不是你们，是那个在厕所说我怀孕的人。你认识她吗？"那个同学却摇摇头，说："不认识她，但是觉得眼熟，如果下次遇见了，我能认出来。"她又很不好意思地说，"小乐，我真的不是故意想说你坏话。"我做出一个非常感谢的样子，过去拍拍她的肩膀："真的没事儿，我还是要谢谢你，因为你最后，还是信任我的啊。"她终于放松下来了，捧着那些书，转身走了。宿舍里终于又只剩下我自己，我坐在那里浑身发抖，不知道是因为巨大的愤怒，还是因为这种对人心的恐惧。我感觉整个世界和我预想的差别太大，而我正在因为这种差别而想拼命地挣脱，挣脱的却不知道是困境，还是自己本身应有的样子。蜜薇的短信恰到好处地来了：出来，到门口了，别让美女等你。

　　我去擦了脸下楼，蜜薇就站在我们宿舍楼下的路灯下，天色已经暗了下来，灯的光晕扫过她的脸庞，有种特别的柔媚。她就那么看着我，领口微微地敞开一点，露出她胸前一点雪白的肌肤，在那些灯光的映衬下，让人看了竟有一点面红心跳。我收拾了一下刚刚压抑的心情，迎上去笑着说："晚上吃什么啊，我这个月零花钱没多少了，你请客。"蜜薇轻描淡写地说："我们去吃那家很好吃的米粉吧。"那家米粉是一个特别简陋的小铺子，蜜薇带我去吃过一次，她说自己每次心情特别差的时候就会去那里吃一碗牛肉米粉，加很多很多的辣椒，把自己辣出眼泪，然后出一身汗，这样就会好很多。今天，蜜薇说要去吃米粉，看来她的心情不好了。我们走到那家店里去，还是和之前一样，灯光暗得看不清碗里的食物，但店里却飘着非常浓郁的米粉和牛肉的香味。米粉很快端上来，蜜薇狠狠地舀了两大勺辣椒放进碗里，汤面上漂着一层厚厚的红油。我忍不住提醒她："这么辣，小心吃了胃痛。"蜜薇不回答我，只是埋头开始吃米粉，她一直低着头吃，一下也没有停。我甚至怀疑，这么辣，她根本尝不出米粉本来的好味道了。蜜薇飞快地吃完了那碗粉，她再次抬起头的时候，眼睛里满是泪水。我慌张地拿出纸巾递给她，不知道她到底是辣的，还是有什么别的事情。她轻轻擦拭了一下，被辣得嘴里不停地吸着气，眼泪还在不受控制地往外冒着，额头也满是汗珠。我看着她，等她告诉我答案。蜜薇轻轻地说："还记得那天我说我和陈松霖吵架了吗？"我忽然想起来，那天晚上蜜薇就不对劲了，可第二天因为回了老家，又出了那么多事情，我就忘了再问问蜜薇，和陈松霖有没有和好。我小心翼翼地问道："还在吵架吗？他惹你不高兴了？"蜜薇的脸上涌着不可消除的悲伤："我们没有吵架了，因为我们，分手了。"

蜜薇端起那碗已经除了辣椒油根本看不出原料的米粉汤，咕嘟咕嘟，喝了好几口。不知道是不是因为辣椒的刺激，她的眼泪大颗大颗地掉进碗里，像止不住的泉水，从她深深的眸子里源源不断地冒出来。她一言不发，满脸的狼狈，嘴唇上的辣椒油也没有来得及擦去，这不是蜜薇平时的样子，这是一个看起来还很正常，但她的内心正在一片片地碎落的蜜薇。她噙着眼泪问我："你不好奇原因吗？"我真的不知道如何作答，只能吭哧着回答她："我比较担心你吃了那么多辣椒等下会不会拉肚子。"蜜薇却没有笑，她恍惚地说："会啊，我现在的胃就已经在疼了。"她像是忽然意识到这一点一样，皱着眉头按着肚子呻吟了一声："真的好疼啊。"蜜薇苦笑着看我："你是不是想骂我？我也觉得我挺傻的。"我去倒了一杯热水给蜜薇，蹲到她旁边去帮她揉着胃，想对她说点什么，却什么也说不出口。蜜薇小声地说："还记得那个打我的女生吗？她一直在追陈松霖，我本来也不在意这件事的，但是那天，我告诉你说我们吵架了的那天，我发现陈松霖收了她送给他的礼物，一件白衬衫。"我继续轻柔地按着蜜薇的肚子，等她继续告诉我真相。蜜薇的声音有点发抖："你回去奔丧那几天，我有一天也请假了，回去看我妈妈。第二天我去学校，那个女孩在厕所拦住我，对我说，你知道陈松霖昨天晚上和谁在一起吗？她的脸得意得都要烂掉了，她挑衅地告诉我：'陈松霖昨天晚上和我在一起，我们在一个宾馆过的夜。'"我的声音也颤抖起来了："陈松霖和她……睡了？"蜜薇冷笑了一声："他说没有，是因为她说她肚子疼，又不肯回家，所以他就只好和她去宾馆了，但是他什么也没有做。"我问蜜薇："你相信陈松霖吗？"蜜薇捂着脸，她的声音里全是疲倦和绝望："小乐，这才是问题，我不知道要不要相信他。我想相信他，也愿意相信他，但是总有一个声音在折磨我，告诉我他已经背叛了我。"蜜薇终于抬起头来看着我，"你知道最可怕的是什么吗？就是不管这次我相不相信他，我以后，都不会再相信他了。我和陈松霖之间，再也不会有以前的那种纯粹的信任了。"我紧紧地拉着蜜薇的手，不知道是不是因为辣椒太辣而导致猛烈的胃疼，她的手心一直在冒着汗，捏在我的手里，湿答答的使我心慌。我尽量压抑着情绪继续问她："所以，你和陈松霖分手了。"蜜薇点点头，她苍白的脸色和被辣得通红的嘴唇看起来是那么的绮丽，但她的神色，却哀伤得令人想陪她一起哭："我说的分手，他跪在我面前，要我原谅他，说再也不会这样了，但我还是头也不回地走了。"

蜜薇站起来，紧紧地抱住我，她靠在我的身上，一点力气也没有。她哀求我说："带我回家吧，我现在已经神志不清了。原来难过是这个样子啊，会让人所有的行为都卡帧，我的思维卡住了，手脚卡住了，一切都卡住不能动了。"我把米粉钱放在桌上，带着蜜薇往外走去。不知道啥时候已经开始下雨了，所有的街景都被蒙上了一层水雾，本该是街上行人最多的时候，现在却一个人也看不到。蜜薇和我都没有打伞，很快就被淋成了两只落汤鸡。蜜薇不可控制地开始号啕大哭，她拼命地喊着："小乐，我好难过啊，好难过啊。我不行了。"我用尽全身的力气扶着她，也大声地喊着告诉她："蜜薇，会好的，就难过这么一会儿，我们现在就回家。"一直没有出租车停下来载我们，每一辆车都坐着别人，他们的脸在大雨刷过的车窗后显得特别不真切，像一个个没有五官的面孔，看了害怕。蜜薇哭着问我："是不是我们再也打不到车了？我们再也不能走了？"我看着我面前已经崩溃的蜜薇，忽然就有了前所未有的勇气，我要证明给蜜薇看，我们能顺利打到车，也能回去。我把书包背到胸前，然后背起因为胃疼或者难过而蜷缩成一只虾米的蜜薇，在雨滴拼命地砸落中，冲到前面的路口去，那里，应该可以打到车。我吃力地迈着步子，蜜薇的眼泪混着雨水一起落在我的后脖子上，那里冰凉冰凉的。我没有回头看蜜薇，但我还是继续大声地对她说："我们一定可以打到车，蜜薇，除了陈松霖，你也还可以再爱很多人，以后，只有你去伤害别人，再也没有人可以伤害你！"

回家的时候我爸居然还没有回来，我把浑身湿透的蜜薇扛进厕所，三下五除二帮她把衣服脱掉，然后用热热的水开始给她冲洗。蜜薇忽然诡异地笑起来："天啊，失恋太可怕了，我已经成了一个连洗澡都要靠你帮忙的废物了。"她也不动，就坐在浴室的地板上任我摆布。等我帮她用洗发水洗干净头发，等我轻柔地帮她冲去一头泡沫，等我又把她扯起来，用浴巾把她抱住，再带回卧室。我给蜜薇换上睡衣，把她塞进被子里，看着她闭上眼睛，发出均匀的呼吸。直到蜜薇睡着那一刻，我才呼出一口气。我轻轻地掩上门，去浴室冲洗干净，热水浇在我的头顶，我的怒气在这个时候才全部爆发出来。而我生气的对象，是陈松霖。我草草地洗了一下，就冲了出来，头发也没有顾得上擦，就给陈松霖打了电话。陈松霖接起来，第一句就是问我："蜜薇怎么样了？"我冷笑着反问："你好意思问我吗？"陈松霖的语气也不好："小乐，我真的没有做对不起蜜薇的事。"我不耐烦地打断他："你别和我说你的那些破事，我一点儿也不想听，你现在出来，我找你有事情。"陈松霖大概也猜不透我找他干什么，于是也就答应了我，约在我家附近见。我挂了电话又轻手轻脚地进去看了一眼熟睡的蜜薇，她真的身心俱疲，现在睡得特别沉，一动也不动，陷在被子里。但即使如此，她的牙关还是紧紧地咬着，眉头也锁得紧紧的，可见她是多么的难受。我关上门走出去见陈松霖，他住的也不远，比我还先到了约定的地方，他站在一盏路灯下，穿着他最爱的白衬衫和牛仔裤。我走过去，一直盯着他看，心想如果只看外表，陈松霖实在和蜜薇太相称了，两个人都漂亮，都干净剔透，玲珑得不像是会出现在我们身边的那种人。而且他们俩都很会打扮自己，蜜薇穿得总是和身边的女同学不同，并不是花枝招展，但却让人眼前一亮。陈松霖则一直穿着衬衫牛仔裤，但穿在他身上，就是特别好看。可现在，我看见陈松霖，只想对他做一件事。我默默地走到他的面前，一言不发地看着他。陈松霖叹了一口气，他拿着一封信递给我："帮我交给蜜薇好吗？她不肯回我的短信，也不肯接我的电话。"我不去接那封信，只是站着继续不说话地看着他。陈松霖有点慌了，他呼吸急促地问我："小乐，我就想问问你，蜜薇是不是真的不打算原谅我了？"我又冷笑起来："你是不是还心存侥幸，觉得自己做的这些破事，也没什么大不了的。"陈松霖着急地打断我："我和那个女生真的什么也没有发生。"我瞪着他："你真的没有一点歉疚的心啊，你不知道蜜薇为什么生气对不对，你是不是觉得她还在无理取闹？"陈松霖不敢再看我了，他把头扭向一边，不自然地看着地上的路灯投下他自己的影子，地上还有刚刚大雨留下的积水，他的影子在水中破碎成一片片。陈松霖声音虚弱地说："我不知道，我真的不知道怎么拒绝，我没有想到，这样会伤害蜜薇。"陈松霖的身体看起来好像一下子就佝偻了起来，他显得矮了不少，也没了平日里的英挺和干净，就那么一刻之间，他看起来就像变了一个人一样。我不自在地咳嗽了几声，在心里告诉自己："董乐，今天你不是来和陈松霖聊闲天的，还有事情要做呢。"我晃着手走到陈松霖面前，尽量让自己的声音冷静地说："我不想管你到底有没有和她睡，也不想管你到底内心是不是后悔，我只知道，你伤害了蜜薇。"我说完这句话，抬起手，用尽我最大的力气，对着陈松霖的脸狠狠地挥了一拳上去。陈松霖完全没有料到，这一拳非常准，也非常重地砸到了他的鼻子上，他几乎是下意识的，也伸出了拳头，对着我的下巴，还击了一下。于是我和陈松霖，同时惨叫着倒在了湿漉漉的马路牙子上，不同的是，他是鼻子出血，而我，是牙齿流血。我感到牙齿有一点不对劲，伸出手轻轻地摸了摸，我的一颗门牙，摇晃了两下，掉在了我的手心里。陈松霖坐在地上愤怒地叫道："董乐，你有毛病吗？我鼻子都快被你打断了！"我沮丧地回答他："别叫了，我的牙齿可是已经被你打掉了！"

陈松霖想过来帮我查看，我一把推开了他。他只能惴惴地问："小乐，你到底伤得怎么样？我刚刚不是故意的，我真是下意识的，我……"他害怕了，看到我说牙齿断了，这可真的是麻烦了。我看都懒得再看陈松霖一眼，而且确实也是我先动的手，没把他打得怎么样，我自己倒是成了个缺牙。我手心里紧紧握着那半颗牙齿，下巴上还有残留的血迹，牙龈处也还在隐隐作痛。陈松霖见我转身就走，只好跟在我身后慌乱地继续问："董乐，我，我要不要陪你去医院啊，你的牙齿，是不是要赶紧去补上啊。"我被他问得心里烦躁，没好气地凶道："别问了，不会找你麻烦的。你可以赶紧给我消失吗？"陈松霖还是不顾我的训斥，小跑上来抓住我的胳膊："你会告诉蜜薇吗？"我差点又一拳挥上去，但还是忍住了，毕竟刚刚那一拳打得一点用处也没有，唯一的收获只是自己掉了半颗牙。我不理他，只加快了脚步往家里走。我现在的脑子乱糟糟的，等明天见到我爸，还得想一个办法和他解释我这掉了的牙是怎么回事。还有蜜薇，我要怎么和她说呢。我总不能告诉蜜薇，我去揍陈松霖，结果自己被揍掉了半颗牙啊。陈松霖终于不再跟着我了，我踩着一路的水渍，带着那半颗第一次因为打架而掉的牙，匆匆地走在回家的路上。我忽然笑了起来，因为自己真的是太傻了，居然还想去给蜜薇出气，想去打陈松霖一顿，想让他知道，自己失去了什么宝贵的东西。结果呢，结果就是我反被揍了，陈松霖没被我打掉牙，我却只能被打落牙齿和血吞进去了。

我站在家门口，想了一会儿，如果明天早起蜜薇问起来，我决定据实相告，就算蜜薇生我气，我也就这样了。这个时候能让她生我气，说不定也还是好事，至少，至少在生我气的那一会儿里，她会忘掉失恋的难过。但现在，我还是得赶紧回去好好洗把脸，然后照照镜子，看看我掉了牙齿的样子——到底有多蠢，有多惨。我轻手轻脚地走进家门，别吵醒了蜜薇，这会儿她要是和我吵起来，可太麻烦了。一会儿我爸爸也会回来，被他知道，那就更麻烦了。我放下那截该死的牙齿，在明亮的灯光下，那断掉的牙齿显得特别可怕，它已经不属于我了，现在它只是我干了一件蠢事的永久证明。我叹了口气，走到浴室去，用清水把脸上的血污洗掉，然后深深地呼吸了好几下，终于对着镜子抬起头，张开嘴，勉强挤出一个笑容。天啊，镜子里的人太难看了！我断掉的是左侧的门牙，现在的我，活像一个豁牙的老太太，不但丑，还极具喜感。我愣住了，我要怎么见人，明天要怎么去学校，同学要是看到，我又要怎么解释啊。我心想也许是没有看习惯，于是又鼓起勇气，再一次咧开嘴，对着镜子继续大力地微笑起来。但结果还是一样的，我还是那么难看，那么喜感，那么像个傻子。我忍不住哭了起来，不是因为疼，也不是因为被陈松霖揍了觉得委屈，而是，这个缺牙的自己，实在太丑了。我张开嘴号啕大哭，哭的时候还能看见自己嘴里那个黑洞，就哭得更伤心了。就在我专心痛哭的时候，忽然蜜薇的声音在我背后响起来："董乐，陈松霖给我打电话了。"我几乎是下意识地捂住自己的嘴，转过身对蜜薇说："他和你说什么了？"我感觉到蜜薇正在压制的怒气，她严肃地说："你是不是去揍陈松霖了？你的脑子里到底长什么了啊！他可是一个一米八几的男子汉啊，你揍他，你揍得过他吗？陈松霖说，他下意识地回手不小心打到你了。伤到哪里了？给我看看。"我紧紧地捂着嘴，对蜜薇摇摇头。蜜薇过来掰我的手，我拼命地躲闪，不让她看到。蜜薇气坏了，发狠地说："到底打到你哪儿了！你要不给我看，我现在就去找陈松霖问！"我捂着嘴含糊不清地说："不要看，太丑了，你一定会笑死我的。"蜜薇举起手向我保证："我一定不笑你，是不是嘴巴被打肿了？你快给我看看，要急死我吗？严重的话我们赶紧去医院。"我终于把手放下来，不好意思地对着蜜薇张开嘴，说："喏，牙齿掉了。"我以为蜜薇会哈哈大笑，但是她没有，她心疼地看着我，眼泪一下掉下来，掉在我的手上，冰凉冰凉的。蜜薇过来轻轻地抚摸了一下我的嘴巴，轻声说："疼吗？"我摇摇头："不疼了，就是那儿空荡荡的，有点不舒服。"蜜薇嘶哑着说："你怎么这么傻啊，还去打他。"我告诉蜜薇："因为我不愿意让他欺负你。"蜜薇抱住我："我知道，我知道，小乐，我会过去的，会的。"

早上起来后，我第一件事情就是想去照个镜子，那颗掉了的牙，现在不但是我嘴里的洞，还是我心里的大石头。蜜薇紧张地跟在我身后，她不停地劝我："牙齿而已，没事的，补一下就好了，你别影响心情啊，你已经缺了几天课了，不能再缺了。信我，不是太难看。今天一定不要请假啊，等过两天休假再去补牙，忍忍就好了。"活脱脱一个唐僧。我不禁骂她："这么好看的人，嘴怎么这么碎。啰唆鬼。"蜜薇笑嘻嘻地喝着牛奶："我就是爱跟着你说你，很有成就感。"我问她："说我能有什么成就感。"蜜薇的笑意更重了："因为能让一个笨人少犯一点儿错误，你说是不是很有成就感。"我哭丧着脸反驳："谁是笨人了！"蜜薇已经把一盒牛奶喝光，远远地把盒子准确无比地丢进一个垃圾桶，接着潇洒地拍拍手："自己好好琢磨一下，我想你一定心中有答案了！"我懒得和蜜薇斗嘴了，终于还是鼓起勇气，站到镜子前去，再一次咧开嘴，直视我那本来是门牙的位置，现在只有一个黑黢黢的洞。我心里一酸，虽然做好了心理准备，但还是有点难过，毕竟是自己亲生的牙齿，就这么愚蠢地回不来了，还是怪心疼的。蜜薇看我不说话了，赶紧继续安慰我："现在补牙技术很发达的，一定补好了就看不出来了。"我故作轻松地对她说:"没事,也就难看几天,咬咬牙就过去了。"蜜薇扑哧一笑:"咬牙可能有点困难,毕竟没有牙。"她说完又马上正色道:"对不起,我只是忍不住。"我忽然想起来什么似的对蜜薇说:"蜜薇,你会去找陈松霖麻烦吗?"蜜薇冷笑一声:"他揍掉你一颗牙,我怎么要让他还回来两颗吧!"我赶紧抓住蜜薇的手:"答应我,这件事情就到此为止了,不要再去找他,不要和他再有冲突。"蜜薇的眼神冷冷的,她也回抓着我的手:"傻瓜,我不是为了你,我也是为了我自己啊。"她轻轻地摸了摸我的上唇:"陈松霖对我来说,是一段很珍贵的回忆,我不后悔和他在一起过,我们有很快乐的时光,我不会因为这件事就抹掉那些东西。"蜜薇拨了一下自己的长发,她也站到镜子前去:"我有时候在想,红颜到底是不是注定爱情多舛,但我昨晚想了很久,我发现这才是哪到哪儿啊,我一定还有好多恋爱要谈,可能还要心碎十次,然后让其他男孩心碎五十次。我一点儿也不怕在爱情里受苦。我只要漂漂亮亮的,不但长得漂亮,还要活得漂亮,恋爱失败,又算得了什么呢。"蜜薇的声音压得很低,但她说的话却让我心中震荡。我再一次被蜜薇蓬勃的生命力所折服,这是专属于美人的热情啊。她无所畏惧,她有那么大那么大的自信,还有,她从未想过自己会因为漂亮就不经历失败。但是蜜薇相信的是,即使有失败,即使有挫折,她也还是会走到一条无比幸福的路上去。我有点羡慕地看着她,看着蜜薇对着镜子嫣然一笑,那璀璨如钻石的笑容,真的值得被最好的人看见和珍惜。我也不自觉地跟着笑起来,发出嘶嘶的声音,原来那个门牙的大洞,不但难看,还会漏风。蜜薇和我同时一愣,终于还是一起大笑起来。我捂着嘴,哭笑不得地说:"早知道我真的不去揍陈松霖了,谁知道他会还手啊，我还以为他会乖乖地被我胖揍一顿，打落牙齿和血吞。谁知道，掉牙齿的人，居然是我！"蜜薇忍不住过来捏我的脸："你要我说你什么好！帮我出气，结果变成受气包！"我和蜜薇正挤在厕所说话，我爸爸也揉着眼睛走了过来："大早上笑什么呢，声音大得房顶都要掀翻掉了，女孩子笑起来矜持一点儿……"我爸忽然不说了，他怔怔地看着我，又揉了揉眼睛，终于疑惑地问："我说董乐，你的门牙呢?"我不敢吭声，我爸的声音也跟着提高了："董乐，门牙到哪里去了!"我吭哧着撒谎道："昨晚滑倒了，左脚拌右脚，摔了个狗吃屎，门牙，就掉了。"蜜薇憋笑憋得满脸通红，还要帮我一起撒谎，说："叔叔，我可以作证，她那个狗吃屎摔的啊，狗都没有她吃的屎多!"我爸过来掰开我的嘴，像看一头驴的牙口那样看了看我缺掉的门牙，终于，他黑着脸说："董乐，你知道你掉了牙的样子，真的很难看吗?"不等我回答，我爸就摇着头走开了，边走还边念叨："怎么有个这么傻的闺女啊，看你以后怎么啃大骨头、老玉米、羊蝎子和甘蔗!"还是亲爹了解女儿的痛点啊，我一听我爸说的话就彻底慌了，紧张地问蜜薇："完了，我以后是不是彻底告别一切需要门牙的食物了!"蜜薇推着我出了厕所，她残酷地告诉我："正好减肥吧你!"我哭着去换衣服准备回学校："可我现在就好想吃一个玉米棒啊，我的门牙，你走得太冤啦!"

虽然蜜薇给我打了无数鸡血，比如笑若缺齿，不会早死，我还是心中非常忐忑。到了学校，我这时候不由得庆幸我自己平时内向寡言，没什么人会和我交谈，我只要闭紧嘴巴，估计发现我缺牙的人不会有很多，而且最重要的是，我现在可没有男朋友，有什么关系！我这么不停地安慰自己，而且不就是缺了一颗牙嘛，也没啥大不了的，小学的时候，不是大家都会缺着门牙去上课嘛。我这么内心活动丰富地坐在桌前，老师讲的什么完全听不进去。旁边同学看我一副抓耳挠腮的样子，忍不住问："你怎么了，满脸都是愁？"我挣扎了一下，还是忍不住张开嘴对她一笑："我把牙齿摔掉了。"她一惊，接着就捂着嘴浑身发抖地狂笑起来，我哭丧着脸问她："很丑是不是？"她憋着笑小声告诉我："特别像老太太。"我惆怅地嘱咐她："别说啊，我周末就去补上，太难看了，不想让大家知道。"女生虽然还在笑，但还是仗义地对我点头表示同意。我强打精神开始听课，可脑海里却还是一直有个声音骂着自己，指责我真的是太冲动了。我知道蜜薇经过这样一件事，对陈松霖肯定更加失望，也许会破坏陈松霖在她心中本来还是美好的一些回忆。而这个破坏者，居然是我。这太让人沮丧了。不过脑听的课就过得飞快，我垂头丧气地去教学楼一侧接热水，热水冒着蒸汽流到杯子里，我还没来得及盖上杯盖，忽然一个人撞到了我的身上。我一个趔趄，可能出于本能，我竟没有打翻杯子，而是在摔倒之前，把杯子稳稳地放在了水台上。一个温婉的声音着急地问："董乐，你没事吧？"

是东东。她把我扶起来，关切地问道："有没有烫到？摔到哪儿了没有？"我赶紧摇头："没事没事，我刚刚一下子不知道怎么了，居然身手异常矫健，没伤到，你放心。"东东一脸的懊恼："我刚刚看见是你，就想跑过来和你打招呼，没想到脚下一个绊子，倒把你给推倒了。"她正要继续解释，忽然愣住了："你的牙齿？"我赶紧捂住嘴："我不小心磕掉了。"东东温柔地拉开我捂着嘴巴的手，冰凉的手指轻轻扫过我的上嘴唇，她心疼地说："怎么这么不小心啊，女孩子掉牙齿就等于破相，真是……以后真的不要那么莽撞啊。"我有点感动，其实从来没有朋友是这样的，蜜薇对我很好，但是蜜薇的温柔不是这样的，她不会用软糯的声音安慰我，也不会用柔软的手指摸我的伤口。东东见我低下头，也小声地问："董乐，你是不是有什么苦衷？要是惹了什么麻烦，你可以和我说说的。"我感激地对东东咧嘴一笑，她见我咧开嘴巴，一愣，也不由得笑了："小乐，你缺了门牙的样子，实在是太有趣了。"上课铃响了，她拿起我放在水台上的水倒掉，又给我接了一杯，然后盖上盖子递到我手里："快去上课吧。"她拉上我，一起向教室跑去，我感到此刻的我又有了一个好朋友，虽然蜜薇说东东不是好人，但我想，说不定这次就是蜜薇看走了眼呢。

上完一天课，我只想赶紧回家，一整天都在害怕被人看见我缺牙的样子，即使是不在乎形象如我，也不高兴被人看到这么难看的一面。我正要坐车回家，蜜薇却发了短信给我，要帮忙给她去买一份鸡爪。我恨恨地回她：你就不能要我帮忙买一点我也能吃的东西吗？蜜薇却回我说：你现在也就能吃豆腐了，我会给你带一份豆腐花的。虽然和蜜薇斗嘴，我还是会去给她买凉拌鸡爪，不过我吩咐老板："多放辣椒，狠狠地放！"看蜜薇晚上吃的时候会不会辣到跳脚。我正得意自己的小伎俩，电话却响了，是一个没有显示来电号码的奇怪电话。我好奇地接起来，却是王德振，他的声音听起来还是那么熟悉，但也那么遥远。他在电话里对我说："董乐，你这个傻瓜。"我手里那盒鸡爪不知怎么，在听见他的声音的那刻自动脱落掉到了地上，满满的红油溅得我鞋子上全是。我一下子哽咽起来："王德振，你才傻。"他在电话那头急切地说："你是有病吗？吴蜜薇分手关你什么事，你干吗要去揍陈松霖啊？你脑子里在想什么啊！"我惊讶地问他："你怎么知道的？蜜薇告诉你的?"王德振叹了口气:"陈松霖告诉我的。"我更惊讶了:"你居然和陈松霖有联系？你为什么还要和他联系？他干吗要告诉你我的事情啊？他是不是脑子坏掉了?"我连珠炮一样问了一大堆，王德振却只是轻飘飘地说:"你怎么不问我，为什么还存着你的电话?"我不安起来，呆呆地举着电话走到旁边的草地上，蹭着我鞋上的辣椒油，对着电话那头远在美国的王德振说:"我挺想你的，王德振。"王德振的声音听起来刚睡醒，他打了个哈欠，说:"那要不我回来看看你吧，话说，我真的不想错过你没牙齿的样子啊。"

　　我张大着嘴，听王德振说，他要回来。"正好要回来办点事，别想多了，不是专门为了你回来的。"王德振解释，我的心虽然加速了跳动的频率，但还是嘴硬着说:"我才不会想多，而且我不会让你看到我没牙齿的样子。"他根本不理我:"我回来很多事要办，先要去吃学校门口的那家拌鸡爪……"听见鸡爪两个字我惨叫一声:"完蛋了!"王德振也被我吓了一跳:"什么完蛋了？董乐，你没事吧?"我哭笑不得地解释说:"没事，但晚上有没有事就不好说了。"我匆匆和王德振说了再见，又跑到鸡爪店想再买一份，但老板却说刚刚已经全部卖完了。我望着不远处那盒被我掉在地上的鸡爪，还有我鞋子上鲜艳的辣椒油，暗自祈祷蜜薇吃不到鸡爪不要生气。等到家，妈妈也已经回来了，看见我缺了的牙齿，和爸爸一起合力怒骂了我一通。蜜薇还没有回来，给她发短信也不回，不知道在干什么。妈妈做了很多菜，全是我不能吃的，什么糖醋小排啊，炸鸡腿啊，香酥鸭啊，我惨兮兮地问她:"妈，有没有什么不需要用牙齿的菜啊。"我妈白了我一眼:"锅里有小米粥，你喝点粥就可以了。"她继续念叨我:"走路也不好好走，肯定是想什么心事儿呢，你知道补牙多贵吗？我同事的小孩，前几天补了一颗牙，一下子就花了好几千元，真是败家。"我心虚地不敢反驳，只能自己赶紧去倒了一碗小米粥，端回卧室喝。进去拿出手机，才发现蜜薇发了短信来："有点事情，晚上不回来吃饭了，不用等我。"于是我喊了一声："妈，蜜薇不回来吃饭啦。学校有事情。"我妈没理我，过了一会儿端进来一碗蒸蛋："光吃小米粥怎么有营养呢，把鸡蛋吃了。"我一把抱住我妈："还是妈妈好！"我妈摸了摸我的头发："以后真的别那么冒失了，现在我们还在你身边，你说以后工作了要是离开我们，你自己一个人，可不更要吃亏吗？"我嘟哝着说："怎么会是一个人呢？"妈妈笑着说："可不就是你一个人吗？我和你爸肯定是不在身边，蜜薇也要自己有自己的生活啊，你个性又生僻，交到知心朋友也不容易，到时候，真的要更加小心啊。"我一愣怔，忽然想到蜜薇说的，也许以后我们就要分开。没想到妈妈已经猜到了，也没想到她会这么担心我。我抱着妈妈的手更紧了一点儿："妈妈，要是可以一直在你们身边就好了啊。"我妈倒是笑起来："要是你一直在我们身边，那我也要发愁咯。我可不想一直养你啊，还想靠你以后挣钱了送我和你爸去环游世界呢。"妈妈温柔地把鸡蛋羹往我面前推了推："快吃，别凉了。不过小乐，妈妈很高兴你能有蜜薇这个好朋友，女孩子，除了家人、丈夫，一定要有自己的同性好友，有好多事情，是没法儿和父母说的，结婚了，也没法儿和丈夫说，只能告诉自己的朋友。能有一个信得过的人和你分担忧愁，自己心里就少些压力。"妈妈说完，又摸了摸我的脸："傻丫头，走路也能把牙摔了，叫爸妈怎么放心啊，过两天周末带你去补上了，真难看。"我故意咧开嘴对她傻笑了一下，赶紧低下头吃鸡蛋羹，其实我的眼泪已经在眼眶打转了。

想到以后未知的生活，我真的要一个人去面对吗？更何况，那个生活里，可能没有蜜薇。

吃完饭我靠在沙发上看电视睡着了，等再醒来却发现墙上的钟已经走到十点了，蜜薇还没有回来。我拿出电话打给她，手机的提示却说她关机了，是没电了吗？蜜薇不知道在干什么，一条短信也没有收到。我真的担心起来，想到下午的那盒鸡爪，更觉得是个不好的预兆。我望向黑乎乎的窗外，外面只有一盏孤零零的路灯在散发出昏黄的光影，好像起风了，也好像降温了，蜜薇会在哪儿呢？我正在发呆，手机却响了起来。居然是陈松霖的电话。我本来不想接，等电话响了一阵，最后还是接了起来。陈松霖在电话那头发狂一样地叫："小乐小乐，你快点过来！"他的声音听起来像是受了很大的惊吓，语无伦次地在电话里说："我们在蜜薇家！"我也被陈松霖吓到了，蜜薇到底怎么了？我只好强忍着慌乱拼命对陈松霖说："你不要慌，我马上过来，你们……"我话还没有说完，电话就啪地挂断了，无论我怎么打过去，都再也没有人接。

我打开窗户，果然是在刮着风，冷风呼啦啦地灌进我的卧室，吹着衣架上还挂着的蜜薇的睡衣，那件缀着蕾丝和缎带的，美丽的睡衣。可蜜薇呢，她也和这件睡衣一样，美丽，却被这种说不清的冷风，吹动着她的命运。我过去把那件睡衣抱在怀里，喃喃地说："蜜薇，你可千万不要有事啊。"

我飞速赶到了蜜薇家门口，门居然是虚掩的，我轻轻一推就开了，可进去的画面却让我永生难忘。蜜薇举着刀横在自己的脖子上，而蜜薇的妈妈也举着刀对着自己，陈松霖呆若木鸡一般傻傻地站在一旁，三个人都诡异地一言不发，仿佛已经这么对峙了很久。陈松霖看见我来如获大赦，赶紧冲过来对我说："董乐，蜜薇她……""闭嘴。"蜜薇的声音嘶哑地响起，和她平常说话的声音很不一样，我听出她的颤抖和紧张。蜜薇的妈妈目光呆滞地看了我一眼，意识不清一般很轻地说道："你也是蜜薇的同学吧，把她带走吧，我只是想，想死掉而已，别让她来烦我。"我的汗毛瞬间竖了起来，原来是这样，蜜薇妈妈要自杀，她没有办法了，只能用自己也自杀威胁她妈妈。

我压住自己狂跳的心，尽量平静地走去蜜薇身边："先把刀放下好吗？"蜜薇不说话，她用眼神扫了我一下，微微摇了摇头。我只好对着蜜薇妈妈说："阿姨，你也先把刀放下，我们……"我话还没说完，蜜薇的妈妈忽然不受控制一样疯狂地尖叫起来，她手里的刀在胡乱挥舞，似乎随时就要刺伤自己。蜜薇的脸色变得更加苍白，她绝望地看着自己疯妇一般的母亲。"你一定要这样吗？"蜜薇的声音听起来空洞而无物，"你疯了，你为了他疯了。"蜜薇忽然喉咙里发出小兽一样凄厉的叫声，我看到她的手在颤抖，我的心顿时揪住了，仿佛是下意识的行为，我伸手去握蜜薇手里的刀柄，也仿佛只是同时，她的刀想刺向自己。"蜜薇，不要！"我恐惧地喊道，我感觉到蜜薇在和我争抢那把刀，我也感觉到非常的混乱，我感觉到蜜薇的母亲倒是安静下来了，看着我们在撕扯，我还感觉到了一片血红和蜜薇的惨叫。剩下的事，我不记得了。

Chapter 11　独一无二的漂亮

我把王德振送回他家，下车前他忽然说："当时蜜薇的伤……真的是你弄的?"我点点头："应该是，可我无论如何也不记得当时的事情了，只记得在争抢那把刀的时候，蜜薇的脸被划伤了。"空气忽然沉默，这件事已经很久没有被提起了，我也一直试图去忘记当时的情景和结果——那么美丽的蜜薇，那么信任我的蜜薇，我最好的朋友蜜薇，因为我，脸上有了疤痕。

王德振叹了口气，他拍了拍我的肩膀："我虽然不在场……"我打断了他："不用安慰我，是我的错，无论怎么样，那道伤疤是我造成的。"他坚持把话说完："蜜薇没有怪你。"我惨淡地笑了一下："我知道，她不可能怪我。"我忽然抬起头，看着坐在我身旁的王德振，他的脸其实变化不大，很奇怪的，甚至还比那会儿好看了一点儿，可我知道，他一定也变了，就像我一样，人只要经历过一些事情，无论如何是会改变的。"蜜薇不会怪我，就像如果那样的事情同样发生在我身上，我也不会怪她，可，只要有那道疤存在，她的人生就不一样了，你知道吗?"我尽量让自己的语气平静，可我的眼泪忽然不受控制，汹涌澎湃地落下了。

王德振坐在那，认真地对我说："哭吧，你早该哭了。"

那天我没有陪蜜薇去医院缝针，她坚持让我回家，一沾床我就昏昏沉沉地睡着了，等醒来的时候，已经收到一条蜜薇的短信了：在第一医院，住院部三楼11号床。下课再过来，别逃课。

我不敢想她现在有多难熬，也不敢忤逆她的意思，只能握着手机呆呆地坐在床上，不知道要不要现在问蜜薇到底情况怎么样，我最后的记忆不过是蜜薇捂着脸颊，那里有血一直渗出来。最后我什么也没问，只说了一句："今天还吃不吃鸡爪?"蜜薇居然很快地回了我："吃。"我抹了抹不知道何时流出来的眼泪，起来洗脸去学校。我看了一眼在厨房给我做早饭的妈妈和坐在沙发上看新闻的爸爸，忽然明白，我真的比蜜薇拥有的多很多。我对自己说，所以，更要对蜜薇好一点儿，她现在能确定拥有的，也就是美丽和我。我忽然明白了昨晚妈妈说的那些话，为什么女孩一定要有朋友。蜜薇就是啊，她曾经信任过家人，但是家人却不能做她的依靠，她也曾经信任过陈松霖，陈松霖也辜负她的信任。她信任我，但是不会依靠我，她只需要我站在她身旁，和她信任我一样信任她，知道她可以渡过任何难关，这就够了。

我不会辜负蜜薇的，就像她也不会辜负我一样。我们给彼此的，是让彼此更相信自己。蜜薇让我相信自己可以被人爱，我让蜜薇相信自己，值得更好的爱。我们以后也许不会总在对方身旁，但一定不会离开对方，因为我们早已在对方的生命里留下了印记，这种烙印，是一辈子的。可我还是忍不住没来由地慌张，如果昨晚……如果刀尖真的给她留下伤痕，是不是我的错。我拿上妈妈给我烙的蛋饼去上学，她在我出门的时候问我："蜜薇今天要来家里吗？晚上要给她做饭吗？"我告诉妈妈："今天不用了，我也要晚点回来，蜜薇受伤进医院了，我去看看。"妈妈诧异了一下："这孩子怎么受伤了？行，你去看看她，要是她妈妈没事，你就还是带她回来一起住，在医院怎么睡得好呢。"妈妈重重叹了一口气，对我挥挥手，让我上课去了。

　　上课的老师有点感冒，声音嘶哑难听仿佛催眠曲，我睡不着，只有点心不在焉，好像能预感到一些糟糕的事情即将发生。好不容易等到午间休息，我没去食堂，却鬼使神差地上了东东当时带我去的顶楼。我找到那张小沙发，安静地坐在那儿，楼下是嘈杂的学生，很多人在嬉闹，笑声随着风一起飘到顶楼的上空，那么无拘无束，那么自由。我闭上眼，希望暂时忘掉这一切，只取得片刻的宁静。正当我舒服得几乎要在这宁静的小空间里打盹儿的时候，东东的声音惊喜地响起来："董乐，你怎么也在。"我睁开眼，看见东东穿着一件浅蓝色外套，头发扎成一个马尾，她的样子看起来特别温婉可爱。我不禁想到蜜薇，她们都是漂亮的人，但她们的生活却迥然不同，性格也差之千里。东东虽然看起来十分柔弱，但我隐隐感觉到她其实内心有很多秘密；蜜薇看起来美得桀骜不驯，却有着最柔软的心。但她们都一样，都异常地坚持自己，这可能是长得美的人的共同之处，因为漂亮，让她们更相信自己，也更愿意去争取自己愿意得到的东西。东东熟练地从口袋里拿出烟和打火机，她点上，深深地抽了一口，又对着天空吐出一口烟。这副风尘的动作和她清纯的外表形成强烈的反差，使她看起来格外迷人。我不由得劝她："抽烟对身体不好吧。"东东却笑了："没有人抽烟是为了锻炼身体。"她又连抽了几口，终于把手里的烟灭掉："很多人抽烟，是因为心烦。"我问她："那你呢？"东东这么回答我："我是因为心里不安。"她趴在栏杆上，看着下面匆匆走过的学生，回头对我嫣然一笑："董乐，我和你不一样，我得到的东西，总是比不上我争取的时候付出的努力多。"她打量着我，又说："你很幸运，是不是。"我想了一下，只能承认："的确，我很幸运。"东东又问我："你今天为什么来这里？是不是有什么不高兴的事情，总不会和我一样，想抢别人的东西吧？"我忽然问东东："你会把我告诉你的事情，告诉别人吗？"东东的笑容看起来那么真诚，她回答我："当然不会。"我小声地对东东说："我想带一个人也来这儿看看。他，他以前是我的男朋友，过几天要从国外回来。"东东继续微笑着说："我知道，王德振。"我点点头，继续说："我总是很想他，想他要是没有走，可能我还可以把心里的事情告诉他。最近发生了很多事情，都让我觉得我自己是一个失败的人，但他曾经对我说，我是一个很好的女孩，说我漂亮，说我善良。"东东的笑脸还是那么明媚动人，她轻轻地反问我："是吗，他这么说？那王德振真是一个很好的男朋友。"我的眼睛里却蒙上一层雾气："是啊，他是一个很好的男朋友，但我，不是一个好的女朋友啊。"

　　那天放学我买了一大盒鸡爪去看蜜薇，一天而已，她像是瘦了一大圈，眼睛凹进去，原本就小巧的脸盘，更显得只有一点点。我看着蜜薇，心里的绝望终于弥漫开来："你的脸。"我惊恐地发现，蜜薇那张完美无瑕的脸上，现在贴着厚厚的纱布，我僵直地站在原地，用牙缝里挤出几个字："是我弄的，对吗？""傻瓜！"蜜薇苦笑着摸了摸自己脸上的纱布，又指了指我缺掉的门牙。我的话都在颤抖："我没有想到会这样，我只是不想让你伤害自己。"她低下头："我知道，真是好朋友，破相都要赶在一起，你摔了牙齿，我伤了下巴。"她抬起头，那块纱布的存在是那么格格不入，这么漂亮的女孩，伤痕不应该出现在她的脸上。

蜜薇接着告诉我："那天放学陈松霖拦住我，要和我解释。我真的很烦他这样，告诉他我累了，不想和他再纠缠这些无谓的事情了。然后我就说，我和他就这样两清了吧，他送我的东西，我也要还给他。于是我就带着他回我家去拿东西，谁知道，打开门，我妈妈居然在家。"蜜薇的眼睛看不到一丝温度，她说这些的时候，仿佛那是别人的事情，但我知道，她的心和她脸上的伤痕一样，正渗着血。蜜薇继续说："她站在客厅的中间，举着刀准备割腕，我尖叫着扑上去抢掉她的刀，说如果她要自杀我也做一样的事情，但她和疯了一样根本不管我说什么，之后，你就来了。"蜜薇颤抖起来，她靠到我的肩膀上，疲惫得不能再言语一句。我也说不出话来，无法想象，这样的事情，这样好像是发生在电视剧里的事情，居然会真实地发生在蜜薇的身上。

我问蜜薇："会留疤吗?"蜜薇又摸了摸那道伤："会，医生说，太深，一定会留疤的。"我的心里一阵剧痛，但我知道蜜薇此刻比我更痛。她看我那么伤感，倒反过来安慰我："别太紧张，可能就是老天看我太美了，怕这么漂亮我命里承受不住，所以给我弄点小伤，说不定这倒是好事，以后的运气就好起来了。"蜜薇对我挤出一个笑容："鸡爪呢，快，医院的饭难吃死了，我一天没吃饱了。"我赶紧举起手里的快餐盒："满满一盒，都是你的。"蜜薇打开饭盒，看了我一眼："我要开始啃鸡爪了哦，但你不要记住我啃鸡爪的样子。"我却笑不出来，这个时候，她假装不在乎伤疤，却在乎自己啃鸡爪的不雅，是为了不让我难堪。

蜜薇正啃着鸡爪，医生却正好过来查房："你在吃什么?"蜜薇马上举起饭盒："可好吃了，全世界最好吃的鸡爪子。"医生大叔不禁也被她逗笑了："谢谢你，我不吃。"蜜薇对我眨了眨眼睛："想用鸡爪贿赂医生失败了。"医生的表情严肃起来："你妈妈在楼上的病房，还在睡着，估计药效还没有过，你的伤没有大碍了，晚点可以走了。但我们建议，你的妈妈要去精神科看一下。"蜜薇也点点头："我其实猜到了，她这个样子，不太对劲。"医生继续问："你家还有其他人吗?"蜜薇摇摇头，医生也有点动容："你还在读书吧，家里出事也没个大人过来，怪耽误学习的。"医生大叔又交代了几句，就先走了。蜜薇忽然问我："小乐，我能找我爸爸吗?"我激动起来："你当然可以啊，就算是离婚了，你也还是他的女儿啊，为什么不能找!"蜜薇沉思了一下："我总觉得，我爸离开我妈之后，他其实也不开心。上周他给我打了个电话，好像，那个女人，也快不行了。"蜜薇顿了一下："我最近总是想，如果我爸不离开我妈，也许生活还和以前一样，我妈不会自杀，我不会受伤，但一切就能完全顺利吗? 不会的，陈松霖还是会和我分开，我的生活一定还会出现别的幺蛾子。所以我也不怪我爸，他选的路也不好走，那个女人死了，他这辈子也不会再接受别人了。我妈也一样，我爸走了，她也不能接受别人了。但我不是他们，我还可以有很多可能呢，我和陈松霖分手了，我还可以爱下一个可爱的男孩子，下一个可爱的男孩子分手了，还有下下一个。为什么他们不能像我这样呢? 为什么非要在一个人身上纠缠，这样，不是伤害了更多人吗?"

蜜薇握住我的手："等我们长大，一定要去爱很多人，答应我小乐，千万不要只为了一个人，就放弃剩下的可能。"我回握住蜜薇的手："如果我爱很多人，蜜薇，我也会一直爱你的。"蜜薇的如花笑靥再一次对我绽开："当然，我最爱的人，也会一直是你。"我们靠在一起，啃那盒鸡爪子，鸡爪子太辣了，我们都被辣得掉下眼泪，蜜薇吸着气说："要是以后每一次掉眼泪，都只是因为被辣椒辣得该多好啊。"我也辣得龇牙咧嘴："那么以后每次你要哭的时候，我就赶紧带着鸡爪子来看你，这样，除了我，就没有人知道你是因为什么哭了。"蜜薇舔了舔手指，对我用力地说："那，我们说好了哦，以后我哭，你都要来。"我把最后一个鸡爪子递给蜜薇："嗯，说好了。"

　　从医院出来后我独自一个人走回家，路上看见两个女孩，还是高中生的模样，她们正趴在一家内衣店的橱窗前，指着一件漂亮的蕾丝内衣嬉笑。一个女孩说："喂，想穿这样的内衣吗？"另一个女孩笑嘻嘻地回答她："等我们长大一点儿，就一起来买这样的内衣穿啊。"我不由得也停下脚步，看着橱窗里那些魅惑的内衣。那些内衣在灯光下都很美，很魅惑，我想蜜薇一定是喜欢穿这样的内衣，成为那种倾倒众生的女人，但是我呢，我会穿上什么样的衣服，会成为什么样的人呢？我掏出口袋里的钱数了数，大概够买一件内衣。等我再从店里出来的时候，手上多了一个漂亮的纸袋，里面装着一件内衣，上面有精致的花边，是淡淡的浅紫色。我不是买给自己的，这件内衣，我要送给蜜薇。到家的时候，我妈马上给我盛了一碗汤，她问我蜜薇怎么样，我喝着那碗美味的汤，眼泪忽然掉在汤里，我含糊不清地说："她的脸，被我弄伤了，可能会留一点疤。"我妈也一愣，随即叹着气说："你弄伤了蜜薇？"我的委屈、自责终于释放出来："是我，怎么能是我呢，昨晚我赶过去，我看见……看见她举着刀好像要刺自己，我就想赶紧把刀夺下来，谁知道……"我抽泣着，感觉自己是那么语无伦次，我听见我妈安慰着我："现在医学有办法的，等好点了我们带她去做疤痕修复。"我终于大哭起来："没有一个人，真的关心她。"我妈也恻然："是啊，这么漂亮的女孩子，怎么这么多劫数非要缠上她。"我抱住我妈："妈，如果蜜薇也是你的孩子就好了。"我妈刮了我鼻子一下，笑着说："我可生不出这么好看的姑娘，我和你爸呢，基因也就这样了，只能生出你这样的，傻傻的，笨笨的，但是看起来，还挺有福气的女儿了。"我妈的眼睛红了，她给我捋了捋头发，动情地说："以前我不明白，看人说，惟愿孩儿愚且鲁，无灾无难到公卿，心想哪有这样的，还不盼着孩子拔尖儿。现在你越大，我反而越明白了，我和你爸，并不要求你多么努力，多么出众，我们只希望你平安，少经历一些风波。"我生气，说："怎么就愚鲁了，我也挺聪明的。"我妈笑着拍了我屁股一下，去给我削苹果了。

我回到房间想看一会儿四级题，但是思绪怎么也无法集中，我回味着刚刚我妈说的话，希望我平安，无灾无害地度过一生，可是这样的一生，又有什么意思呢。蜜薇肯定也是这样啊，她宁可撞上南墙，也希望一口气撞塌那堵墙，而不是绕着墙走。如果是遇见蜜薇以前的我，可能会看看那堵墙，然后打个计程车，赶紧躲开。但是现在的我，也想学着蜜薇，去好好地撞一下，看看自己到底能忍受多疼才败下阵来。青春小说里，女主角都不用学习，而我除了要面对一样的难题，还要学习高数、考四级。这可能就是生活和小说的差别。我越看题，头就越来越大。我真的不理解，发了个短信问蜜薇："你说过去完成时和过去完成进行时到底有啥区别呢？"蜜薇很快回了我，她的答案倒也很妙："总有些过去的事情，是没有能完成的。比如你和王德振，就是过去完成进行时，我和陈松霖呢，则是彻底的过去时。"我想了一下，回复蜜薇："我和王德振，也是过去时了。"

　　蜜薇没有再回我，我倒是因此对这些时态有了些新办法，以后要是搞不清状态，就想一下前男友，看看关系到底是已经过去，还是进行中。但我可以肯定的是，这些年轻的感情，大部分都是未完成。但无论是不是过去，这些感情，多少都会在我们的生命留下一些东西，在我们的进行时里，也成为一道不可磨灭的痕迹。蜜薇受伤的那一刻，也许就是一个过去完成时，但那道伤疤会成为她永久的进行时，和她与我一起去面对以后的生活。我好不容易做完一套真题，已经是深夜，我迫不及待地爬到床上，平时我的身边，也躺着呼天抢地说第二天一定起不来的蜜薇。但现在，她肯定也在想，要是能和我一起睡在这里该多好。我摊开手掌，看着自己的掌纹，看着那短短的生命线，我问自己："是否真的有命运这回事呢？"如果有，那么蜜薇的命运和我的命运，到底有多少部分会重叠在一起呢？我在心里暗自地祈祷，希望蜜薇从今天开始，那些噩运和纠结都远离她，让她今后的人生，和她的美丽一样，只需要光彩夺目，不需要有任何暗影来袭。而我，我却希望，我能经历一些什么，让我不再是温室的花朵，也可以是一朵在风雨下摇曳的野花。很久之后，我吃惊地回想起这晚的祈祷，发现那一夜，可能真的有神明经过，听到了我的许愿。因为我的命运从那之后开始，的确发生了很多改变。

　　一周后的晚上，蜜薇又搬来了我家，她进门的时候我赶紧看着她的脸颊，那里有一道印记，泛着红色，我的心再次揪起来。蜜薇却叹道："还是美女，疤也不能让我变难看。"我忍不住唾她一口："你别这样说。"我也已经补好了牙齿，不再漏风。蜜微满意地说："还是有牙齿比较好看。"我妈听见我俩的话，迷信地说："破相消灾，你俩都算破了一点相，以后就都平平安安的了，这就对得起受的伤了。"蜜薇笑着对我爸妈说："叔叔阿姨，又要来打扰一段时间了。"我爸赶紧说："没事没事。"我拉上蜜薇进房间，关上门的那一刻，蜜薇的脸顿时没了笑容，她倒在床上，满脸的疲倦："累死了，这几天没有一刻能放松。"我小心地问她："你妈怎么样了？"蜜薇却不想多说："不要提这件事了，我想赶紧忘掉。"于是我也不再问，赶紧去拿出那天买的内衣，递到蜜薇的面前。她惊讶地接过来，打开袋子，发现居然是一套精致的内衣。"你居然送我内衣？"蜜薇虽然故作一脸的嫌弃，但还是忍不住把那件美丽的内衣拿在手里，用她纤长的手指轻轻地划过柔软的面料，然后她抬起头，对我甜甜地笑了："傻瓜，我明白你的意思了。"蜜薇忽然又坏笑起来："喂，想不想看我穿。"我一下子脸红起来："你自己试试合不合身就好，不用……不用穿给我看。"蜜薇终于没了刚刚的阴郁，反而大笑着说："有什么好害羞的啊，我有的你不也有嘛！又不是没看过！"她站起来，干脆地除去衣服，当着我的面自然地脱掉自己的内衣，小心地换上那件蕾丝内衣。蜜薇的胸部很饱满，在这件内衣的衬托下，她不再是一个和我同龄的稚嫩女孩，反而平添了几分妩媚和成熟。我房间没有全身镜，她干脆对着窗户玻璃照了照，模糊的倒影里，是一个绝色的女孩。蜜薇挺了挺胸，对我说："真好看，你是第一个送我内衣的人，买的这么美，谢谢你。"她故意摆出一个撩人的姿势，对我勾了勾手指："怎么样，能不能出去迷死所有的男人？"我由衷地点头："一定可以。"蜜薇忽然说："来，你也试试。"她三下五除二脱掉那件内衣塞到我手里："试试嘛，试试又没关系。"我拼命摇头："不要不要，这是买给你的啦！"蜜薇却说："又不是要还给你，你的内衣我又不是没见过，全部是幼稚到不行的，还有 Hello Kitty，都多大了，试个内衣有什么好害羞的。"我拗不过蜜薇，只好背过身去，脱掉身上的衣服。蜜薇蒙住眼睛喊道："我不看我不看，你穿好我再看。"我换上那件内衣，可能是有点冷，我觉得当我的肌肤接触到这柔滑的面料时，所有的鸡皮疙瘩都爬上了我的皮肤。我有点紧张地对蜜薇说："我穿好了。"蜜薇放下遮在眼睛前的手掌，她没有说话，也没有像我一样惊叹，她只是安静地打量了我好一会儿，才温柔地对我说："小乐，你看，你也是一个成熟的女孩了。"我们一起都只穿着内衣，站在窗户玻璃前，玻璃中不清晰地出现着两个年轻的女孩，我们看起来都那么鲜嫩，我们的身体都一样的紧致挺拔，我们的胸部都是饱满的，不再是我们以为的青涩。蜜薇搂着我的肩膀，她对我说："我们真的不可避免地成熟了，彻头彻尾地要学习做一个成年人了。"我忽然伤感起来，想到毕业之后可能会到来的离别，到时候，我们可能会在不同的公司、不同的城市，认识不同的人，也变成对方陌生的人。我忍不住再次看向蜜薇，想把她此刻的身体永远地记住。

我问："蜜薇，我这么普通的人，以后你回想起我，会记得我什么？"蜜薇斩钉截铁地告诉我："小乐，你不是普通的女孩，等以后我要和别人介绍你，我会说，我有个好朋友，叫董乐，她是除我以外最好看的女孩。"她抚摸着我的手臂："你皮肤真好，像缎子一样。"我顿时又羞红了脸："不好，不好。"蜜薇无奈地说："夸你有什么害羞的，好就是好啊。"她扭了扭腰肢，对我说："我有个远房的表姑，我上高一的时候，有次她来我家里住，她虽然年纪不小了，却还是很漂亮，擦口红，穿漂亮的衣服，每天出门前，我都看见她会在房间里擦上香水。我问她，怎么样才能像她这样，一直这么漂亮。你猜她对我说什么？"我呆呆地问："她说什么？"蜜薇告诉我："表姑说的话我一直记着，她说，要想一直漂亮很容易，多花点功夫，大部分女孩都是可以漂亮的，但你自己也要相信，你是独一无二的漂亮。"我不解这句话的意思："自己相信？"蜜薇对我点点头："小乐，是啊，相信自己，是一个独一无二的女孩。"我还想再问，我妈却敲门，说："干吗呢？还锁着门，煮了枸杞莲子汤，出来喝一点儿。"蜜薇对我吐吐舌头："快穿好衣服，去喝甜汤，这几天我可想死阿姨做的吃了。"我套上自己的衣服，开门前，我的余光瞟过窗户里那个看起来普通到不能再普通的女孩，她眼睛不大，发型老土。我对着那个玻璃中的女孩轻轻地笑，露出几颗牙齿，在这种笑容里，我忽然觉得，这个女孩，也蛮特别的，而且至少，还有个好朋友一直对她说，她也很漂亮。好吧，我决定相信蜜薇，我和她一样，都是独一无二的漂亮。

第二天早上，蜜薇和我说，她打算去报个雅思班，名字叫作保6争7（雅思考试总分9分，保6争7的意思是保6分争7分）。"是不是一听，就觉得热血沸腾？"蜜薇抖着那张资料对我说。我拿过来那张薄薄的纸，上面用鲜红的大字印着：出国，是你人生的转折。我一愣："你也要出国？"蜜薇平静地说："不一定，只是想先做些准备。"蜜薇又看了看那张雅思班的宣传页，最终还是说："算了，还是别去了，异国他乡，我耐不住寂寞。

哎，你说我们是不是都不是那种干大事的材料，一点儿努力也不想付出。我也跟着蜜薇感叹："我们高中老师就说过，我不是努力的学生，以后只能去天桥底下当三削！"蜜薇不解："啊，三削？是什么？"我忍着笑告诉她："就是削甘蔗、削菠萝、削荸荠！"蜜薇哈哈大笑："天啊，你们老师也太有创意了，这也算是一个职业吗？哈哈哈哈！"蜜薇笑够了，忽然问我："王德振是不是要回来了？"我点点头："是，他说要回来办事。"蜜薇看了我一眼："你可要把持住，别又让心思随他跑了。"我没好气地说："放心吧，心思再活络，也跨不过太平洋。"

我们笑成一团，可能这就是女孩子吧，虽然有那么多担忧，但只要有一点点值得高兴的事情，还是可以笑出声来。我们在校门口各自先回宿舍。蜜薇轻快地对我摆摆手："今天也要加油啊！"她说得那么自然，那么轻松，就好像刚经历了一些可怕事情的人并不是她而是我。我没用的眼眶又红了，哽咽着说不出话来，只能也对她拼命挥手，让她知道，我会和她一起加油。我低着头往自己宿舍走去，正当我拼命地加快脚步的时候，却撞上了一个人。我刚要道歉，却听见那个人的声音是如此熟悉："董乐，要迟到了哦。"我抬起头，看见早晨耀眼的阳光中，王德振笑嘻嘻地站在我面前。他变了很多，剪了一个清爽的发型，穿着简单的棒球外套和牛仔裤，整个人看起来和电影里的美国少年一样。但他看着我，露出那种傻乎乎的笑容，又好像他从来没有离开过，也从来没有变过。我拼命地压抑着狂跳的心："你回来了。"王德振也很平静地回答我这个白痴到极点的问题："嗯，回来几天了。"我们就这样沉默地互相看着对方，我不知道该说些什么来打破这样的沉默，但我也不因为这种沉默而感到尴尬，我只是，只是觉得好像也可以不说话。王德振往前跨了一步，他离我很近很近，好像这么短短的时间里，他又长高了，也更结实了。我小声地嘀咕道："走了这么久，也没有给我带礼物。"王德振轻轻地从外套口袋里拿出一样东西："我给你带了礼物。"那是一个小小的玛丽莲·梦露的卡通人偶，她噘着嘴，按着自己的白裙子，做出那个经典的动作，但这个人偶做得很有趣，不但漂亮，还很可爱。我笑起来："为什么送我这个呀！"王德振对我耸耸肩："不知道，刚到美国的时候，路过一家店看见了，觉得很像你，我就买了，一直摆在我的床头。"

王德振对我继续说："刚去的时候特别想你。"我也回答他："我也挺想你的。"我说完这句话，看看手表，只能抱歉地对王德振说："还有课，今天那个老师必定会点名，要先走了。"他点点头："我在校门口的奶茶店等你。"我"嗯"了一声，抓着那个玛丽莲·梦露的人偶，就飞快地跑走了。在跑向教室的路上，我不知道是奔跑还是因为王德振的出现，只觉得浑身发热，但又异常激动。我捏着那个玛丽莲·梦露的娃娃，真不知道哪里和我相像。这时候一条陌生号码发进来一条短信，我打开手机，那条短信写着："她噘嘴的样子很像你。"我合上手机，在心里说：王德振，你不但真的曾经很喜欢我，还真的眼瞎啊！我忽然转身，向校门口跑去，我想马上，马上见到他。

我又一路小跑到了奶茶店，隔着玻璃我就看到了王德振，他喝着一杯草莓奶茶，低着头全神贯注地在看手机。我悄悄走过去，想看看他那么专心地在做什么。我刚走到他身边，王德振却像早已料到我来了，他抬起头，举起手机，对我说："我在玩俄罗斯方块。"他已经垒了很高，在等到一根长条的时候，王德振把手机递给我："来，你来消除。"我接过来，把那根长条插进去，一大片方块顿时消除。我欢呼一声："好棒！"王德振也捧我的臭脚："好棒！"我们忽然不再有任何尴尬，就好像回到那天在摩天轮的狭窄空间里，他玩俄罗斯方块，我安静地看着，看他轻松地消除一栏又一栏。如果，生活里的各种问题也和俄罗斯方块一样，可以找到一个模式就能消除，那该多好。我忽然想起，是陈松霖告诉了王德振我牙齿的事情。我好奇地问："陈松霖都和你说了什么？你怎么知道我牙齿掉了。"王德振却摇着头，说："我以为我速度够快了，还指望能看见你没牙的样子，没想到你还是已经补上了。"我拍他一下："你还和陈松霖有联系？"王德振告诉我："嗯，我们有联系，我有时候想知道你怎么样，就给他打个电话。"我翻了一个白眼："你为什么不直接问我？"王德振的脸上浮现出温柔的神色："我很辛苦很辛苦，才做到能不每天想你，我真的不想前功尽弃。"我不敢看王德振看我的眼神，只好把头扭开："可走的人，是你啊。"王德振平静地回答我："如果我这次回来不走了，小乐，你愿意原谅我吗？"

我吃惊看着他，发现他的表情并不像在开玩笑。王德振坚定地说："我就是回来和我老爸谈判的。"我磕磕巴巴地继续问他："那你，在美国，不读了吗？"他解释给我听："嗯，想要回来，也就是说，我可能会成为你的学弟。"我的脑子顿时不够用了，王德振现在怎么可以告诉我，他不是回来待几天就回他的美利坚，而是要留下来。我捧着头，惨叫道："信息太多了，好饿！"王德振奇怪地问我："为什么信息多会饿啊？"我振振有词地告诉他："因为大脑处理信息需要好多能量，会耗费很多能量，所以就饿得很快。"王德振说："那要不去食堂吃饭？"我大叫一声："啊，光是听到食堂两个字我就快饿昏了！"王德振拍拍我的肚皮："走吧，你请我吃咱们食堂最好吃的炒米粉！"我抗议："你不是富二代吗？请我吃龙虾鲍鱼不可以吗？"王德振掏了掏口袋，拿出一张十块对我说："全部家当。"我喊道："你爸爸是不是破产了，所以才回来！你根本不是因为想我！"王德振笑弯了腰："鲍鱼龙虾改天吃，今天只能刷你的饭卡请我了！"

　　我俩走到食堂的时候，大部分档口都已经收摊了，只剩唯一的小炒档口还有吃的。我故意凶狠地说："小炒一个要八块，你那么能吃，我也那么能吃，我们得吃四个菜，我亏大了！"王德振也凶巴巴地说："对，我就讹上你了，怎么的，再去给我刷一瓶可乐！"我拿出饭卡去刷小炒，结果刷卡机却提醒我金额不足，我愣道："完了，今天忘记充值了，但现在充饭卡的办公室早就没人了，这怎么办！"王德振无奈地说："小炒也吃不成了，前女友真是抠门。"我俩正商量是不是要去小卖部随便买个面包凑合的时候，一个温柔的声音却响起来："刷我的饭卡吧。"是东东。我刚要和她解释，却听见王德振惊喜地说："东东，是我，我回来了。"东东的脸上却一点儿诧异也没有："回来看小乐的吧，那正好，我请你们吃饭，小乐啊，就是糊里糊涂的。"王德振高兴地拍拍我的头："看，还是人家东东大方，哪像你，小气鬼。"东东微笑着说："想吃什么，董乐？"我整个人都怔住了，显然王德振和东东是很熟的，但在这之前，我却毫不知情。而且就在前儿天，我在顶楼和东东述说王德振的时候，她明明表现得和王德振根本不认识一样。我充满了狐疑，但还是忍住了。王德振很兴奋，可能离开这么久，能看见以前的朋友是值得高兴的。东东端了几个菜，我们一起坐下吃饭。王德振开心地说："你原来和东东玩在一起了啊？之前怎么都没听你提过？"我刚要答话，东东却抢着说道："小乐不是故意瞒着你的。我们，我们也是最近才发现很聊得来。"我心里忽然涌起一种强烈的不踏实感，但我解释不了这种不踏实是因为什么，于是只好埋头吃饭。就在我飞快地扒饭的时候，我听见东东说："王德振，你回来是特地看小乐的吗？也该回来看看她了，前几天我问小乐有没有想你，小乐都说，快想不起你来了。"我一下子呛到了，猛烈地咳嗽起来，王德振忙问："你怎么了？"我涨红了脸，却说不出话来。我看向东东，她的脸上却是一脸的真挚："小乐，你还好吧，要不要我倒杯水给你。"我的心一下子坠了下去，想起之前蜜薇和我说的话。我发现我根本不知道东东是一个什么样的人，而她现在要做什么，我更无法控制了。

　　吃完午饭，王德振还有事要回家去办，就说得先回去了。我问他："要不要回教室去和大家打个招呼再走？"他想了一下："算了，说不定，过几天就回来了。"我还没来得及说话，东东却敏锐地听出了王德振的意思："你，不回美国了？"王德振难掩得意："嗯，不想回去了。"东东的脸上闪过一丝惊喜，但很快就恢复如常："嗯，挺好的，这样小乐也多个人照顾了。"她说完，就自然地搂了搂我的肩膀："你快走吧，不然耽误小乐下午的课。"王德振似乎还想和我说些什么，但他看了看东东，还是没有说。王德振处理事情去了，我和东东站在食堂门口，她瘦瘦的身子，被午间的太阳压成一团模糊的黑影。我眯着眼睛，发现我真的看不懂那团影子里，究竟是什么。东东似乎对刚刚她说的话毫无想解释的意思："要上课了，那我先去教室啦。"她还是那样笑着，对我摆摆手，把背挺得直直的，消失在我的视线中。我在原地愣了一会儿，决定把这件事告诉蜜薇。我打电话给她，把刚刚发生的事情，原原本本地学给蜜薇听了。蜜薇听完我的复述，总结道："小乐，东东说的那些话，传达了三个意思，你听出来了吗？"我摸不着头脑地问："三个意思？我一个意思也没听出来啊……我只是觉得，好像哪儿有点不对劲，但又说不出到底哪里不对劲。"蜜薇训道："你当然听不出来了，你要能听得出来，东东就不会当着你面说了，她就是欺负你傻啊，傻瓜！"我小声地辩驳："就是像你和东东这样的人太精了，才衬得我傻。"蜜薇立马骂我："要死吗？别把我和她放到一起比。"我只好安抚蜜薇："好好好，不拿你和她比。"蜜薇继续和我解释："东东说你和她关系好，想表达的意思是，她想让王德振觉得，她也是你的好朋友，所以王德振可以信任她，信任她后面说的话。接着，她再说你不想王德振，是想让王德振失望，而且你这个呆子，又没有马上反驳，王德振肯定会觉得，你和东东既然是好朋友，那你和东东说不想他，一定是真的了。"我彻底服了蜜薇："天啊，你是怎么凭这么短短几句话，就能分析出这么多的！"蜜薇得意地说："漂亮的人才聪明。现在明白了我平时告诉你我秀外慧中不是吹牛了吧。"我马上承认："不是吹牛，是事实。"蜜薇接着说："最后，王德振说了他要回来的事情，东东马上说，这样你就多个人照顾了，是想告诉王德振，之前她经常照顾你，而且这句话还有一层意思，那就是等王德振回来，东东可以打着和他一起照顾你的名号，经常和你们待在一起，就像今天一起吃午饭那样。"我怔住了："那按照你说的，难道东东真的喜欢王德振吗？可是，她那么好看，又很聪明，为什么会喜欢王德振啊！"蜜薇笑了："人家王德振哪里不好了，还是富二代，说不定东东就是喜欢他有钱呢？"我还是很不解："不会的，我觉得她不会喜欢王德振，你不知道，王德振也可傻了，和我一样，我觉得东东今天说的那些，我没听懂，王德振也一定没听懂。”

蜜薇笑起来："很有可能，你们俩也算是绝配，傻到一起去了。"我反驳蜜薇："谁和他是绝配，就算他要回来，我也不会再和他恋爱了。"蜜薇惊讶道："所以，即使王德振为你从美国跑回来，你也要拒绝他吗？"我慢慢地告诉蜜薇："蜜薇，我是有点傻，可并不是什么都不知道啊。我可能不了解东东，也听不懂她的话里有多少意思，但我其实挺了解王德振的。他这次回来，说是因为很想我，其实呢，他是适应不了在美国的生活，你知道吗？他还会和陈松霖打电话。我想，他是因为在那边太寂寞了，所以给了自己一个借口，也说服自己，想要回来。"蜜薇思索了一下，居然同意我："嗯，你说得对。"她忽然惊喜地叫起来："我的小乐，你进步了！"我哭笑不得："这个时候不应该是安慰我说没事没事，果然前男友都不是好东西才对嘛！"蜜薇忍俊不禁："我的前男友的确不是东西，你前男友还行，还勉强能算个东西。"我们又一起笑了，也只有和蜜薇，我才能这么肆无忌惮地说出内心的事情，也能肆无忌惮地笑。

王德振短暂地出现后，接着就消失了好几天。我给他发了个短信，他也没有回我，不知道在折腾什么事。倒是陈松霖奇怪地忽然联系了我，他支支吾吾地在电话里问了我王德振回来的事情。最后挂电话前，他忽然说："那个，我好像，说错了一些话。"我更奇怪了，问他说错什么，陈松霖却慌慌张张地赶紧挂了。不知道他在搞什么鬼。我也顾不上这么多，最近的论文写得我头昏脑涨，眼看就要交了，却一个字还没开始，不知道多吃一点烤猪脑有没有帮助。忽然又有同学问我："王德振从美国回来啦？"咦，居然人尽皆知了，看来他很高调啊。我赶紧问："是回来了，但你怎么知道的？"同学扶了扶眼镜："昨天他来学校了啊，我还和他打招呼了呢。"说完这些，同学忽然一脸八婆的表情继续问："喂，你和王德振，是不是要重修旧好啊？"我赶紧挡住脸："这种问题不适合现在讨论，还是快把笔记借我抄抄更重要！"

同学把笔记借给我，我却忍不住想，为什么王德振来了学校，却不和我联系呢？他到底在做什么？我甩了甩头，把这些念头都尽力驱逐出去，既然我没有想和王德振继续恋爱的打算，既然我现在唯一想做的就是过好现在的大学生活，那么王德振到底在做什么，都和我无关。我现在记着笔记只有一个念头：人要是可以不用学高数就好了。同学在旁边絮絮叨叨地说："你怎么一看高数，就和得了绝症一样啊。"我哭丧着脸解释："我太笨了，要是以后有什么工作可以不用接触数学就太好了。"那个同学倒也很真诚地帮我分析："记者、作家、音乐家、画家……好像搞创作就可以不用数学。"我点点头："这些里面，唯独有可能的就是作家了。"同学随口问我："那你喜欢写东西吗？"我想了想，很认真地告诉她："我好像有点后知后觉，总是不知道自己喜欢什么，每次都要先去接触了，才能真的明白自己内心的感觉。就好像吃一样东西，我必须要先吃，才知道自己喜欢不喜欢吃。"同桌听了我的话后愣住了，她眨了眨眼睛，像不认识那样看着我："你刚刚说的话，显得好有深度啊。"我得意地说："是啊，我自己也觉得很厉害。"同桌不禁鼓掌："还有没有什么想说的啊？"我也鼓着掌，说："是不是很崇拜我，那要不要请我吃午饭？"同学听完我的话，立刻翻脸不认人，再也不和我说话了，就在我大叫饿死了的时候，王德振的短信终于出现了，只有一句简单的话，却让我一下笑不出来了。因为他说：看来我为你回来这件事，真的是个错误。"

我不明白王德振为什么得出这个结论，更不懂他这几天到底是不是知道了什么，但我此刻却感到非常的愤怒。我没有叫他回来，更没有叫他为我回来，我开始回忆我的反应，难道是我给了他错误的暗示，让他觉得我在希望他回来吗？我不知道回他什么好，心烦意乱地干脆把手机关机，不再去理会。还有陈松霖，他那个电话说他说错了话，这又是什么意思呢？这些人，能不能简单一点儿，把事情说明白。老师又布置了新的论文要写，真的完蛋了，今晚又不知道要熬夜到几点。我清楚地记得以前看一本杂志，里面的大学女生，总是和男朋友去压马路，去逛公园，去喝咖啡，甚至还可以逃课和在宿舍因为失恋哭着不上课。而我，前男友发短信来指责我，我也没办法去理会，毕竟现在论文更重要，比恋爱重要，比前男友莫名其妙的情绪更重要。如果有什么可以让我抛下试卷，估计也只有蜜薇出什么事情了。想到蜜薇，我忽然一愣，蜜薇马上要过生日了。我完全把这件事忘到后脑勺了，我知道蜜薇，虽然她也没有提过，但她其实是很注重生日这件事的。特别是有一次，我陪蜜薇回她家收拾些东西，她拿起一个小小的相框，里面是一张她和她父母的合照。蜜薇寂寞地说："这是去年我生日的时候他们陪我去吃饭，然后拍了这张照片。今年，估计只有我自己过了。"我当时就和蜜薇保证："不会只有你自己的，我一定和你一起过个棒棒的生日。"蜜薇苦笑一下："最近发生这么多事，还过什么生日啊，随便就过去了，也不是什么大事。"我听得心里愈发难受，想起来，其实蜜薇还是希望能好好地过个生日的，她其实喜欢热闹，喜欢陪伴，更喜欢被人好好地爱着。但即使是我，也只是能给她一点小小的烛光，可能在那天买一个生日蛋糕，可能精心地准备一样礼物，仅此而已。不知道蜜薇会不会怀念以前和父母过的每一个生日，又或者，她已经做好准备，在未来都可以一个人也过一个很好的生日。蜜薇是天蝎座，这大概是她天生的强大来源吧。我胡思乱想了这么多，旁边有同学捅了捅我："喂，你看，王德振来了。"我抬起头看向窗外，发现王德振表情沉重地站在教室外，他的眼神和我对上后，又不自在地马上转开。班上的男生也看见了他，有几个男生迎了出去，拉扯着王德振走开了。我看着他被人群拉走，忽然生出一股莫名其妙的勇气。我站起来，追了上去。我在众目之下拉住了王德振："我想和你谈一下。"那些男生当然又开始起哄："董乐吃醋了！哎呀，怪我们怪我们，王德振好不容易回来，当然是看董乐的啊。"我刚要说话，王德振却也冷冷地说："好，我们谈谈。"那些男生似乎发现了我们的不对劲，于是讪讪地散去了。

王德振抄着手，问我："你要找我谈什么？"我伸出手拉着他的袖子："你跟我来。"我带着王德振去了顶楼，他却吃惊地问我："你怎么会知道这里？"我也奇怪地说："我为什么不能知道这里？"王德振忽然发起脾气来："董乐，你能不能有点心！"我的无名火终于也被他点燃了，也对他吼起来："你才是莫名其妙好吗？什么叫为我回来是错误？你自己好好想想，我有要你回来吗？"他更生气了，冲过来抓着我的肩膀："那天电话，是你说想我的！"我也反抓住他的肩膀："那天你说你回来不是为了我！"我们就这样，和摔跤运动员一样紧紧地扣着对方，然后互相向对方大叫。叫了一阵，我们终于都平静下来，意识到此刻的动作是多么可笑，但都不愿意做那个先松开手的那一个，我们就沉默着互相抓住对方，陷入一种谜一样的静止。王德振泄气地说："你先松开我。"我倔强地说："不，你先松手。"他居然提议："那我数一二三，我们一起松开。"我也答应了这个荒唐的提议。他数道："一，二，三。松手。"我听话地松开，但王德振却没有松开，他一把把我拉到怀里，把头埋在我的头发里，喃喃地说："你真是大笨蛋，董乐。"

我想推开王德振，但是他却把我死死地搂着，不让我去任何地方。不知道被王德振这样拼命地搂了多久，当他终于想到把我放开的时候，我已经满脸都是泪水。王德振这下真的慌了，他赶紧松开我，紧张地问："是不是我弄疼你了？该死，小乐，你，你别哭了，是我的错，我刚刚被猪油蒙了心，我不是想要吓到你的？是不是把你手臂勒痛了？"他语无伦次地拼命和我解释，我却一句话也说不出来，而且听到他的话，本来还只是默默抽泣的我，终于放声大哭起来。王德振的脸都吓白了，真的以为我哪儿受了伤，不停地摸着我的手臂和肩膀："是不是这儿？是这儿弄疼了吗？"他见我不说话，泄气得一屁股坐在那张沙发上，自责地说，"小乐，我，我真的不是想怪你，我刚刚说的话，都是因为我对自己很生气。"我也慢慢平复下来，坐到他身边去，扯过他的衣袖，把自己脸上不知道是眼泪还是鼻涕的一团糨糊都擦上去。王德振也不介意，反而把整个胳膊都递给我："脸上还有，再擦擦。"我终于破涕为笑："不敢擦了，你们富二代的衣服，可贵了。"他举起手，喊道："是，特别贵，我在美国买的，9块9美金！"他说完这个价钱，我不禁一愣，刚想算算到底是多少人民币，王德振却马上补充道："88块人民币，贵吧。"我抗议道："我自己能算出来！"他却温柔地说："对，大概要花一分钟。"我问王德振："你到底在别扭什么，我做了什么让你的心碎成渣渣了吗？如果你生气，那我也生气。"他奇怪地问："你生气什么？"我理直气壮地说："生气你莫名其妙生我气啊！"王德振吞吞吐吐地说："我，我不是莫名其妙。"我的耐心彻底被耗光了，砰的一下站起来，对着王德振吼道："王德振，要么你就彻底说清楚，要么就把你的这些情绪彻底烂在肚子里。"王德振的脸上流露出哀伤和一种像是要离别的伤感，他伸出手，把我拉回沙发上坐好，轻轻地把头放在我的腿上，这个有些轻浮的动作，却被他做得非常自在，就好像，我们只是在一个草地上，聊着一些关于过去和未来的轻松事。

王德振闭上眼睛，像在和我讲一个故事那样，开始述说。"有个特别笨的人，喜欢班上一个女生，他觉得那个女生特别漂亮，特别可爱，但她好像并不知道自己好看。这个女生从来没有看过这个男孩一眼，他们虽然在一个班上，但好像没有发生过任何交集。就好像，这是这个男生内心深处的秘密。直到有一天晚上，这个男生在家，他好像那一刻，正在想，什么时候，可以和这个女生多说几句话，他的手机就响起来了。是那个女生，她像开玩笑一样，说要男生做她的男朋友。你知道那个男生有多惊喜吗？他想自己真的是运气太好了，这种事情，怎么可能发生呢。但真的就发生了，他们开始恋爱，和女孩在一起的每一刻，他都觉得好开心。每次他偷偷看那个女生的脸，他都会想，怎么会有这么好看的人，而她，又怎么会喜欢自己呢？"王德振说到这里，忽然伸出手摸了摸我的脸，"嗯，现在看也是一样。"我的鼻子有点发酸，嗡嗡地说："那然后呢？"他又继续闭上眼，对我说："然后有一天，女生的妈妈跑来找他，说想和他谈一谈。他太笨了，居然把女生的妈妈带到家里，其实她的妈妈没有恶意，他们在待客室聊的时候，她的妈妈只是要他保证，不要让女生伤心，要他把持住自己，不要做伤害女孩的事情。但是，他爸爸的秘书，因为想成为他的后妈，所以一直想把他支走。那天秘书一直在门外偷听，然后把这一切添油加醋地告诉了男孩的爸爸。爸爸一直也想把他送出国读书，在震怒之下，他就这样被安排立刻去美国上学了。没有人问他想不想去，他也终于发现，自己没有选择的能力。他很怨恨自己，这样的自己，怎么去对女生好，怎么照顾他，甚至，他刚刚给女生的妈妈保证，不会让她伤心，连这一点，他也做不到。他灰溜溜地走了，不敢联系女生，不敢给她打电话，他只能偷偷地打给女生好朋友的男朋友，从他嘴里问一些女生的现况。但他有时候也有点恼，为什么女生好像在他走之后，从来没有表示过思念呢？是不是她已经忘了他，还是她真的不在乎他？就在他最胡思乱想的时候，有一个QQ忽然加了他，然后对他说，你知道吗？你喜欢的女生，在你走之后，马上喜欢上了别人，她还因为搞三角关系，被打掉了牙齿。""王德振，你就信了吗？"本来被王德振的述说弄得非常感动的我，在听到这里的时候，差点没被气晕过去。这种完全不符合实际的谣言，他居然信了！我把他从我腿上拽起来，冷冷地说："这个男孩，真的是一点用也没有。"王德振着急地拉着准备走掉的我："但是，你也要听完结局，是不是？"我气鼓鼓地站到旁边去，没好气地说："好，那你说完，让我看这个男孩还有没有救。"

"那天在学校见完你，我回家和我爸谈判，告诉他我真的不想回美国了，还告诉他，我就是为你回来的。"我捧住头："你爸爸肯定恨死我了，那句话怎么说来着，哦，对，好好的儿子，都被那个狐狸精带坏了！"王德振却认真地反驳我："小乐，你距离狐狸精还差了十万八千里啊。"我的白眼顿时翻了起来："继续说，别管我。"于是王德振继续说："我爸倒是没有反对，只是问我，是不是真的决定要回来了，然后让我保证，如果回来，就必须好好努力。我说我保证，他要我好好再想几天。那天最后，我爸问，是那个女孩要你回来的吗？我一下被问住了，我发现，好像你并没有要求我回来，我一下子又想到了那个 QQ 号对我说的话，说，说你喜欢别人了。我那天晚上怎么也睡不着，干脆爬起来上 QQ，鬼使神差的，我给那个人留言，问他，你为什么说小乐喜欢别人了。结果那个人马上回复了我，他说，他亲眼看见，小乐和一个男孩起了争执，他看见你们拉拉扯扯，不是一般的关系。他还和我说，如果不是感情问题，小乐怎么会在那个男孩面前哭？"王德振说到这里，尴尬地摸了摸头："于是，我就去找了陈松霖，问他，小乐是不是喜欢上你了。"我真的生气了，对着王德振吼到："你傻了吗？我怎么可能喜欢陈松霖？我去找他，是因为他背叛了蜜薇！"王德振却不管我的愤怒，他的脸上却露出一种更难过的表情："陈松霖说，你没有喜欢他。但他说了一句话，让我这几天都在想这件事。他说，王德振，没有用的，你有没有发现，无论我如何喜欢蜜薇，你如何喜欢小乐，但我们始终都还是外人，我们永远走不进她们的内心。"我愣住了，不知道如何反驳陈松霖的话，好像，事情真的也是这样。王德振把目光挪向旁边："我在想，我这次回来是不是只是我的一厢情愿，其实你根本不需要我，你只需要和蜜薇在一起，就可以过得开开心心了。"他不自在地摸了摸鼻子："我又来了一次学校，本来想当面找你问清楚，但那天，我碰见了东东。我想让她去帮我把你叫出来，东东却怒斥了我一顿。她说，要我不要在上课时间打扰你，还说，既然我对你没有感觉了，就不要再缠着你了。"

王德振小声说:"东东还说,如果她是你,一定会很讨厌这样的我。小乐,你,会讨厌我吗?"就在我被王德振的这番话弄得心思大乱的时候,顶楼却出现了一个人。是系主任,他对我们发出了一声暴喝:"董乐,怎么又是你们!还有你,叫什么来着,你不是都出国了吗?你们在这里干什么!"他三步并作两步地冲到我们面前,还在地上捡起来一颗烟头:"董乐,你还有什么话好说?"我被突然出现的系主任弄得惊呆了:"老师,我们,我们只是在这儿说说话啊。"主任却冷笑一声:"刚刚有人过来举报,说你长期在顶楼抽烟,败坏学校风纪,这颗烟头就是最好的证据。"我望着主任手里的烟头,根本不知道该怎么解释,这,这都是东东留下的烟头,抽烟的人不是我。我张口结舌,不知要做什么辩解。王德振却站起来对教导主任说:"老师,这些烟不是小乐抽的,是我。"他站到我前面,把我挡在他身后:"老师,我回来看看同学,和小乐是很好的朋友,这些烟都是我抽的,你看小乐也知道,她这么一个乖乖巧巧的女孩子,怎么会抽烟?"系主任气的声音都尖了:"别以为你已经转学了我就拿你没办法,好,就算烟是你抽的,董乐,现在是上课时间,你不上课跑来这里和外校男生聊天是怎么回事。"系主任抓住我的胳膊:"到我办公室来!"王德振不知道哪里来的力气,他也狠狠地抓住我的另一只胳膊:"老师,错的是我。"我被他们两个这样尴尬地扯住,但我脑子里想的,却是另一件事。是谁,告诉的系主任;是谁,说我在顶楼抽烟;是谁,知道王德振回来了,在QQ上告诉他那些子虚乌有的事情。我似乎已经知道了名字,只是,我还不愿意彻底承认。我不相信,那个看起来和白莲花一样的女孩会是这样的人。就在我呆想的时候,教导主任和王德振却打了起来。王德振一拳打在主任的肚子上，他立刻蹲了下去。王德振的声音听起来在颤抖："老师，我不是想惹事，但事情真的和小乐无关，让她先走吧，接下来的事情，我们来处理。"系主任的脸色差得不行，他对我挥了挥手："你先去吧。"王德振也马上对我说："你快回教室，剩下的事情，都和你无关。"他走过来，把我推到楼梯口，小声在我耳边说："不用怕，会解决的。"我看着王德振的眼睛，对他说："小心。"

Chapter 12　时间还很长呢

　　送走王德振，我到家已经很晚了，那一夜我没有睡着，只是坐在窗边静静地等着天亮。天亮了，我就可以马上去机场，去找蜜薇。我一直在想我见到她的那一刻我该说什么，好久不见？太俗。你还好吗？太假。我很想你。似乎也不对。但也许我们什么也不用说，时间过得太久了，我们需要好好看看彼此，先认识一下现在的我们。

　　天终于蒙蒙亮了，我随便收拾了些东西就赶往机场，司机是一个异常健谈的北京大叔，热情地问我是要去哪，我告诉他要去上海，见一个我最好的朋友。大叔聒噪地说："见朋友好啊，见朋友是最高兴的事情了。"我点头："是，特别是很久没见的朋友。"我感觉自己的心脏在怦怦直跳，有种莫名的忐忑和不安，真的就要见到蜜薇了，这么多年，她到底如何，我不得而知，可她真的愿意见我吗？飞机起飞的那一刻，我告诉自己，什么也不要再想，无论如何，我们就是彼此最好的朋友。

　　那天王德振走后，我下楼回教室，整个楼道都安静得很，我的脚步踏在空荡的楼梯上，发出让人悲伤的回响。在这种踢踢踏踏的声音中，我做出了一个决定。我拿出手机，给蜜薇发了个短信：你说的对，都是东东搞的鬼。蜜薇飞快地回我：揍她。我没有回自己寝室，而是走到东东她们二班的寝室挨个敲开，直到我敲开一扇门，看见东东坐在里面，我平静地说："东东，你出来一下，我有事情找你。"东东显然是一愣，但还是笑着走到我面前。她的笑容还是那么清澈："董乐，找我有什么事情吗？"我抓住她细细的手腕："你最好和我来，有些事情，你应该知道逃不掉的。"东东咬了一下嘴唇，什么也没说，只是扫掉我抓着她的手，和我一起走出去。我们走到宿舍楼道的拐角，我开门见山地说："为什么？"东东白皙的俏脸泛出一点粉色："你在说什么呀，怎么古古怪怪的？什么为什么？我还要回去……"我没有等东东说完，直接打断了她："不要装了，我知道是你。在黑板上写字骂我是婊子，造谣说我堕胎，加了王德振QQ说我已经不喜欢他了，都是你，对不对。"东东的嘴角浮现出一丝轻蔑的笑："董乐，你说的事情我都不知道啊，怎么，有人说你堕胎？那你真的要注意自己的言行了，都说无风不起浪，要是你自己行为端正，又怎么会有人说你的闲话呢。"东东说得如此轻松，就好像这些事情真的和她无关一样。我盯着她的眼睛，似乎想在里面找到一点真诚，但很可惜，我什么也看不到。我走到东东的面前，伸出手，用尽我的力气，对着东东那张看起来还是那么人畜无害的脸，狠狠地抽了过去。"啪"的一声脆响，她白净的脸上顿时出现红红的掌印，由于我用力过猛，她瘦瘦的身子，被我打得几乎后退好几步才站稳。东东没有想到，我会真的动手，她捂着脸，不可置信地说："你怎么敢！"东东几乎要气疯了，她扑过来想反击，但又意识到和我动手实在没什么优势。东东气结："董乐，你这个疯子。"我点点头："是啊，我是疯子，想不想再挨一巴掌？"东东的整张脸都扭曲了，她的声音也变得毫无平时的温柔："对，我是喜欢王德振，我嫉妒你，恨你，想毁掉你。明明之前，在顶楼和他聊天的人是我，你根本不知道，那时候我们有多开心。从第一次在顶楼和他偶遇，我就想，这一定是缘分。"她忽然停下来，怨毒地盯着我："你知道吗？他还给我送过礼物。"东东从她的脖子上掏出一个闪闪的项链："这是王德振送我的，我去查过，很贵。如果当时他不喜欢我，为什么要送我这么贵重的礼物！所以都是你的错，你忽然出现了，然后，然后王德振就和你开始谈恋爱了。那些时间，每次我们在顶楼碰见，他都在说你，说你多么可爱，说你多么好看，说能和你在一起，多么开心。"东东的声音颤抖着："然而，你配不上他，你还让他去了美国，我连见到他的资格都失去了！"她冷笑着指着脸上被我掌掴而留下的指印，说："如果我现在喊，有同学出来看到的话，你说你会不会被开除？"我慢慢地走到东东的面前，一字一句地对她说："你说，如果我被开除，王德振会不会永远都不原谅你呢？"

东东愣了一下，不可置信地看着我："你怎么可以利用王德振来威胁我。"她几乎歇斯底里起来，扯着我的衣服，"王德振为什么会喜欢你，我哪里比不上你啊！"我推开东东："你哪里都比不上我。因为我不会这样对王德振，我会尊重他，尊重他的选择，尊重他喜欢的人。如果以后王德振有了喜欢的女生，我一定会替他高兴的。"东东捂着脸，她没有哭出声，但是她的肩膀一直起伏着。过了一会儿，她抬起头，双眼通红。东东什么也没有再说，她走过我身边的时候，撞了我一下，我立刻也回撞了她一下。

东东看了我一眼，自己走远了。我看着她的身影消失，终于像力气忽然被人抽空了那样跌坐在地上。我的电话响了，是蜜薇："喂，揍了没有啊？"我告诉她："揍了。"蜜薇笑起来："可以啊你，董乐。等着我，我现在来找你，请你喝奶茶，给你补补，刚刚辛苦啦。"我挂掉电话，却开心不起来。我看着自己扇了东东一巴掌的手，确认就在刚刚那一刻，我心中也有一些东西，确实是碎掉了。

如果这也是长大的必经过程，我真的希望，未来永远不要来。

蜜薇在校门口等我，她拿着两杯草莓奶茶，她的皮肤白得几乎要反光，就像一根牛奶雪糕，甜蜜得要滴下糖浆。我跑到她的面前："又是草莓味，下次我想喝巧克力的。"蜜薇把奶茶插好吸管塞到我手里："快说快说，怎么揍的？"我一五一十地回答："扇了她一巴掌，很重。"蜜薇大失所望："什么？才一巴掌！我还以为是那种惊天地泣鬼神的大战呢，早知道不买奶茶给你喝了，太没劲了吧你。"我啜着甜甜的奶茶，小声地说："我打完东东，并没有很爽。"蜜薇摇着我的肩膀，喊道："打都打完了！你后悔个什么劲啊！"我苦笑着说："蜜薇，你知道吗？在刚刚我和东东对峙的时候，我能感觉到，有一种我心里的东西，随着那一巴掌消失了。好像我终于要开始面对，世界上有很多人不是怀着善意的，也有很多人不是对我永远友好的，甚至，他们会从我背后推我，在我的脚下使绊子。而我，也会一样，我也不会再对每个人都抱有善意，也不会对每个人都永远友好了。"蜜薇安静地听我说完，她伸出手挽住我的胳膊："但是小乐，我们还是不会变的。"我看着蜜薇白皙精致的脸，有些苦涩地说："可我害怕，害怕有一天，万一我们也有了矛盾呢？那时候我们会不会恨对方，会不会用最恶意的心去猜测对方?"蜜薇痛快地喝了一口奶茶:"那就到时候再说吧,反正现在,吴蜜薇最好的朋友,是董乐。吴蜜薇愿意在此刻对董乐特别特别好,买草莓奶茶给她喝,和她早上一起刷牙,买裙子的时候也给她买一条。"我的心一下子被迎面来的晚风吹得鼓鼓的,我拉起蜜薇的手,一边小跑一边喊着:"董乐和吴蜜薇是好朋友!"蜜薇笑着也喊道:"小点声啊你,别让我的粉丝知道了来追杀你啊。"我们愉快地往我家里走去,蜜薇问:"晚上吃啥好吃?我好像在你家住得都胖了。"我也附和说:"是啊,我好像也胖了。"蜜薇摸了摸我的腰:"你不是好像,你是真的胖了。"她忽然坏笑着说:"王德振没有说你胖了吗?"我脸一红:"他今天,为了帮我挡抢,被系主任逮住了,也不知道现在怎么样了。"

蜜薇一愣:"被逮了?怎么回事?"我把今天发生的事情又复述了一遍,说到系主任说有人举报我抽烟的时候,蜜薇气炸:"还举报你?你这个废物,居然就抽了她一巴掌,要是我在,一定抓着她狠狠地抽个十几来回。"我忙安抚她说:"已经打过了,我要是东东,肯定会被气得今晚什么也吃不下了。"蜜薇没好气:"你少吃点正好呢。废物。"她骂完我,又担忧地说:"那王德振会不会出啥事?"我也担忧地说:"我想应该不会有事,他说他爸能搞定,而且王德振都不是我们学校的学生了。但我害怕如果闹去他爸那里,他这下交不了差。"我叹了口气:"蜜薇,我可能太自私了,这件事情里,我从来没考虑过王德振的感受。"蜜薇这次没有帮我:"小乐,我也觉得你对王德振的态度不好。他回来之前,如果你没有想好,那你就不应该表露你还想他这件事,你会给他错觉,让他觉得你特别需要他。他哪怕是因为寂寞回来的,但如果没你说你想他这件事,他也不会有勇气放下一切回来了。"我点点头："我可能，真的伤害了王德振。"我又补充道："最过分的是，我也不是很愧疚，怎么办啊。"蜜薇掐了我腰一把："王德振之前忽然离开，不也伤害了你吗？你别否认啊，当时你那个样子，还大病一场，鬼都看得出你心里多难受。"蜜薇继续悠然地边走边说："没事的，我们都这么年轻，不怕受伤害的。你不要以为你就是王德振的唯一了，他呢，肯定会找到一个比你漂亮、比你有钱、比你还爱他的人。至于你呢……"蜜薇忽然又坏笑起来："可能你就比较惨，会孤独终老，到时候逢年过节，都只能来我家吃饭，看我家庭幸福，丈夫高大英俊，还特别富，我穿着貂皮大衣，戴着金链子玉镯子，听你诉苦。"我抱住蜜薇："好啊，反正还有你家可以去，到时候你可不要不开门啊！"蜜薇认真地说："放心吧，不管你过成啥样，我都让你来我家吃饭。但是，吃完你要洗碗。"我举起手抗议："你都特别富特别幸福了，不能请个阿姨洗碗吗？"

　　直到第二天的晚上，我终于找到了王德振。其实，是他出现在校门口，他不知道在哪儿买了一只气球，高高地举着，很显眼地站在那里。我走过去，拍了拍他的肩膀："喂，气球是不是送我的？"王德振笑得眼睛眯成一条缝："喜不喜欢？"我接过来："嗯，喜欢！"他指了指那家奶茶店："还是去喝奶茶？"我却摇摇头："不喝奶茶了，我带你去别的地方。"我带王德振去了一家小吃店，那里卖的是我们这儿的一种特别的小吃，就是先把串儿拿去炸，然后再放在铁板上烤，叫作炸烤。我指着这家看起来摇摇欲坠的小棚子："我在听到特别差的消息的时候，就会来这家吃炸烤。别看店破，但是味道是最好的。"王德振看了看这家店，吐槽说："这不是破，这是要随时垮的节奏啊。"他担心地摇了摇支着棚子的立柱，再次问我："我们能不能打包去旁边的石凳那吃，我怕在这里吃会有生命危险。"我踹他一脚："别废话，包你吃完还想吃。"我点了东西，老板看我一眼："哟，今天带男生来，是你的小男朋友啊？"我小声告诉老板："已经分手了。"老板啧啧叹道："小孩子家家，不但学人恋爱，还学人失恋。"我抗议："古代人在我们这么大都有孩子了呢。"老板笑呵呵地把我点的串儿放进油锅炸："是啦是啦，失恋不要哭就好。"很快炸烤串就上桌了，我指着盘子里的食物对王德振说："快趁热吃，好吃到想哭。"王德振拿起一串放进嘴里，他嚼着嚼着，眼眶真的红了。这下我倒惊了："喂，不是吧，真的好吃到哭了？"王德振不说话，把头歪向一边，也不看我。过了好一会儿，炸烤都冷了下来，上面的油脂几乎要凝固的时候，他才把头转过来："小乐，可能很长时间，都没办法和你吃好吃的了。"我这几天虽然多少已经猜到会是这样的结果，但此刻听到王德振自己说出来，我的手指还是感到一阵微微的麻痹。

　　我看着面前这个男孩："那，什么时候走？"他平复了一下："嗯，后天晚上的飞机。"王德振顿了一下："小乐，你可以来送我吗？"他好像很怕我会不答应，又忙不迭地继续补充："不用来很久，我想走之前，能见见你。"我一口答应："嗯，我去送你。"王德振和我一下不知道说什么好，只好低下头去吃冷掉的炸烤。他连吃了三四串之后忽然问我："好像，不是你说的那么好吃啊。"我咳了一下："哎呀，吃就好了，怎么那么多意见。"王德振赶紧拿起一串："好吃，好吃。等吃不到的时候，我一定会哭。"我笑了一下，指着其中的一串炸土豆片，说："这家店呀，开了好久好久了，在我上小学的时候，这个老板就是这副样子，这个店就是这么破。"正在旁边桌子收拾的老板却听见了，不高兴地说："哪里破了，挺好的。"我和王德振一下子都笑了："不破不破，特别好。"老板满意地继续去做炸烤，我也继续说给王德振听。"有一次，我忘了带钥匙，我爸妈也都没有在家。于是我就跑去我妈上班的地方找她，在路上的时候，我路过书店，就拐进去看看。我随手拿起一本书，是一个童话故事。那个故事我现在还记得，叫作《依卜和小克丽斯汀》（丹麦作家安徒生著），里面的依卜和小克丽斯汀约定永远忠诚，一直到死，但是，最后他们还是没有在一起。我看得大哭，抹着眼泪从书店出来，然后，就经过了这家炸烤店。"我指了指老板那口永远滚着的油锅："就是从这口锅里啊，飘出特别香的味道，我情不自禁就拐进去了，用身上最后的两块钱，点了几串土豆和豆皮。等我吃下去，发现刚刚的悲伤，一下子就被这种热腾腾、香喷喷的感觉驱走啦。所以呢，真的，如果你在外面不开心，就自己给自己做点好吃的。"王德振用力地对我点头："好，如果不开心，就吃一顿好的。"

我们吃完，王德振送我回家，刚走到巷口，却看见陈松霖站在那里。我一下子又怒火中烧："他怎么在这里，是不是来堵蜜薇的？"我气势汹汹地要走过去，王德振却拉住我："小乐，是我喊陈松霖来的。"他抓了抓头，不好意思地说："我总觉得，虽然我们不能在一起，蜜薇和陈松霖也分开了，但是，当时我们，都是挺开心的，是吗？所以，陈松霖和我说，一直想对你说声对不起，所以我约了他在这里等我们。"陈松霖看见我们，赶紧跑了过来："德振，小乐。"他看见我，不好意思起来，张了几次嘴，却又似乎说不出口。我无奈地看了一眼对我使眼色的王德振，硬邦邦地对陈松霖说："不用对我说对不起，你对不起的人不是我。"陈松霖的脸红成一团："小乐，那天，那天是我不好，居然和你动手，但我真的不是存心啊，你，你就大人不记……"我不等陈松霖说完就抢先说道:"我不记小人过,求求你们了,能不能别提这件事了,好,只要你们以后都闭口不说,我就原谅你。"陈松霖和王德振居然一起笑起来:"我们保证再也不提!"

我向陈松霖伸出手:"我们就当无事发生过吧。"陈松霖脸一红,还是向我也伸出了手,没想到王德振却一巴掌打掉陈松霖的手:"喂,谁允许你摸小乐的手啦,还想不想让我给你从美国寄球鞋回来了?"陈松霖举起手,叫道:"谁要摸小乐的手啦,这是友谊的握手!"我指着王德振,也叫道:"肮脏!再说,我们都分手了,谁摸我的手你也不能管。"王德振假装悲痛地趴在陈松霖的肩膀上:"呜呜呜,我还没走,小乐就已经翻脸不认人了。"我嬉皮笑脸地对王德振说:"等你在美国和漂亮的金发妹子谈了恋爱,肯定就马上把我忘到后脑勺去了。"王德振居然若有所思地说:"嗯,说得有道理。"我正和王德振嘻嘻哈哈,陈松霖却扭捏着掏出一个盒子拿给我。我开玩笑地说:"哟,还有赔礼。"陈松霖更不好意思了:"这,这是,这是我想给蜜薇的生日礼物。"他又解释:"蜜薇不肯见我,但这个礼物我早就买好了,所以,还是希望能交给她。"陈松霖挤出一个笑容:"如果她不肯要,你就帮我丢掉吧,我拿着也没有用。"我把盒子放进书包收好:"我会给蜜薇的,她要是不肯要,我就拿去送给我妈。"陈松霖哭丧着脸求我:"不要这样对我。"王德振又给他一拳:"小乐说什么就是什么,你少来那么多意见。"

我向陈松霖和王德振挥挥手:"好啦,我要回家吃饭啦。再见。"王德振对我喊:"记得来送我啊。"陈松霖也对我喊:"礼物不要忘记给蜜薇啊。"我背对着他们举起手,大声回答他们俩:"我会记得的!"是啊,怎么会忘记的，毕竟他们俩，都是我和蜜薇生命中曾经那么重要的人。我到家的时候蜜薇已经回来了，正在帮我妈妈摆桌子。我给她丢个眼色，她马上放下碗筷："小乐，有道数学题不会。"我马上说："嗯，进房我给你讲讲。"我妈笑起来："有什么悄悄话就去讲吧，小乐那个数学水平，还给蜜薇讲题呢。"我给我妈竖了大拇指："姜还是老的辣。"我妈夹起一块红烧肉塞进我嘴巴："谁老了，我还年轻着呢。去去去，狗嘴吐不出象牙。"我赶紧推着蜜薇进房。蜜薇笑呵呵地问我："什么事情啊，神神秘秘的。"我把书包里陈松霖给我的盒子拿出来："喏，是这个。陈松霖要我交给你的，是给你的生日礼物。他还说，如果你不收，就要我帮他扔了。"蜜薇一愣："他还记得我生日。"她接过那个盒子，轻轻地打开，原来里面是一枚小小的素面铂金戒指，在戒指的内圈，刻着一个小小的蜜字。蜜薇拿起那只戒指看着，却不说话。我小心地问："你，打算怎么办?"她又沉默了好久，忽然把脖子上戴着的一块小玉坠解开，把那只戒指也套进去，然后继续挂在脖子上。我问她："打算收下? 不怕陈松霖误会你原谅他了?"蜜薇摸了摸那只戒指，对我说："这个戒指，是那会儿我们去逛商场，他指着柜台里的那一排排戒指说，如果现在就送你一枚，你会不会觉得太早。我趴在柜台上看了一圈儿，都好贵，只有这只还行，估计他能买得起。于是我就指了指这只，告诉他，那些金啊钻石啊都太俗气啦，我蜜薇，就得要这种，因为什么宝石都比不上我美。"蜜薇对我灿烂地一笑，"是不是说得太好了，我真是天才。"我也佩服道："是啊，又给他留了面子，又表扬了自己。"蜜薇抬抬下巴："什么表扬自己，我说的是事实而已。"蜜薇继续说："然后我就拉着他走了，但我知道，他肯定会回去偷偷把那只戒指买了。我就等啊等啊，看他打算什么时候送我。结果呢，等到的是分手啦。我最近还偶尔会想起，这只戒指，他到底买了没有，如果买了，为什么迟迟不送给我，是不是从那时候起，他就有了犹豫和迟疑。"我惊讶道："原来蜜薇你也会这样啊，胡思乱想，怀疑自己。"蜜薇笑了："是啊，我也会胡思乱想。所以你帮我把这个戒指拿过来，我其实很高兴的，至少知道在我们曾有过的时间里，他还是全心全意地想对我好，全心全意地喜欢我的。"我问蜜薇："那你，还想过和陈松霖……"蜜薇坚决地对我摇摇头："错过了，就不再回头了，我不是那种会后悔的人，做过的决定，我吴蜜薇从来不后悔。"她又一次摸了摸那枚戒指："不过我会一直戴着，谢谢他曾经出现过。"

吃完晚饭我悄悄溜去我爸妈的房间，我妈看我一眼，马上说："看你那一脸不怀好意的样子，说吧，又是什么事情？"我爸也笑了："是不是要钱？要钱找你妈哈，我可不敢给。"我扑过去抱住他俩："哎呀，不是要钱啦，是有别的很重要的事情。"我妈假装惊讶："还有什么事情比要零花钱更重要，喂，老董，你女儿是不是生病了，我看她今天不太正常啊。"我赶紧说："是蜜薇要过生日了，就是后天，我想，能不能拜托你们俩，给蜜薇做一顿生日餐，然后再买个蛋糕呢。你们也知道今年她家出了这么多事情，我问了她，生日她爸妈都不会过来了。所以，也只有我们陪她过这个生日了。"我妈对我爸爸笑起来："我算是听明白了，你女儿呢，明着是要给蜜薇过生日，实际上呢，是在暗示我们，生日很重要的。"我爸拍掌应和我妈："果然老婆高明，女儿就是这个意思。"我急得跺脚："哎呀，我不是这个意思，我……你们……"他俩一起笑道："知道啦，放心吧，会给蜜薇把生日过好的，后天你放学也早点回来，我们一起给蜜薇庆祝生日。"

我爸忽然温柔地把我妈散落的一缕头发撩到她的耳后："一晃儿，女儿都这么大了，我们是不是真的老了啊。"我妈也把头靠在我爸的肩膀上："可不是嘛，你看你，比年轻的时候，肚子大了多少啊。"我赶紧捂住眼睛："你们继续恩爱，女儿我退下了。"我关上爸妈的房门，正在盘算，后天要怎么给蜜薇更多惊喜，忽然，一个五雷轰顶。我想起来了，王德振，也是后天的飞机，而我也答应了他，晚上要去机场送他。这下怎么办，两件都是很重要的事情，两个地方我都不能缺席，但是世界上可没有两个董乐啊。我抓着头，怎么也想不到一个好办法。我怕被蜜薇听见，于是躲到厨房去给王德振打电话。他接起来，我拐弯抹角地问："后天晚上你爸不送你吗？"王德振没听出我的暗示，倒是认认真真地回答我："他那天有个很重要的会，反正过几天他也要来美国出差，就不送我了。"我暗叫不好，但还是硬着头皮继续问："那，还有谁会去送你吗？比如你爸爸那个秘书，要是她去看见我，会不会不好啊？"王德振咳嗽了两下，他终于听出我的意思来了："董乐，我知道了，你是不是不想来送我了。"他的声音一下子透出失望："是不是那天你有事？没事的没事的，那小乐你就不用来了。我自己走就好。"听见王德振沮丧的语气，我实在是不忍心："我没事，我就是问问，怕你家里有人来，我给你添麻烦。"王德振立马又高兴起来："是吗小乐，太好啦，我真的很想走之前还能看看你。"我在心里痛骂自己的优柔寡断，但嘴上也只能硬撑着说："好，那后天机场见。"我挂上电话，蜜薇的声音神不知鬼不觉在我身后响起："你是不是在偷吃阿姨晚上做的红烧肉啊。"我吓了一跳，拍着胸口，说："蜜薇，你走路能不能有点声音啊，吓死人了。"蜜薇走过来擦擦我的嘴唇："嗯，没有油，看来没有偷吃。你不写作业，在厨房干什么啊？"我磕磕巴巴地解释："我有点饿，想洗个番茄吃。"蜜薇又扯开我的手心："那番茄呢？"我继续嘴上打结地说："番茄，番茄没找着。"蜜薇指了指我旁边的蔬菜筐："喏，那不就是番茄吗？"我假装惊喜地拿起一颗番茄，欢叫着说："真好，是一个番茄诶，见到你真开心，番茄，你开心吗？"蜜薇笑起来："少来了，心不在焉的，也不知道你在想些什么。别胡说八道了，我有件事情和你商量呢。"我放下那颗倒霉的番茄，马上问："什么事情？严重不严重？是不是陈松霖又来找你啦？"蜜薇忙否认："他可不像王德振啊，没那么长情。"蜜薇娇俏地笑了一笑，继续说，"我不是后天生日嘛，但后天晚上我约了一个特别难约的老师补习，而且这次我真的不想庆祝，所以我想说，明天晚上十二点，我想让你陪我去个地方，就当给我过生日了好不好？"我愣住了，不过心里倒也开心起来，这样的话，似乎王德振和蜜薇撞档的问题，就自然解决啦。我忍不住面露喜色："啊呜，当然好啊，明天晚上，我们偷偷溜出去，去哪里都可以！"蜜薇拍拍我的屁股："好啦，快回去写作业吧，别总想着混时间，对了，也洗个番茄给我。"我喜滋滋地给蜜薇洗番茄，想我可真是一个运气超好的人啊。

第二天晚上，等我爸妈都睡下了，蜜薇神秘地拿起一个鼓囊囊的大包，和我一起出了门。我没有问她要带我去哪儿，只是跟在她身后，等待蜜薇今天把另一个秘密展现给我。我知道她一定会要带我去一个很特别的地方，一个只属于她的地方。我们并没有走很远，也没有去一个我以为蜜薇会带我去的什么秘密之境。我们穿了两条街，停在了一家市里不错的宾馆门口。蜜薇指了指宾馆漂亮的玻璃门："就是这里，我们到了。"我奇怪极了，为什么蜜薇要带我来宾馆，还是有什么人在这里等着我们？她神秘地一笑："好啦，别瞎猜了，一会儿你就知道了。"她昂着头，像个公主那样，推门而入。我猜不透蜜薇的想法，只好也跟着她进去。蜜薇拿出身份证递给前台："我要开一间套房。"前台的女服务员不着痕迹地扫了我们俩一眼，什么也没有问，只是唱歌一样说："500 块一晚，加押金一共 800。"蜜薇付了钱，我想问她哪里来这么多钱的，但还是忍住了。蜜薇一定有自己的安排，我今晚只需要跟着她的脚步，做她世界里的游客。蜜薇拿上房卡，带我进了电梯。宾馆的电梯有一股淡淡的香水味，蜜薇吸了吸鼻子："嗯，刚刚有个年纪偏大的女人坐过这台电梯。"我不解："你怎么知道是年纪大的女人？"蜜薇对我得意地一笑："可能是天赋，我闻过的香水味道，就不会忘记呢。不久前，我在我们英语老师的身上闻到过一样的香水味，而我们的英语老师，45 了。"我刚要佩服蜜薇，她忽然大笑："哈哈，这也行，我骗你的啦。"她笑得弯腰："我哪有那么神，小乐，也就是你了，总是无条件地相信我。"电梯到了我们要去的楼层，蜜薇忽然止住了笑意。她伸出手抱了抱我："谢谢你小乐，只有你，永远觉得我是最好的。"蜜薇和我在厚厚的地毯上走过，经过长长的走廊，直到最后那间，才是我们要去的房间。蜜薇打开那扇门，笑着对我说："欢迎来到我的生日派对。"蜜薇一进房间，就打开她的那个大包。里面是一些衣服和一台数码相机。蜜薇随手在那些衣服里拿起一件抖开，是一条裙子，很漂亮。蜜薇的脸上浮现出羞赧，她轻轻地说："小乐，我想请你，帮我拍一些照片，把我最美的样子，好好地记录下来。"她把那台相机递到我的手里，教我怎么用，然后她轻轻地坐在床边，对我浮现出一个年轻女孩应有的笑容："可以拍了。"我本来害怕自己的拍照技术太差，会把蜜薇拍得不好看。试着拍了几张之后，我才发现自己真的多虑了，原来找角度什么的，都是针对我们这样的普通人。如果你的模特儿足够漂亮，你就根本不用担心你的照片拍出来会不好看，因为在我这么烂的拍照技术下，拍出的每张都还是闪闪发光的。

蜜薇并没有摆出什么撩人的姿势，她大多数时候只是安静地坐着，不时抬起头，对着我的镜头露出一个灿烂的笑容，不时呢，又低下头，双手叠放在膝盖上。她显得那么宁静，像一片可以让人深陷的海洋，使人也能在她的微笑里自在，又有点担心，担心这样的美丽会不长久。我想蜜薇看见自己的脸也是一样，所以她才希望在这个年纪留住这一刻的美丽。我的眼睛不自觉的有点湿润，蜜薇看着我，她颤抖着说："最后，小乐，我想脱掉衣服。"我的脸也烧了起来，虽然我们很熟悉对方的身体，虽然我看过蜜薇赤裸的身体，虽然我们睡在一张床上。但这和拿着相机拍一个只穿着内衣的蜜薇不一样。她如此清纯，又如此诱惑，她的青春正当好，而我呢，和她一样，也有着最好的青春年华。我放下相机问蜜薇："如果等我过生日那天，你也愿意给我拍这些照片吗？"蜜薇看着我："小乐，如果你愿意，我当然会帮你拍。"我叹口气："唉，你说得对，我一定没有这样的勇气，我不敢看照片里的我，觉得那个自己不够好。我真想和你一样呀，但我又想，世界上没有第二个蜜薇，也没有第二个我，所以这个不敢拍照片的我，也还是很真实的。"蜜薇站起来站到窗帘旁边，她吸了吸气，对我说："小乐，我也和你一样，怕自己在照片里不完美，你不知道吧，你每次按快门，我都在悄悄地吸肚子。我也怕照片里的我小腹突出，或者是显出一个双下巴，但我还是想拍这些照片，我知道，你会把我拍得很漂亮的。"我看着说话的蜜薇，赶紧举起相机，抢下一张照片。蜜薇问我："拍得怎么样？"我由衷地说："太美啦。"

　　等我和蜜薇把照片拍好，再看时间，已经过了十二点。我问蜜薇："那现在我们要去哪儿啊。"蜜薇收拾着衣服："当然是回去啊，困死我了，好想倒头就睡。"我怏怏地说："什么，五百块的房间，就待了一个多小时，太亏了吧。"蜜薇不怀好意地指着大床，说："觉得可惜？赶紧的，给王德振打电话，让他赶快过来，明天他可就要走了，最后的机会要把握住哦。"我脸一红，推了推蜜薇："胡说什么，我和王德振现在真的是什么关系也没有。"我说完这句话，忽然一愣，我并没有告诉蜜薇王德振是明天要走啊。蜜薇笑吟吟地继续看着我，我顿时明白了。昨天晚上我给王德振打电话的时候，来厨房找我的蜜薇听见了我说的话。她不是不想过这个生日，那个什么补习老师，也是子虚乌有的吧。我傻傻地问："蜜薇，你，你为什么要让我去送王德振。"蜜薇耸了耸肩膀："生日又不是就这么一次啊，放心吧，明年、后年、大后年，未来的每一个生日，你都跑不掉的，无论到时你在哪儿，都得给我滚回来，陪我过生日。"我鼻子一酸："我不去送王德振了，明天放学我就回来，我要陪着你。"蜜薇无奈地吼道："发什么神经病，我说了今天就算陪我过生日了，别婆婆妈妈的，王德振这一走，不知道什么时候你们才能再见面了，去送他吧，不然你一定会后悔。"我学着蜜薇的语气反驳她："做过的决定，我董乐从来不后悔。"蜜薇笑了："傻瓜，我是真的不想过生日，你又不是不知道，今年出了这么多事情，我哪还有心思庆祝？明天我想请半天假，去看看我妈妈，晚上就不回来了。"她过来握住我的手："小乐，我们是要做一辈子好朋友的，时间，还很长呢。"我的眼泪夺眶而出，一把抱住蜜薇，狠狠地说："每次你一说这种话，我眼泪就忍不住了。"蜜薇拍着我的背："算了吧，你就是爱哭，我说啥你都哭。喂，小心点，鼻涕泡别蹭我衣服上，这件外套可贵了，说你呢，你还蹭！"我破涕为笑："蹭一件衣服都不让，还说是好朋友，小气。"蜜薇温柔地帮我擦掉眼泪："眼泪擦擦，别人看见一个哭哭啼啼的女生大晚上的从宾馆出来，还不知道出了什么事情呢。"我有点不好意思地对蜜薇说："不该在你生日的时候哭的，多不吉利呀。"蜜薇倒是不介意："哎呀，这有啥，我不信这个。"她眼珠转了转，忽然一脸正经地对我说："董乐，你是不是没有给我准备生日礼物？"我故意装作惊讶："什么，还要礼物？我以为今天来陪你就是礼物了！"蜜薇气得咬牙："董乐，你这个抠门精，居然礼物都没有买，我刚刚等了半天，就等你到十二点拿出礼物，亏我还对你说了那么多煽情感人的话。"她皱着眉再次向我确认："真的没买礼物？是不是要给我惊喜？"我一脸慷慨地对她说："真的忘了。"蜜薇捂着额头惨叫："我怎么认识你这么个白眼狼啊！！！"在蜜薇怒斥我没良心的碎碎念中，我们退了房，偷偷地又溜回家，已经夜里两点了，蜜薇小声抱怨："这下好，只能睡四个小时了，明天上课不打瞌睡才怪。"她一进卧室就扑倒在床上，然后又马上跳了起来："什么东西硬邦邦的，硌死我了！"蜜薇掀开被子，在床上放着的，是我给蜜薇的生日礼物。

那是一双高跟鞋，我放学路上去商场看好，又拜托我妈妈去买回来的。细细的跟，简单的浅口鞋面上缀着一个小小的蝴蝶结，非常少女的一双高跟鞋。这双鞋，在很久之后我去蜜薇家，还发现她保存着。她那天从一大堆鞋盒里找出来，嘲笑我说："你看你的审美，真的丑死了。"可是那天蜜薇却哭了，她冲过来抱住我："你还说没有准备礼物的。"这下轮到我给她擦眼泪："你就是爱哭，喂，鼻涕泡别蹭我衣服上。"蜜薇拿起纸巾不好意思地擦着眼泪，嗔怪地说："我才没有鼻涕泡呢。"我举起那两只小巧的鞋："快试试，看看好不好看。"蜜薇把鞋子穿上，走了几步，很满意地对我说："居然记得我穿多大的鞋。"我赶紧说："36号，偏瘦的脚。"蜜薇也对我说："37号，脚背偏高。"嗯，人生能有一个知道自己鞋码的朋友，挺好的。

Chapter 13　做普通人才是最难的

　　第二天起来，我就马上跑去对正在给我做早饭妈妈说："今天晚饭不回来吃了，我要去机场一趟。"我妈眼皮都没有抬一下，只是指了指一包东西，说："喏，拿去给王德振。"原本以为我妈妈会刨根问底大晚上去机场干什么，结果她早就知道了。我诧异问："你怎么知道王德振回来了？"我妈鄙视地看我一眼："当然是小王给我打了电话呀，人家小王很有礼貌的，还给我从美国带了礼物呢。"我更惊诧了："你们还见面了？我怎么什么都不知道啊？"我妈把煮好的饺子捞起来，继续嫌弃地说："小王都和我说了，不像你，什么都先想着瞒住你老妈。"我有点吃醋地说："一口一个小王，还要送东西给他，我要看看是什么好东西，如果我喜欢，就不拿给他了，我霸占了。"我打开那包东西，原来是我们这儿特产的麻辣豆腐干。我奇怪地问："拿这个给王德振干吗啊？"我妈扶着额头，说："你不是还和人家谈过恋爱吗？他喜欢吃什么你都不知道？"我愣了："他喜欢吃这个豆腐干？"我妈告诉我："小王给我带了香水，我肯定也要给他准备点什么带回去，我就问他喜欢吃什么，他说，他就喜欢吃这个豆腐干。"我妈顿了顿："唉，小王家什么也不缺是真的，但他爸爸工作那么忙，妈妈又去得早，也是个可怜孩子。"我扑过去抱住我妈："妈妈，你真好，对蜜薇好，对王德振也好，你真是所有人的妈妈一样。"我妈哭笑不得地说："说什么傻话呢，我对你就不好了？"我把我妈妈抱得更紧："对我最好。"

我带着那包豆腐干去学校，路上我一直想，是不是我真的对王德振太不关心了，我从来没有问他喜欢吃什么，平时还有哪些好朋友，在家都喜欢做些什么。恋爱可能真的不是我之前想的那样，不是两个人嘻嘻哈哈，可能还需要付出更多的心意。我想着这些事情出神，却听见同学问我："小乐，你还有在想当作家的事情吗？"我一拍脑袋："完蛋了，忘到后脑勺去了。"同桌无语："我邻居说最近就要开始报名了，你赶紧的，错过了就没戏了。"她想了想，又问我："那你想好要写什么吗？"我摇摇头，又点点头："毕业是不是当作家我可没有办法左右，但，我很想去重庆。"同桌好奇地问："为什么是重庆啊，那么远。"我神秘地凑过去，对她说："因为，重庆的火锅最好吃了。"同桌顿时给了我一个巨大的白眼："原来是因为吃！"我笑嘻嘻地说："是啊，一辈子的事情，当然要找个好吃的地方啦。"我正和同桌开着玩笑，忽然坐在门附近的同学大声喊我："董乐，有人找。"我抬起头，发现东东正站在我们教室门口，对我点了点头。我有些愕然地看着东东，摸不透她为何来找我。但人已经站在了门口，也不能就装作没看见。我深呼吸了一口气，还是走了出去。东东又恢复了如常的那种温婉恬淡："小乐，有空吗？找你聊聊。"我本来想说我和你还有什么好聊的，但又实在是有点好奇。我咬着嘴唇："去哪？"

东东的笑容依旧明媚："我们去顶楼吧。"我跟着东东一路到了顶楼，那个沙发不知道什么时候被搬走了，上面也被打扫干净了，没有那些烟头，没有被大风刮来的垃圾。今天风很大，把东东披散的长发吹得飞扬起来，也吹得她单薄的身子摇摇欲坠，竟让人平添出几分爱惜。她拿手拢了拢头发："有没有皮筋？"我冷冰冰地说："没有。"东东苦笑了两声："别这样，我不是来找你吵架的。"我继续硬邦邦地回答："放心，我不会动手。"她下意识地摸了摸脸颊："董乐，别不讲理，那天挨打的人是我，你什么也没有失去。"我情不自禁地反驳她："东东，你真的觉得我什么也没有失去吗？我曾经以为，你是我的朋友。"东东小小的脸庞顿时一片惨白，她寂寥地说："可是你得到过他，也伤害了我。"我叹了口气："我没有得到过谁，我和王德振，不是为了伤害谁在一起的，我并不知道你曾经喜欢过他，但即使我知道，这和我愿意和王德振在一起没关系。东东，我也很喜欢他，但我的喜欢仅限于我自己，我不会要求他，不会让他再也不能喜欢别人。他又要回美国了，之后他一定也会喜欢别人，我也是一样，东东，你也是一样啊，你也还会有喜欢的人，会忘掉王德振，也忘掉我。"东东的脸色更加惨白："你不会明白的。"我走上前一步，毫不畏惧地盯着东东："你今天找我，是想告诉我，你才是受害者吗？"东东摇摇头："不是的，我只是想告诉你，如果你不想要王德振了，能不能把他让给我。"

东东站在我身边，她拿出那根王德振送给她的项链："小乐，我和你不一样，你一直有人疼，有人爱，你没有王德振，还有你爸妈对你好。你知道吗？这根项链，是这几年里，我收到过的唯一礼物。"我脱口而出："怎么可能？你爸妈呢？"东东的眼睛里射出一股怨恨："我爸只知道喝酒，喝醉了就打我妈，如果我上去帮我妈，他就会连我一起打。"东东说着这些骇人听闻的事情，但脸上却还是一脸的平静，好像在说着别人的故事。"他有时候不喝酒，坐在家里看电视，我看着他的背影，甚至都想马上拿起一把刀，立刻把他杀死，这样我妈妈就不会受那么多苦了。但我不能这样做，我只能忍，忍到我大学毕业找一个工作，就可以带着我妈妈远走高飞。现在我们家不能失去他，我们花他的钱，住他买的房子，我还要靠他给我的学费读书。你知道这有多难受吗？你恨一个人，但是你还必须要依靠他。"东东又指了指身上的衣服，"这也是用他的钱买的，我身上的东西，都是他给的。"她又拿起王德振送她的项链，"除了这根项链。"东东继续说着，"他每次打了我妈妈，隔天我都会跑来顶楼哭和抽烟，那次我正在痛哭，王德振却来了。他看见我哭得那么伤心，就过来陪我，给我拿纸巾，还给我说笑话逗我。他从来什么也不问，就只是陪着我。你知道吗？我就想，一定是上天可怜我，所以才派王德振来拯救我。那次，我爸不但打了我妈妈，还拿皮带抽了我。我被抽得整个背都是伤。第二天，我在顶楼对王德振说，我觉得我的生活里，没有任何事情值得高兴。然后，他就送了我这条项链。王德振拿给我的时候对我说，收到礼物总是会高兴的，所以他决定送我一个礼物。"东东似乎是想到了他们之间曾有过的时光，她浅笑了一下："小乐，你不会明白，王德振对我有多重要，他是我可怕生命里唯一的阳光。"

我不知道要说些什么好，东东的这些话让我心里非常的乱，显然这些事情，是东东心里的秘密，我其实并不想知道，或者说，不想在此刻知道。我深深叹了一声："东东，我非常难过听到你说的这些事情，但这都和我和王德振无关啊。我和王德振已经不是情侣了，他今天晚上就要回美国了，我们不会再有交集，他也不是我的一样东西，我不能说把他让给你就让给你。"东东摇摇头："他还喜欢你，如果你没有真正地拒绝他，他就不会接纳我。"我为难地摊开手："那你希望我怎么做？我去打他一顿，还是臭骂他一通？让他永远恨我？东东，我做不到这样，我也不会为了你这样做，我也喜欢王德振啊，就像你说，他是你的阳光，我虽然没有任何痛苦，但我和王德振在一起的时候也一样开心啊。"我看着东东，真诚地告诉她，"东东，这就是我和你不一样的地方，你原本比我早有机会，但是你没有把握，失去之后你第一反应不是去争取，而是报复。我想和王德振在一起的时候，我就去告诉了他，而我失去他之后，我也愿意祝福他，也不会再用我的任何力量干涉他。"东东疑惑地看着我："你的意思是说，这就是王德振没有选我的原因？"我摇摇头："我不知道他为什么选了我，但我不在乎，我只知道，当我想和他在一起的时候，我会去争取。"东东的眼泪开始掉下来："我不知道，我只是害怕，没有了王德振，我还有什么动力去对抗我爸，我还有什么期待去离开这个可怕的地方？"她蹲在地上，抱着自己的膝盖哭起来。东东本来就很瘦，哭起来更是若风拂柳，使人不知所措的慌乱。我想王德振当时看见哭泣的东东，一定也和我一样，慌张得不知道怎么办才好，只想赶紧让她别这样难过。如果是现在的我，我可能会口沫横飞地劝东东，要她不要自怨自艾，可以寻求法律帮助，和她妈妈一起摆脱她可怕的爸爸，然后自立自强，总能有个不错的生活。但当时的我，看见东东哭得那么伤心，只能冲动地说："要不，晚上我带你一起去送王德振吧？"话音刚落，我就恨不得抽自己一巴掌，我真想问自己，董乐，你是不是脑子进了水，居然要带东东一起去。但话已经说出了口，我也不能再反悔，只能期待东东说不去。但事实是残酷的，东东马上泪眼婆娑地抬起脸："真的吗？那我和你一起去。"我就是个大傻逼。别说东东了，我现在自己也不知道王德振当时看上我什么了。

　　好不容易熬到那天上完课，东东在教学楼下面等着我，我心里叫苦，真不知道到时怎么和王德振解释，总不能和他说，你好，东东喜欢你，所以我把她也带来和你告别了。头疼。但看着东东脸上欢喜还有点害羞的样子，我又有点于心不忍。在去机场的大巴上，我偷偷给王德振发短信：有件事情不知道当讲不当讲。他秒回：如果是你想留我别走，那可以讲。我哭笑不得地告诉他：我不是一个人来的。王德振问：蜜薇也来了？还是你把阿姨也带来了？我咬了咬牙：东东有些话想和你说，所以，我把她也带来了。发完这条，我心虚地马上把手机调上静音塞进书包，下定决心无论王德振回什么我都不看不管了，人我已经带上了，他怎么反抗也没有用。东东看我一直发短信，倒也什么都不问，她坐在靠窗那边，只是一直看着窗外若有所思。我实在觉得这样两个人都不说话的气氛太尴尬，还是开口问："东东，你饿不饿？我这有豆腐干。"东东看着我："豆腐干？"我继续硬着头皮说："是要给王德振的，我现在有点饿了，想拆一包吃。"我也不等东东作何反应，就干脆拿出一包来吃。东东对我摆摆手表示她不饿，我于是也不管她了，开心地自己大吃起来。嗯，豆腐干真的很好吃，我吃得眉开眼笑，把因为等下可能有的尴尬而产生的担忧也都抛到脑后。东东看着我吃了好一会儿，忽然说："小乐，我大概知道王德振为什么喜欢你了。你真的，非常真实。"我被豆腐干辣得眼泪都快出来了，含糊不清地对东东说:"因为豆腐干真的很好吃啊。你真的不尝尝吗?"东东居然真的也拿了一片放进嘴里,她嚼了一会儿,对我说:"嗯,真的挺好吃。"我忽然轻松起来,是啊,这能算多大的事情呢,不就是两个女生都喜欢同一个男生吗?王德振真的走了狗屎运了,东东也是很漂亮的,一片痴心地喜欢着他,他还有啥不满意的。我如释重负,管他呢,一会儿王德振一定不会不高兴的。我也不想再生东东的气了,她是对我做了一些很奇葩的事情,但我也打了她一巴掌,就当一切都算清了。读完大学,我和她也同样不会有交集,这一切都会过去。我对东东一笑:"是不是很好吃?啊,其实有什么不高兴的时候,吃点东西就高兴啦。东东,我们肯定没办法再做朋友了,但我也不生你气了,吃了这么好吃的豆腐干,还生啥气。但等下,你也不准告诉王德振,我吃了他的豆腐干,你也吃了,也有份,记得保密!"东东伸手过来又拿一片:"好,不说,保密。"我们到了机场,小城市的机场不大,刚进出发厅就看见王德振拖着大大的行李箱在那儿杵着。我推一下东东:"喏,在那。走吧。"东东忽然说:"小乐,我能不能单独和王德振说几句话,我说完就走,把时间都留给你们。你放心吧,我这次不会说你的坏话了,我只是,只是有些话,我想亲口告诉他,还有个问题,我想知道答案。"我点点头,指了指旁边的肯德基:"好,你先去找他,我去买鸡翅吃。"东东张大了嘴:"你又饿了?"我没好气:"什么叫又饿了,豆腐干怎么能吃饱啊,你看你这么瘦,不会体会到我们食量大的人饿起来有多难过的。"我看着东东向王德振走去,希望她能得到一个满意的答案。

肯德基里人超多,我拼命抢到一个位置,惬意地坐下来喝着可乐吃着鸡翅,我想等下见到王德振,就赶紧先拿出豆腐干给他,让他感动得稀里哗啦的。然后呢，就可以告诉他，不用想我，奢华糜烂的美利坚正在向他伸出手，他就应该用他爸爸的万恶金钱，在那边过得风生水起。而且，让他好好想想，国内的我们毕业水生火热地找工作，他一个富二代在那边多愉快轻松啊。看来，离别的场面不会太伤感的。我越想越高兴，正准备再去点份薯条吃，却发现有个人拍了拍我的肩膀。是王德振。他红着眼睛，一脸悲伤地看着我。我连忙问："怎么了怎么了，是不是饿了，要不要吃薯条。"王德振一句话也不说，他只是突然紧紧地抱着我。肯德基里的人都看着我们，我实在不想成为众人的焦点，只能小声劝王德振："大家都看着我们呢，能不能先说说你怎么了再拥抱啊。"王德振哽咽地对我说："我不想彻底地失去你啊，小乐。"我惊呆了："你胡说什么呢，我又没有死。什么叫彻底地失去我啊，东东和你说什么了，是不是和你说我偷吃你的豆腐干了？她这个见色忘义的人，说好了保密的呢！"王德振一愣："什么豆腐干，你偷吃阿姨给我买的豆腐干了？你是不是人，我去美国每天只能吃比萨汉堡，就指着这点豆腐干活了，你还偷吃！"我一把推开还抱着我的王德振："翻脸比翻书还快。"王德振不好意思地抓抓头："我就是想着马上要走了，忽然难过起来。"我不禁跺脚："我真是笨死，早知道就不暴露了！"

　　我拿出那一包豆腐干塞进王德振的怀里："喏，就吃了一包，剩下的都在这里了。"王德振接过去那一大包还散发着辣辣的香气的豆腐干，眼圈不知道怎么就又红了。我踹他一下："怎么又哭了？比我还爱哭，有完没完。"王德振很响亮地吸了吸鼻子，把即将掉下来的眼泪硬憋了回去。我张望了一下，发现东东已经走了，忍不住问他："东东走了？和你说了什么？"王德振又擦了擦鼻子："我之前送了东东一根项链，她刚刚拿着那根项链问我，为什么要选这根项链送她。"我好奇地追问："为什么呀？"王德振一脸死相地说："我之前撞见东东在很伤心地哭，就想说送点什么让她高兴高兴啊，正好看见我爸买了那条项链想送给他那个秘书，我正好想破坏来着，就故意拿出来给东东了。"我一愣："那你就这么告诉东东了？"王德振点头："我说了。东东对我点点头，把那根项链递给我，就走了。"我彻底服了："你就没有觉得东东来送你是有什么原因的？"王德振居然娇羞地别过头去："我又不是傻子，当然知道了。"他有点不好意思，但还是告诉我："我知道东东喜欢我。很早就知道了。可她好像也不愿意说出口，我也就跟着一直装傻。而且我想，如果说破，那更残忍吧。我刚刚告诉她项链的事情，就是想着，马上要走了，还是把事情说清楚比较好。"我追问他："东东就什么都没有再说，就这么走了？"王德振不要脸地说："是啊，什么也没有说。东东可能就只是想看看我吧，看我一眼她就满足了。你以为人家和你一样啊，来送我还偷吃我的豆腐干，根本就不是为了看我。"我义正词严地告诉王德振："你一定要认清一个事实，即使我和东东都曾经瞎眼看上了你，但也绝对没有一个女生会因为看你一眼，就满足了！"王德振担忧起来："东东会不会因此恨我啊？回去之后你劝劝她，我这样的男生，还是很多的，快点换个喜欢的对象比较靠谱。"王德振啊王德振，你可知道之前东东因为你，恨我恨到牙根痒痒吗？还让我去劝她，真是大写的缺心眼！但我还是什么也没有说，我灿烂地对王德振笑道："很受欢迎啊，王德振。"王德振也笑："还可以还可以，一般般吧！"我问他："要不要进去了，别误了飞机。"王德振看了看表："是该走了，但好像现在和我想象中的送别不太一样啊。"我忍着笑："你想象的是什么样？"他一本正经地说："我想的是你冲过来抱住我，眼泪一把鼻涕一把地哭着说舍不得我，然后我劝你想开一点，你掏出一本日记递给我，说里面写的全是我。"我哈哈大笑："王德振，你想象力也太丰富了吧，谁会做这么恶心的事情啊，还写日记，哈哈哈哈！"王德振温柔地说："我会啊。"我呆住了，看着王德振从背包里拿出一本日记，他有点不自然地对我一笑："我就会做这么恶心的事情，还做了好多。"他把那本日记塞进我怀里："都是在美国的时候写的，嗯，都是关于你的。回去再看，现在要是打开，我真的怪不好意思的。"这下我的鼻子也开始嗡嗡地响起来："你一路平安。"他用力地抱了我一下："放心吧，这次不会写和你有关的日记了。"王德振松开我，向安检的方向走去。他背对着我，扬起一只手，向我用力地挥了挥。我大声喊道："王德振，再见啦！"

我看着王德振消失在人群中，机场还是那么拥挤，无数的人等待离开，也有无数人正在回来。我不知道王德振和我以后会怎么样，但这一定不是最后的离别，而离别也不一定就都是有关伤感。等他下次回来，我一定高高兴兴的，站在到达口等他。在回家的路上，我做了一个决定。我不想看王德振的这本日记了，我知道里面一定有很多我看了会大哭的句子，也知道王德振在写这些的时候一定是情真意切，我甚至知道我会多么喜欢这些他想说给我的话。其实我和东东撒谎了，失去王德振，我到现在也没有真正的复原。我也会在深夜的时候想他，会想我们在一起的时间，没有人可以做到彻底的遗忘。蜜薇在此刻，可能也在想陈松霖，东东也一定在回家的路上想起和王德振在顶楼时畅聊的开心时光。我们都是凡人，凡人都会怀念。我把那本日记塞进书包，告诉自己，嗯，即使怀念，这些都要过去，我无力阻挡，那么就只能顺势而为。我拿出手机，打给蜜薇："在干什么？"她小声地告诉我："在我妈妈这里了，她刚睡下。"我也跟着她情不自禁地一起压低声音："生日快乐。"蜜薇咯咯地轻笑："你已经说过啦。"我告诉她："可是我还想再说一遍呀。"蜜薇轻声地答我："嗯，快乐。"我合上电话，也在心里对自己说：要快乐。

送走王德振之后，东东没有再来找过我，偶尔一次在走廊上碰见，她对我点点头就走远了，东东并没有什么变化，但我知道，在她内心一定是有什么放开了。不然，她不会又回头看我，对我笑一笑，笑得比之前的哪次都好看。我把这件事告诉蜜薇，蜜薇倒是又骂了我一通，还说虽然没有见过东东，但她坚信一定没有她一根脚指头好看。我也不知道为什么要拿东东和她的脚指头比，这完全没有可比性，蜜薇再美，脚趾也不能长出鼻子眼睛来啊。不过能想想这些有的没的，总也还是能冲淡一点来自未来的压力。

我开始偷偷给一些杂志投稿，这个闸门一旦开启，好像真的打开了我新世界的大门，我第一次发现，找到自己喜欢做的事情，原来是一种这样的感觉。蜜薇会问我："你真的想好了？真的喜欢写作吗？这可是大事，如果你只是因为不想学数学，就跑去从事一件自己也不喜欢的东西，那真的会蛮痛苦的。"我告诉蜜薇："我喜欢写，喜欢讲故事，喜欢把我脑子里奇怪的幻想记录下来。说不定，这些故事未来有可能真的成为话剧、成为电影，想想，还是挺值得期待的。你放心吧，我不会那么糊涂的。"蜜薇这才放下心来，她逼我发誓，我以后的故事里，只要是倾国倾城的女主角，都必须叫作蜜薇。"最好是什么阿拉伯的公主啦，古代王府里最美的妃子啦，家里有庄园的千金啦。小乐，你记得哦，这些又美又善良又有无数人爱的女主角，都要叫蜜薇。"我笑得弯腰："好好好，都叫蜜薇。"我忍不住又问她："那如果是女配角呢，又美又富的女配角可不可以。"蜜薇严肃地告诉我："有我吴蜜薇的故事，都只能是主角。"她想了想，补充道："如果故事里有你，我可以接受双女主。"我拖着她的手："蜜薇，你呢，你想好以后要做什么了吗？"蜜薇告诉我："还记得我之前说要当演员的事儿吗？真傻，以为自己就是一切，以为漂亮就只是外表和被人喜欢。"她笑着问我，"还记得我们在北京电影学院吗？看见那些漂亮的女生，我还告诉你，我以后会比她们更美，更有名气。"我也笑了："是啊，那次陈松霖和王德振还故作神秘地跑来了，当时我们还在谈恋爱呢。"蜜薇的脸上笼上一层温柔："是啊，那是我们的初恋，虽然也发生了很多不好的事情，但也是我们最宝贵的感情了。"可能是因为那些回忆，蜜薇的眼睛里嵌上点点的星光，和钻石一样光彩熠熠。

蜜薇温柔地拉住我的手："小乐，如果我说，我以后只想做一个最普通的人，你会不会对我很失望？"蜜薇忽然这么说。我有点不敢相信自己的耳朵："你，吴蜜薇，要做个普通人？"蜜薇鄙视我道："怎么了，做普通人有什么不好的？"没等我问，蜜薇就自己揭晓了答案，"我之前的梦想，其实根本算不上梦想，我只是觉得自己不但要美，还要当富婆。"她哈哈大笑起来，"是不是没有想到我这么俗，根本没啥梦想，我唯一的梦想就是美且有钱。"我啧啧连声："有钱这么好的梦想，怎么就俗了。"蜜薇笑得更明媚："不是应该说自己的梦想是当科学家或者老师什么的吗？"我告诉蜜薇："我的梦想就是可以吃到全世界的好吃的。"蜜薇更鄙视我了："能不能有点出息。"我振振有词："吃好吃的怎么就没出息了，首先，要周游世界，这很浪漫；其次，要有钱，这很务实；最后呢，吃是人类最基本的需求，说明我这个人，从不压抑自己。"蜜薇笑喷："你就是馋！"我也笑了："哈哈哈，你说对了，我就是馋。"蜜薇最终总结道："也许做个普通人是最难的，我只是太贪心了，什么都想要而已。"

我们扯着这些看起来很缥缈的梦想，但正是这些潜意识里我们真正想要的东西，才在我们迷惘的时候，引领我们，最终走向那些我们想到达的方向。蜜薇发出感慨："小乐啊，我们真的很棒，在这么年轻的时候，就知道自己真的想要什么，我们一定不要放弃自己想要的生活。"我也和她感慨："是啊，要坚持做一个吃货，真不是一件容易的事情。"蜜薇笑着捶了我一拳，那天晚上，我和蜜薇都睡得很晚。睡前我迷迷糊糊地听见蜜薇问我："小乐，你说，在梦想实现的时候，我们俩还是不是最好的朋友。"我蒙眬地回答她："嗯，是的。一定是。"

时间最终证明，我没有撒谎，在我心里，蜜薇永远是我最好的朋友。

我醉心于写各种文章，没想到好运气居然也眷顾了我，有篇小说居然获了奖，要去北京领奖，我兴奋地马上给蜜薇打电话，不知道为什么，她那边很嘈杂，她说话也很含糊："获奖了，董乐，你可以啊，我这有点事，晚点说。"蜜薇很快地挂断了电话，我当时心里忽然涌起一点儿不好的联想，要说我有什么可后悔的，大概就是当时我没有遵循我内心的第六感吧，谁能想到，这便是分别。

去北京领奖的那天我妈让我住在她朋友家，一大早我就要起来去坐公交车到很远的颁奖场地。天还黑黢黢的，我就出了门，刚挤上公交车，蜜薇的短信就来了：加油，你一定没问题。我把手揣进大衣的口袋里，里面暖融融的，我在口袋里握着那只有蜜薇祝福的手机，被风吹到麻木的手指也慢慢地有了一些温度。清晨的公交车上没有什么人，一个学生模样的男孩在吃糖油饼，整个车厢都是一股甜蜜的味道，我还没吃早饭，看见他吃得香，不禁也有点饿了。我发短信给蜜薇：完了，我现在已经忘了领奖的时候要说什么，满脑子都是那个糖油饼，看着可真好吃啊。"蜜薇一直没有回我，大概是在忙吧，我这么想。

　　到颁奖场地的时候，我发现我比入场的时间早到了半个多小时，不但其他领奖的作者还没有到，连工作人员都还没有来。于是我就溜去旁边的巷子里买吃的，正好看见一家小笼包店，蒸架上冒着热腾腾的香气，还有在一口大锅里熬的现磨豆浆，特别诱人。我打包了包子和豆浆，又晃回场地找个地方坐下来吃。冬日热腾腾的早餐的确很美味，我吃得正开心，一个陌生的年轻男孩凑了过来："挺好吃的哈？"我看了他一眼，发现他的双眼正烁烁发光："好饿，能不能给我也吃点？"我实在无法拒绝这样渴求的目光，只好把塑料袋递过去："你吃吧。"那个男孩也毫不客气就接了过来，瞬间就把剩下的几个吃完了。我顿时怒了："你怎么都吃了！"他擦擦嘴巴："太好吃了，我没忍住。"我生气地看着他："这可是我的包子，你怎么就不能忍忍！我没吃饱，等下还要领奖呢！"男孩笑嘻嘻地打量着我："你也是领奖的作者？"我木讷地点点头，双目喷火地继续瞪着他。男孩对我解释："哎呀，你知道吗？人吃得太饱的话，血液会从脑部流到胃部，就会变笨，所以呢，在做重大事情的时候，都不宜吃得过饱，会影响智力。"他顿了顿，"特别是像你这样的，还是少吃点保留实力比较好。"我反应了一下，才明白他是变着法儿说我笨呢。我气呼呼地看着他："我智商很高，就算血液到胃部去了也不会有什么影响。"他对我竖了竖大拇指："看好你，等下领奖好好发言。"我一点儿也不信他说的，也不想再理他，干脆低头去玩手机游戏里的贪吃蛇。那个男孩也是个自来熟，老模老样地指导我："这样很快就会死了。"我无语地看着他："喂，你能不能有点礼貌啊，我玩游戏不需要你指导。"男孩还是一脸笑嘻嘻的样子对我说："我是好心。"他话音未落，我的游戏死了，那条蛇吐着舌头，很惨烈的样子。我继续凶巴巴地瞪他："你看，都赖你，乌鸦嘴。"男孩忽然把我手机一把抓过去，按了几下，输入了他的电话号码和名字再递给我，我看到他写下的名字叫"风间"。风间向我伸出手："我也是今天领奖的作者，名字你看到了，你叫什么？你挺有趣的，说不定能当个朋友，那是我的电话，之后也要保持联系啊。"我咬着牙说："不必联系了，因为我一点儿也不想你当我的朋友。"这个风间却丝毫不介意我的发狠，对我比了个 V，转身去找工作人员了。

很快也有工作人员联系上了我，时间到了，作者们开始入场，我也被带到位置上坐下来，坐在我旁边的作者是一个大叔，一直试图和我畅谈文学史，在发现我真的什么也不懂之后就放弃了我，转头去找另一边的作者聊天。我坐在那，心不在焉地看着台上的灯光，不知道等会儿我会排在第几个。我一直感觉到不安，也不知道是因为要领奖的紧张，还是因为蜜薇一直没有回我短信，我不停地把手机拿出来看，却还是没有蜜薇的消息。忽然有人凑到我耳旁说话："怎么一直看手机？想联系我？"我侧过头，还是那个风间，原来他坐在我后排。我没好气："你放心，我绝对不会'打扰'你！"他故作潇洒地摆摆手："没事没事，有任何写作问题，都可以请教我。

话说，你获奖的文章叫什么呀？"风间的问题忽然让我平静下来，我想起了自己写这篇小说的初衷，因为我想写我和蜜薇，在写的时候，似乎根本不用思考，故事就可以马上从笔尖流淌出来。我只需要抓起笔，唰唰就能开始写。我写我们如何相逢，写我们在那天命运的安排下，在那个演讲比赛的后台见到的第一面，还要写我们一起买裙子，一起试内衣，一起哭，一起笑。我现在都能清楚地记得，写那篇小说初稿的时候我没用电脑，而是用纸和笔。我写下最后一个字的时候，不知道为何，已经满脸都是泪。我陷在自己的情绪里，那个样子一定很呆，风间也不知道我怎么了，他重重地拍了我脑袋一下："发什么呆？是觉得自己文章还写得不行愧于得奖吗？看你那样，哎，算了，以后我还是多指导一下你的写作吧？"我呸他一下："谁想找你指导了，谁知道你写得怎么样？"风间却对我灿烂一笑："那多了解我一下，不就知道了。"灯光忽然暗下来，台上主持人开始上场，颁奖开始了，风间在缩回座位之前最后对我说道："你为什么对我那么排斥？只是交个朋友啊。"

我坐在位置上，回味着这个陌生男孩的话，手里还捏着手机，我开了震动，如果蜜薇有回我短信，我一定能马上知道，可直到最后一个奖项颁出，蜜薇的短信还是没有来。我走出会场，发现太阳已经出来了，冬天的太阳是这么舒服，照到脸上不会刺眼，还暖洋洋的，让人有种麻酥酥的感觉。我轻快地奔跑起来，背着的斜挎包一颠一颠地敲打着我的屁股，这种沉甸甸的触觉让我踏实。在这个时刻，我感到世界的一切都在向我招手。未来，有太多可能。未来也许会遇见新的人，生活中会遇见新的问题，我可能会再次失恋或者反复失恋，蜜薇可能会一直美下去然后更加强大，这些都是属于未来的，因为它们不可知，才更加迷人。我一路跑到公交车站，看着远处驶来的公交车，我看不清这是哪一路，也不知道自己应不应该上这辆车，但看见有车开过来的那一刻，我总是会高兴地张望。我想起那个古怪的男生说的话，谁都说不好是不是。开来的公交车，可能是我要坐的，也可能不是，谁都说不好，而未来的事情也是一样的，谁都说不好。我要搭的公交车在阳光中披着金晖来了，我愉快地跳上去，投进一个硬币，居然又有一个座位还可以坐。我抱着书包坐下来，车缓缓地启动，把这瞬间的我带去另一个地方。我瞪大眼睛，看着车窗外熙攘的人群，我想告诉蜜薇，真是美好的一天，可惜你不在。愿我能在以后的每天，都过得如此美好，如果不能，那也会在终点变得美好。我没告诉蜜薇，那篇《两个女孩》，我写的第一句话是：我从来没有见过，比她更美好的女孩。这么美好的她，和这么美好的我，我们一定会找到我们想要的未来。

我在阳光中眯上眼，还要坐好多站呢，我要睡一下，如果醒来的时候没有坐过站，那就更美好了。可就当我闭上眼睛即将睡着的一刹那，我的手机响了，却不是蜜薇的回信，是陈松霖的电话，他在电话那头用一种异常沮丧的语气告诉我："蜜薇退学了。"

等我从北京回去，已经为时已晚，蜜薇就那么消失了，只有一份留在我宿舍床上的信，淡蓝色的信纸，是蜜薇一贯的风格——漂亮、精致。那封信很短，寥寥数句，已交代了一切。我捧着那封信，虽然找不到理由，却也彻底明白，蜜薇不会再回来了，她正在用这样的方式，和我彻底告别。

蜜薇的信——

小乐：

　　对不起不能当面和你告别，因为若是见到你，我便说不出离开的话，我决定陪妈妈一起换个城市生活，她需要新的环境，我也一样。你永远都是我最好的朋友，可朋友不一定要一直见面，我想，最重要的是你的一部分已经刻在我的心里，我的一部分，一定也留给了你。

　　勿念。

　　爱你的蜜薇。

Chapter 14　我有一个朋友，长得特别美

　　我站在王德振提供给我的地址上的那条弄堂，几乎不敢相信自己的眼睛，这是一条太过市井的巷弄，既不是我来之前幻想过的洋房，也不是那种所谓的有"腔调"的小巷，这就是最普通的一条小街，充斥着蔬菜、下水道、煮饭和人类居住的各种气味，只是这不是蜜薇的味道。

　　是不是搞错了，我一再怀疑着，可地址的确是这里。我犹豫着要不要去敲门的刹那，门却开了。

　　一个短发、微胖、皮肤微黑、穿着毛衣牛仔裤的女人站在我面前，我一时只觉得她的眉眼颇为熟悉，甚至她的脸颊上，还有一道我几乎不能忽略的伤疤，可就是想不起她是谁。那个女人也看着我，她的嘴唇微微颤抖着，终于开口用我几乎是最熟悉的声音说道："小乐，你来了。"我呆住了，这是蜜薇。可这怎么可能是蜜薇？那个美丽如蝴蝶一样的女孩呢，这个朴实得有点憨厚的妇人是谁？我说不出话来，那些幻想了一万次的重逢场景也变得支离破碎，甚至有些可笑，我结结巴巴地说道："好久……好久不

见。"我还想说点什么，一个粗壮的男人从蜜薇身后探出头："这位是?"蜜薇笑着指着那个男人，说："我老公，李强；这是董乐，我以前的朋友。"

我有些渴望地看着李强，想等他做出恍然大悟的样子，可他却像是第一次听到我的名字，但李强却很热情："是蜜薇的朋友? 来来来，今天中午在家吃饭，我做黄鱼吃。"蜜薇的嘴角也露出笑意："小乐，你留下来吃饭，他的菜烧得不错的。"

蜜薇就这样对我说着，似乎她消失的十年都不复存在，现在我只是一个上门做客的普通朋友而已，和其他人也没有不同。我看着面前的蜜薇和她的丈夫，看着她依然美丽的眉眼和已经逝去的一些东西，忽然觉得我的出现很没必要。我的嘴角也露出笑意："不吃饭了，出差经过这里，打个招呼就走了。"蜜薇的眉毛轻轻挑了一下，但她也没有挽留我："那既然是来出差的，我就不留客人了。"我点点头，转身向外走去，因为再不走，我的泪水便要克制不住了。

我缓慢地走出蜜薇家的巷弄，有点不敢相信刚刚发生的一切，那个女人，和她的老公，也许不是真实的蜜薇和她的生活吧，只是我做了个梦。可我又清晰地知道，也许这就是蜜薇所选择的生活，她所说的，普通人的日子。就在我拉着行李不知道该去哪的时候，一只手轻轻拍了拍我。

蜜薇站在我身后，她露出一点羞怯但满足的表情，对我轻轻说："我过得很好，你不必担心。"一辆洒水车正路过我们，但我却一点儿也不想躲开，我看着面前的蜜薇，忽然发觉是我唐突了，也是我误解了，我终于不再艰难地开口，告诉蜜薇："我明白。"

在洒水车的音乐中，我们紧紧拥抱在一起，我有一个朋友，她叫吴蜜薇，长得特别美，现在，她回来了。

（完）